LA NUIT DERRIÈRE MOI

Giampaolo Simi

LA NUIT DERRIÈRE MOI

Traduit de l'italien par Sophie Royère

SONATINE ÉDITIONS

Sonatine Éditions tient à remercier Claire Orefice.

Directeur de collection : Arnaud Hofmarcher
Coordination éditoriale : Marie Misandeau et Stefano Palombari

Titre original : *La notte alle mie spalle*
Éditeur original : Edizioni E/O, Roma

Sonatine Éditions
32, rue Washington
75008 Paris
www.sonatine-editions.fr

It's me
Cathy
I've come home
I'm so cold

KATE BUSH,
WUTHERING HEIGHTS

On dit que beaucoup d'hommes ont une deuxième vie.
Je suis l'un d'eux.
Il est certain que très peu d'entre eux peuvent la raconter.
Je suis l'un d'eux.
Mon nom est Furio Guerri.

1

Ma deuxième vie est celle de Furio Guerri, le monstre. J'arrange mes cheveux sur mon front, j'abaisse la visière de ma casquette, je regarde à travers mes lunettes fumées. Je prends le sac du supermarché et je descends.

Je laisse ma voiture le long du mur de la voie ferrée, près d'une caravane carbonisée. Des Spider Alfa Romeo Duetto 1300 rouges, arrière tronqué, année 1970, il n'y en a pas beaucoup en circulation. Mais même un monstre ne peut résister à certains trucs.

Je traverse trois pâtés d'immeubles en brique, jusqu'au supermarché qui porte le même logo que mon sac. Ensuite, l'asphalte récent de la route s'effrite entre les ronces, comme une idée effleurée sans conviction. Là commence la grille. Fraîchement repeinte, en rouge foncé. Au-delà, des blocs de béton armé avec des volets en aluminium noir. Je les regarde attentivement, comme chaque fois. Seule l'absence de barreaux les différencie des bâtiments pénitentiaires classiques.

Sur le plus gros édifice, entre le drapeau italien et les fenêtres du premier étage, s'étale l'inscription « Cité scolaire Guglielmo Marconi ». En rouge foncé, comme du sang veineux. Ou alors, ce sont ces verres fumés qui me donnent cette impression.

Les jeunes sont expulsés comme sous l'effet d'une pression intolérable, ils rient et font trembler les vitres. Midi.

Je laisse derrière moi les parents qui attendent dans leurs 4×4 en double file, j'arrive au terrain d'athlétisme derrière l'école, je m'assieds à l'ombre des pins. J'ai choisi ce banc dès le premier jour car il ne porte aucune inscription ni entaille, ce n'est pas un lieu de rendez-vous, et aucun couple d'adolescents n'est jamais venu s'y peloter.

Je dénoue mon sac et, avant de mordre dans mon sandwich, je verse dix gouttes du flacon directement sur ma langue.

Une petite thérapie d'accompagnement, c'est tout, m'a dit le médecin.

Peut-être, mais moi, je continue de rêver de la mer.

Je suis le monstre Furio Guerri, mais je dois avoir l'air d'un ouvrier en pause-déjeuner.

Une classe s'éparpille sur le terrain pour la dernière heure de sport. Les garçons se répartissent en deux équipes et délimitent les buts avec leurs pull-overs. Les filles se mettent en cercle pour jouer au volley. Pas toutes. Deux ou trois vont s'étendre au soleil sur le matelas du saut en hauteur.

L'une d'elles porte un petit sac rose flashy en plastique. Une autre a les hanches qui débordent de son jean moulant avec deux ailes bleues brodées sur les cuisses. Une troisième est emmitouflée dans un sweat-shirt kaki où est imprimé un message en paillettes que je ne parviens pas à lire d'ici. Fermeture Éclair remontée, capuche sur la tête. Une fine mèche de cheveux noir corbeau dépasse, recourbée comme une parenthèse. Son visage est indéchiffrable à cause de ses lunettes aviateur à verres fumés. Plus foncées que les miennes.

Immobile sur mon banc, je remue seulement les mains, fourrées dans les poches de mon blouson de sport en viscose.

Ou alors ce sont mes mains qui remuent toutes seules, comme de grandes araignées affolées enfermées au fond d'un sac.

2

Mais il n'y a pas que Furio Guerri, le monstre.
Ta première vie est celle de Furio Guerri, VRP exclusif pour les Industries graphiques Aggradi.

Tous les soirs, tu rentres en marche arrière avec ta Spider Alfa Romeo Duetto 1300 rouge, arrière tronqué, année 1970, dans le garage de ta propriété, au numéro 5. Dans les autres pavillons, on a déjà dîné en famille.

Tous les soirs, tu refermes le portail, tu montes les trois marches au milieu des jarres en terre cuite où poussent la sauge et le romarin, tu caresses la plaque en céramique qui porte vos prénoms : Caterina, Elisa, Furio. Tous les soirs, tu es heureux d'ouvrir la porte blanche qui dégage encore une odeur de laque. Et surtout, tu es heureux de retirer tes chaussures. Pour un représentant, les chaussures confortables n'existent pas, il n'existe que des chaussures impeccables. Et les chaussures, c'est essentiel pour un représentant. C'est trente pour cent du travail. Un client ne les remarque peut-être pas au premier coup d'œil, voilà pourquoi c'est le détail qui s'imprime le plus dans la mémoire. Un représentant décoiffé pourra toujours inspirer la sympathie, mais on ne confiera jamais un travail à un type qui marche sur deux croquenots en faux cuir et caoutchouc usé.

Et toi, Furio, on t'en confie beaucoup, du travail. Tu sais inspirer confiance. Voilà pourquoi tu as pu acheter une maison individuelle à Torre del Poggio : deux étages et une cave, trois salles de bains, un jardin devant et un jardin derrière, un balcon et une véranda, de grands espaces verts communs et un projet de piscine en cours. Tu as fait installer une alarme dernière génération, des vitrages antieffraction, deux thermostats à chaque étage. Tu as fait un emprunt sur trente ans à taux variable avec ta paye pour unique garantie. Tu as pu faire tout ça parce que dans cette zone intérieure du Valdera, à la limite entre Pise et Florence, les étrangers ne sont pas arrivés. Pas encore. Ils ont une certaine idée de la Toscane, ils veulent de la pierre apparente, au moins un cyprès et un vignoble dans les environs. Ici, par contre, les collines sont des crêtes d'argile. Les bois épais semblent agrippés aux pentes escarpées, et l'automne est précoce. Tout près se trouve un village oublié, après un pont sur un lit d'orties. Tu y es arrivé un jour, tout seul, une paire de tennis toutes neuves aux pieds, bien décidé à mener une vie saine. À travers des murs fissurés, tu as vu un tableau avec une Vierge au cœur transpercé et un vieux fauteuil en cuir intact.

Ta femme aurait préféré un lotissement de l'autre côté de la colline, où on a l'impression de voir déjà la réverbération de la mer. Là, ce ne sont qu'oliviers étincelant comme des arbres de pièces d'argent. Ils ne font pas d'ombre et l'herbe y est blonde toute l'année.

Tu as choisi Torre del Poggio qui est plus proche de la voie rapide Florence-Pise-Livourne, même si la route est dégueulasse : la chaussée est trop étroite, l'asphalte s'émiette, les travaux d'entretien durent une éternité. Mais tu arrives en cinq minutes aux Industries graphiques Aggradi.

On l'appelle *Fi-Pi-Li* (*Firenze-Pisa-Livorno*). Ça l'a toujours fait rire, ta fille Caterina, *Fipili*. Alors, pour elle, tu as transformé la voie rapide en une petite sorcière taquine qui te fait toujours rentrer tard à la maison.

Comme ce soir.

Tu dénoues ta cravate, piques une bouchée de sauté de bœuf dans la casserole, montes à l'étage sans chausser tes pantoufles. En haut des marches, tu t'arrêtes et restes silencieux. Tu fixes le rai de lumière dorée qui filtre de la chambre de ta fille.

Elisa et Caterina sont allongées sous le cône jaune du petit ange joufflu de la table de nuit.

Ta petite passe son doigt sur le grand album blanc. C'est toi qui as choisi ce papier prestige martelé, toi qui l'as fait relier à la main, toi qui as imprimé les photos une par une, dans le laboratoire de ton ami Michelangelo.

« Et ça, qu'est-ce que c'est ? demande Caterina.

— On appelle ça des brins de muguet. Je te l'ai appris hier soir, tu te souviens ?

— Des brins de muguet. C'étaient des vrais ?

— Bien sûr que c'étaient des vrais.

— Alors, on te les avait plantés sur la tête. »

Caterina se met à rire. Elle a une imagination bizarre, ta fille.

« Quelle andouille !

— Si, c'étaient des vrais. Et on te les arrosait tous les jours quand tu te lavais les cheveux. Comme ça. »

Caterina imite alors le bruit de l'eau qui coule d'un robinet, tout en glissant ses mains dans les boucles noires de sa mère. Les boucles noires, abondantes et légères de ta femme.

« Maintenant, on regarde celle où papa et toi, vous êtes dans le château. »

Elisa soupire. Elles feuillettent ensemble les grandes pages rigides. En avant et en arrière. Caterina trouve la photo avec le château, la tour et les nuages. Au centre, Elisa et toi êtes enlacés. Caterina y reconnaît aussi son oncle Mariano et sa tante Vanna.

« Il y avait de la pluie ?

— Non. Du vent, et mes brins de muguet s'envolaient.

— Tu n'avais pas froid ?

— Non.

— Tu n'avais pas froid parce que papa te serrait fort.

— Mais quelle andouille romantique. »

Elisa serre Caterina dans ses bras et lui embrasse le front. Tu voudrais entrer, te jeter sur le lit et les enlacer. Mais tu as presque honte de te découvrir autant aimé. Alors, tu restes là à les regarder, caché dans la pénombre, en haut de l'escalier.

« Ça se pourrait que, quand toi et papa, vous vous êtes mariés, j'étais là aussi ?

— Ça se pourrait que là, on dort. »

Caterina ne transige pas. Elle est têtue, ta fille. Elle oblige Elisa à mettre les choses au clair :

« D'abord, on se marie et on va habiter ensemble, puis les enfants arrivent.

— Pourquoi ?

— Parce que. »

Caterina revient à la charge comme un bélier.

« Ça se pourrait que, moi, j'étais là et que j'avais une belle robe, toute blanche. Et moi aussi, j'avais des fleurs sur la tête.

— D'accord.

— Et ça se pourrait que moi aussi, je me mariais avec papa. »

Elisa ne sait pas quoi répondre.

« Toi aussi, hein, précise Caterina. Toutes les deux. »

Et là, Furio Guerri, ce soir tu es un homme surpris par le bonheur de pouvoir espionner ta propre chance.

Parce que toi, tu sais ce qu'est la chance. Tu l'as toujours su, et quand tu l'as rencontrée, tu l'as tout de suite reconnue. Domini Elisa, célèbre pour son bonnet C que son physique élancé rendait encore plus plantureux. Domini Elisa, cinquième nom à l'appel, avant-dernier rang, la table près de la fenêtre. Un visage sans boutons d'acné, des chevilles fines, un bon bulletin mais sans plus. La fille de l'inspecteur d'assurances avait une manière enchanteresse de tapoter ses lèvres avec la gomme de son crayon. Elle n'avait pas le droit d'avoir une mobylette, et ne se déplaçait qu'en bus. Elle ne s'offrait au monde que le dimanche, boucles au vent et jupe noire au-dessus du genou. Ses amies l'emmenaient volontiers avec elles se promener sur le cours principal, mais dès qu'elle avait le dos tourné, elles la gratifiaient d'une cervelle de moineau. Juste parce qu'elle ne se donnait pas des airs de fille tourmentée pour baiser à droite et à gauche sous des prétextes psychologiques. Juste parce qu'elle ne roulait pas de joints, et ne disait pas « les boîtes rock, ça pue », et « la new wave, c'est à se tirer une balle dans la tête ».

Envieuses. Envieuses parce que les garçons, aux toilettes ou au vestiaire avant l'heure de sport, ne parlaient que d'Elisa Domini. De toutes les positions dans lesquelles ils allaient la prendre, de tous les trous où ils allaient la lui mettre. Toi, le redoublant, et donc l'autorité, tu approuvais en silence ce déchaînement hormonal qui trahissait juste leurs trafics de revues pornos bas de gamme et de VHS mal copiées. De vrais losers, pas un pour racheter l'autre. Ils n'avaient même pas le courage de la regarder en face, Elisa Domini. Tu le savais déjà : la plupart de tes camarades de lycée se donneraient en pâture à la première de ces petites envieuses qui leur taillerait une pipe à peine digne de ce nom.

Aujourd'hui, tu les croises uniquement le samedi, au centre commercial. Dégarnis, avec des lunettes aux montures inutilement colorées, penchés sur leurs caddies remplis à ras bord, comme si le journal de vingt heures venait d'annoncer l'arrivée de la tempête du siècle. Tu souris à leurs femmes alourdies, serrées dans des jeans bon marché, tu souris à leurs enfants capricieux. Tu souris et tu te dis que tu es un mec doué, Furio.

Tu souris parce que tu es un représentant, et un représentant sait sourire en toutes circonstances. Si tes chaussures sont trente pour cent de ton travail, ton sourire en vaut autant. Et tu souris aussi parce que tu les vois admirer Elisa Domini, la ravissante idiote, ta femme. Tu les vois regretter tout ce à quoi ils ont renoncé pour toujours, depuis les matins de cette époque lointaine, dans les vestiaires du gymnase. Car c'est cela qu'ils voulaient t'apprendre à toi aussi : t'apprendre à renoncer.

Tu souris, Furio, et parfois tu aurais envie de demander à l'une de ces épouses fanées si son cher petit mari la lui met aussi dans les oreilles comme il disait vouloir le faire, adolescent, à Elisa Domini. Qui s'appelle maintenant Elisa Guerri. Ta femme.

Mais tu es un représentant, Furio, et tu souris. Tu souris toujours à tout le monde. Alors, tu t'appuies sur le caddie et tu dis à la petite fille qui vient de déchirer l'emballage de son goûter avant d'arriver à la caisse :

« Comme tu es jolie ! »

Et même si elle ne te répond pas parce qu'elle est malpolie, et qu'elle mâche son goûter la bouche ouverte, tu continues de lui sourire.

Parce que tu es un représentant, Furio Guerri.

« Comment tu t'appelles, dis-moi ? »

3

Mais moi, Furio Guerri le monstre, je me sens parfois comme mes anciens camarades de lycée. Deux matins par semaine je viens ici, je m'assieds, j'ouvre le sac contenant mon sandwich et je verse les gouttes directement sur ma langue.

Puis je passe une heure devant ce que je désire.

Bien sûr, contrairement à eux, je suis conscient de ma profonde misère. Mais ce n'est pas un mérite, et encore moins un soulagement.

Aujourd'hui, les ombres des pins obliques semblent livides, et le soleil délavé. Aujourd'hui, je me suis garé encore plus loin et j'ai changé de casquette. Mais j'ai gardé mon blouson en viscose. Aujourd'hui, je verse quinze gouttes sur ma langue parce que la nuit que je laisse derrière moi a été l'une des pires de ces derniers temps. J'ai rêvé de la mer et même de l'île.

Lorsque je me mets à rêver de l'île, j'augmente le nombre de gouttes. Les dosages sont déterminants, avec ces saloperies qui te travaillent le cerveau.

Il est de nouveau midi, et quand je les vois sortir par le portail, je n'arrive pas à immobiliser mes mains, même en agrippant les coutures de mes poches.

Les filles traversent la pelouse par groupes de deux ou trois. Pas de volley aujourd'hui, on dirait.

Elles vont toutes s'asseoir dans le coin où l'herbe résiste par touffes irrégulières. Elles sont accompagnées d'une enseignante assez jeune, blonde, jean et gilet qui lui arrive à mi-cuisses. Elles sortent des cahiers, des stylos, des trousses. Certaines prennent des notes directement sur leur portable.

Des franges dégradées, droites ou décolorées, et même une frange bleue. Des sneakers roses, des ballerines blanches brillantes, des baskets noires à fleurs vert fluo. Je ne suis pas assez près pour distinguer leurs visages.

Je suis un monstre, mais je ne suis pas comme mes camarades de classe. Moi, ce que je veux, je l'obtiens. Un de ces jours, c'est ce que je ferai.

Deux matins plus tard, j'avale juste cinq gouttes. Il me suffit de descendre dans un fossé sec, de m'agenouiller et de ramper sous la grille délabrée. Je me retrouve sur le parking des enseignants, comme si je venais de refermer la portière de ma voiture.

Pour un monstre, il n'y a rien de vraiment difficile. Ou du moins, rien de plus difficile que d'être un monstre. C'est bizarre à expliquer, mais ça marche comme ça.

Je me dirige vers l'une des entrées d'un pas désinvolte, comme si je devais affronter un nouveau client. Sans hâte, sans regarder autour de moi. Comme si j'étais déjà venu ici des centaines de fois. Mon sac noir en bandoulière suggère la présence d'un ordinateur, et donc une activité professionnelle.

Un garçon à rouflaquettes fume en maintenant ouverte avec son pied la porte de l'issue de secours.

Je lui demande où se trouve la salle informatique, en passant la lanière sur mon autre épaule, comme si mon sac était très lourd.

Dans les écoles maternelles et primaires, ça sent la mandarine, la gomme et les taille-crayons. L'odeur est la même qu'à mon premier jour d'école.

Mais au lycée, l'odeur est différente. Indéfinissable, mais précise. Je crois que ça sent l'impatience. L'impatience qui nous prend justement quand il n'y a pas de raison, parce qu'on a toute la vie devant soi.

Les hormones. Ce doit être ça. Les hormones, et un sentiment de possible qui entre par nos narines, la route la plus rapide vers le cerveau, et nous rend assoiffés de tout parce qu'il nous dit qu'aucune défaite n'est encore une condamnation.

Au fond, au bout du couloir, la porte est ouverte, la classe est vide. Classe de première.

Deux files désordonnées de tables, et par terre des sacs à dos de toutes les couleurs, des feuilles de cahier froissées, des emballages de gâteaux, des verres en plastique. Un bivouac de sauvages.

Toi, Furio Guerri le représentant, tu serais tenté de tout ranger, mais moi, Furio Guerri le monstre, je n'ai pas le temps. Je jette un coup d'œil dans les agendas sur les tables, mais seulement dans ceux des filles.

Je n'ai pas le temps. Je n'aurais jamais dû entrer dans la cité scolaire Marconi.

Je prends le sweat-shirt kaki avec la capuche et l'inscription en paillettes. *Girls just wanna have guns*. Le titre d'une chanson, je crois. Mais je n'en suis pas sûr.

Est-ce qu'elle va en boîte, avec ce sweat-shirt ? Ou est-ce qu'elle le met juste pour aller à l'école ?

30 % acrylique. 50 % coton. 20 % élasthanne. D'après l'étiquette délavée, il a dû passer souvent à la machine et être beaucoup porté. Ça me plaît encore plus.

Et où l'a-t-elle acheté ? L'a-t-elle choisi toute seule ou s'est-elle fait conseiller par une amie ?

Le couloir est silencieux. Je ne devrais pas être ici.

J'ouvre la fermeture Éclair et j'étale le sweat-shirt vert sur mon visage. Je ferme les yeux, je respire.

Sueur âcre, adoucissant et crème antiacnéique. Moi, le monstre Furio Guerri, après si longtemps, je me sens enveloppé par toute la vie dont j'ai été privé. Et c'est merveilleux de savoir la reconnaître.

J'oublie tout, j'oublie même que je devrais partir illico.

Je sors de la classe, je reviens dans le couloir, où je me crois déjà dehors.

Erreur.

La voilà devant moi. Menue et insignifiante, sauf qu'elle est bien là, comme un énorme écueil devant mon issue.

Je n'ai pas entendu ses pas, elle porte des baskets blanc et argenté pareilles à celles de ses élèves. Mais ce n'est pas une adolescente. C'est la jeune prof au gilet. Elle me toise avec un sourcil inquisiteur et me demande ce que je cherche. Je dois improviser.

« La salle informatique.

— Vous êtes le technicien ? »

Je suis obligé de répondre que oui.

« Il était temps. Ça fait deux semaines qu'on vous a appelé. Venez. »

Heureusement, j'ai toujours eu le temps de me tenir à la page.

Je reconfigure les bons pilotes pour l'imprimante, puis je nettoie le PC avec des antivirus obsolètes, histoire de faire illusion. Je me contente d'effacer de l'ordinateur une quantité de fichiers pourris, de cookies et de saloperies variées ramassées en ligne. Je lui demande si elle a des collègues qui, par hasard, iraient sur des sites pornos.

« Mes collègues, je ne sais pas. Mais les gamins, ils n'arrêtent pas, m'informe-t-elle. Pourquoi vous gardez vos lunettes de soleil à l'intérieur ?

— Je viens de me faire opérer de la rétine.

— Et vous ne devriez pas être en arrêt maladie ?

— Si, je devrais », dis-je en soupirant, mais je pense : Qu'est-ce que ça peut bien te foutre ?

Je lui apprends que la carte mère de l'un des ordinateurs est grillée.

« Alors emportez-le pour le réparer. »

J'essaie de lui expliquer que non, qu'elle est inutilisable, mais elle file ailleurs et je dois la suivre.

« J'en ai plein le cul d'apporter mon propre PC tous les matins, juste parce que ici rien ne marche. »

Au secrétariat, elle ouvre d'abord la porte, puis elle frappe et entre sans attendre.

Je suis à quelques mètres des marches, deux volées et hop, dehors. Elle seule m'a vu, personne d'autre ne me verra.

Mais, je ne sais pas pourquoi, je reste là. À regarder autour de moi comme un représentant ne devrait jamais le faire. Je regarde autour de moi, mon imagination s'envole, je me fais des films. Or, le représentant parfait ne s'égare jamais dans des rêveries, il les provoque chez son client.

Alors, je donne le temps à la prof de sortir. Plus furax que tout à l'heure.

« Pas d'argent. Pas de réparation. »

J'ouvre les bras.

« Au secrétariat, ils me disent qu'ils ont résilié le contrat d'assistance en octobre, c'est vrai ? »

J'admets tout de suite que c'est possible, que mes collègues ne m'en ont peut-être pas informé.

« Ce qui est sûr, c'est que mes collègues à moi ne m'ont rien dit. »

Je souris. Le bon représentant a le courage de sourire lorsque personne n'ose le faire. Puis je lui fais un clin d'œil. Un bon représentant est toujours complice de son client.

« Tant pis. Je n'ai pas fait l'heure complète, je la mettrai sur le compte de quelqu'un d'autre. »

Elle souffle et, à ce moment-là, la cloche sonne.

« Laissez-moi au moins vous offrir un café. »

À la cafétéria du lycée, elle me conseille les *sfogliatelle*. À la ricotta et au citron.

« Elles sortent du four de la classe de cuisine », précise-t-elle, et elle m'explique que la cité scolaire réunit trois lycées.

« Ceux qui rament en section S tentent la filière technique. Ceux qui sont recalés en filière technique se retrouvent à l'école hôtelière. Tout ça sans avoir même à changer de bus le matin. Ce qui serait un obstacle insurmontable pour certains de ces hominidés. »

Nous partageons une *sfogliatella*. Pas de café pour moi. Elle prend une grande tasse de *caffé d'orzo*. Nous regardons tous les deux par les vitres de la cafétéria, en direction du terrain d'athlétisme bondé, entre les pins.

« Encore trois mois avant la fin de l'année, mais je ne les tiens plus.

— Qu'est-ce que vous enseignez ?

— Moi ? Tout.

— Il faut combien de diplômes, pour tout enseigner ?

— Un seul. Je suis prof de soutien. »

À cet instant, ceux qui n'ont jamais été représentants pourraient prononcer deux phrases, toutes deux incorrectes. La première serait : « Ah oui, intéressant ! », en affectant de savoir de quoi il s'agit. C'est risqué et prouve juste qu'on veut changer de sujet. La seconde serait : « C'est-à-dire ? » Ce qui sonne plus ou moins comme : « Tu fais un boulot dont je n'ai jamais entendu parler. » Sincère, mais vexant.

« Je me suis toujours demandé comment ça fonctionne, le soutien. » Voilà la bonne phrase. Bienveillance et modestie. Elle met le client à l'aise, et l'encourage à baisser la garde.

Elle m'explique que chaque enseignant suit deux ou trois élèves en difficulté et les aide dans toutes les matières, pendant les heures de cours. L'idée est de les intégrer dans leur niveau de classe.

C'est une femme quelconque qui a une manière totalement quelconque de snober ses quarante ans qui arrivent à grands pas.

« Le problème, c'est qu'ils ont tous besoin de soutien. Chaque année, c'est pire. Ils nous arrivent du collège presque lobotomisés. »

J'en conclus que ce doit être un travail ardu et que les *sfogliatelle* sont délicieuses. Double gratification. J'ai fini ma part en deux bouchées. À présent je regarde dehors, sur le terrain de sport, toujours la même scène : les garçons jouent au foot et les filles au volley.

« Les garçons jettent le ballon par terre, puis lui donnent des coups de pied, dis-je. Les filles le prennent dans leurs mains et le lancent vers le ciel. »

Cette phrase la touche. Elle sourit enfin. Deux fines rides aux commissures des lèvres, comme les souvenirs de guerres qu'elle n'aurait pas cherchées. Elle me dit que son ordinateur rame aussi et me demande si je peux revenir dans les prochains jours pour y jeter un coup d'œil.

Pas de grandes occasions sans grands risques.

C'est une phrase que j'ai souvent utilisée pour convaincre des clients réticents. À présent, elle me concerne directement.

« Jeudi ? me demande-t-elle.

— Jeudi.

— Je m'appelle Laura.

— Laura », je répète, en cherchant de quoi essuyer mes doigts collants avant de connaître la température de sa main. « Moi, c'est… Flavio. »

Je repasse devant les maisons du lotissement, avec leurs tuyaux d'arrosage enroulés dans l'herbe comme des serpents, les chiens indolents et les balançoires immobiles. Je me dis que je ne peux pas rater cette occasion. J'en viens à penser que ma rencontre avec cette enseignante est un signe du destin, puis j'évalue aussi tous les risques d'un retour dans cette école et en conclus que je dois rester en alerte.

Un monstre doit toujours rester en alerte.

Seul, assis dans ma Duetto, vitres fermées, je réfléchis calmement. L'odeur vintage des sièges en cuir me vient en aide. Tout comme celle du plastique, si consistante, si industrielle. Je regarde le siège vide et me dis qu'un type comme Edoardo, mon ex-collègue, saurait me conseiller sur la conduite à tenir avec cette Laura.

4

Edoardo Magnani a été le premier VRP embauché par les Industries graphiques Aggradi. Edoardo Magnani t'a formé pendant presque un an, à travers la moitié de l'Italie. Ses lèvres sont surmontées d'épaisses moustaches en brosse, jaunies par le cigare, à toi de deviner quand elles cachent un sourire. Il parle beaucoup, mais à voix basse. Avec son délicat accent de Florence, il t'a expliqué comment rédiger un devis, comment donner des instructions aux cervelles de moineau de ceux qu'il appelle encore linotypistes, comment regarder des pellicules pour comprendre si le redoutable *moiré** [1] jaillira sur la page imprimée, cet effet à petits pois très agaçant, fléau de toutes les photocompositions.

Le dernier jour de formation avait lieu un après-midi d'octobre : sous d'épais nuages et dans une file de camions dégoulinants de pluie. De retour de chez l'un de vos clients de Bologne qui imprime des mangas, vous êtes restés suspendus sur les viaducs des Apennins. Comme toujours, un accident entre Barberino et Roncobilaccio.

Magnani a baissé le volume de la radio et annoncé qu'il devait te donner son dernier conseil. Rien à voir avec les papiers patinés et les reliures broché cousu.

« Écoute-moi bien, Furio : ne te tape jamais les filles ou les femmes des clients. Elles sont comme les vaches sacrées, tu

1. Les mots en italique suivis d'un astérisque sont en français dans le texte. *(Toutes les notes sont de la traductrice.)*

piges ? C'est la seule fois où le F de flouze prévaut sur le F de foufoune, n'oublie pas ça.

— Il y en a que deux, des F ? » lui as-tu demandé.

Magnani s'est passé deux doigts dans les moustaches, perplexe.

« Dans ces cas-là, ça marche toujours par trois. Du genre le Père, le Fils et le Saint-Esprit. Riri, Fifi et Loulou. Flouze, Foufoune, et... il doit y avoir un autre F. »

Magnani a écrasé fermement une autre cigarette dans le cendrier qui débordait.

« Le F de famille, Magnani, non ?

— T'as raison : foufoune, flouze et famille. Qu'est-ce qu'un homme pourrait rêver de plus ? » Il a lâché le volant pour te mettre une main sur l'épaule. « Elle arrive quand, votre petite ?

— Dans cinq semaines. »

Magnani a souri. La pluie fine redoublait, et les essuie-glaces mugissaient sur le pare-brise.

« Vous avez déjà choisi son prénom ?

— Caterina. »

C'était faux. Tu l'avais choisi tout seul. Elisa préférait Chiara, mais tu t'étais juré que ta femme ne l'emporterait pas. Jamais.

« Moi aussi, j'ai hâte que ce soit les vacances, pour profiter de mon petit-fils. Et de mon oliveraie. »

Il t'a raconté que cette année-là, ils avaient fait de l'huile pour la première fois. Qu'il avait fait imprimer les étiquettes avec la photo de son petit-fils et que les Aggradi les lui avaient même fait payer. Quels connards.

« Il a déjà deux ans, mon petit Francesco. Grand-père à cinquante-cinq ans... Après les quarante, ça file, Furio. »

Magnani a poussé un profond soupir.

« Et la petite nouvelle, t'en penses quoi ? t'a-t-il demandé.

— Susy ? Elle travaille bien.

— Oui, mais t'en penses quoi ? »

Certains sujets t'ont toujours déplu. Tu ne t'es jamais fié à la camaraderie masculine. Même ce dernier jour de formation, tu n'es pas entré dans le jeu.

« Elle a des dents de cheval.

— Oui, mais t'as vu ce cul bien ferme ? Tu la retournes, tu la plaques sur la développeuse, tu sais, quand on attend que les pellicules sortent, à la pause-déjeuner, et vlan… »

Edoardo Magnani a ri, a poussé un autre soupir et râlé parce que les essuie-glaces crissaient.

« Elle aime ça, la petite, crois-moi. Mais je n'ai plus le physique pour une nana comme elle, Furio. »

C'était un sage, Edoardo Magnani. Il disait qu'il avait pitié des types de son âge qui se barraient de chez eux le soir avec une excuse pour aller se faufiler dans un ancien cinéma de seconde zone transformé en night-club. Pathétiques. Ils se laissaient plumer comme des pigeons par des pedzouilles moldaves à faux cils. Lui, il se couchait tôt le samedi, et le dimanche il allait à la chasse. Ou aux champignons, ou à la pêche. Sanglier, cigares et chianti, et *fuck* le Viagra.

Dehors, la nuit était brouillée par l'humidité, et la vitre maculée de pluie fine, comme de mille insectes transparents. Le dernier jour de formation.

« Et puis, que ce soit clair, ma femme, je la baise encore, et avec plaisir. Parce que je l'aime et parce que tant que je la baise, je suis peinard, elle me casse pas les couilles. Elle peut se les garder, ses soupçons. Et si je baise encore ma femme après trente ans de mariage, putain, j'ai bien droit à des petits bonus, non ? »

Magnani a eu un rire de gorge, qui l'a fait tousser.

Il avait les cheveux blancs, soyeux et toujours bien peignés. Il portait des cravates sobres. Ce jour-là, il en portait une gris perle. Vraiment belle.

La file s'est enfin débloquée. À la radio on passait du Eros Ramazzotti, et à si faible volume qu'on aurait dit le gémissement d'un agneau de lait.

« C'est vrai, Susy a des dents de cheval. Et Loretta, du service achats ? Elle est en pleine séparation. C'est le meilleur moment, les séparations. Elles sont plus désarmées. Et plus déchaînées.

— Je ne crois pas que baiser une collègue soit une très bonne idée non plus.

— Comme tu voudras. C'est moi qui essaierai, alors. Elle a la quarantaine, elle est encore bonne pour moi. »

Ça a fait rire Magnani, il t'a dit qu'il était content d'avoir formé un représentant de cette trempe. Que des gars bien comme toi, on n'en faisait plus. Quelques mètres plus loin, la bouche noire du dernier tunnel vous attendait, engorgée de voitures en double file.

Aux Industries graphiques Aggradi, le grand Magnani s'est toujours occupé du secteur « commercial ». Par « commercial », on entend toute cette partie du travail qui va de l'affiche à la serviette en papier du restaurant, de l'étiquette de vin au bulletin électoral. Une quantité de travail démesurée. *Implémentable* à l'infini. *Implémentable*, comme le dit Aggradi junior, car lui, il a étudié jusqu'au master. Aggradi senior, le père fondateur, montait encore, à douze ans, cent rangées par jour de caractères en bois, et avait racheté à vingt ans une petite machine offset allemande, en laissant en gage une Lambretta usée et les dents en or de son père, de sa mère et de sa grand-mère, onze en tout.

Quant à toi, on t'a collé le « culturel ». Chez Aggradi, ça correspond à tout le travail lié de près ou de loin à la reliure. Et donc aux volumes, livres illustrés, guides, manuels et modes d'emploi, mais à condition qu'ils soient tenus au moins par un point métallique, sinon ils sont transmis immédiatement au « commercial ». En vertu de cette distinction matérielle, le catalogue d'un fabricant de meubles entre dans le « culturel », et l'affiche d'une exposition d'art dans le « commercial ».

Pourtant, le « culturel » n'est pas un secteur aussi *implémentable*. Il est plein d'emmerdes et de clients toqués. Comme les deux pédales auxquelles tu rends visite tous les mercredis après-midi.

Les deux pédales s'appellent Augusto et Walter. Dans ton fichier, ils répondent à la raison sociale « Éditions Contexte SCA ». Le commanditaire est Augusto. C'est le plus vieux, le buveur matinal de whisky bon marché qui arbore des écharpes de soie comme des parements sacrés. Le commandité est Walter, chauve à même pas quarante ans, délégué aux rapports impurs avec clients et fournisseurs, qui demande des réductions en mordillant sa pipe sur le côté.

Les deux pédales sont les plus culturels de tes clients culturels. Ils impriment des livres culturels que personne n'achète et sont par conséquent très mauvais payeurs.

Le siège de Contexte est une petite villa Art nouveau, voire éclectique, comme ils l'ont souligné la première fois que tu leur as rendu visite. La petite villa éclectique se trouve sur la côte de la Versilia, près de la pinède où D'Annunzio faisait des galipettes avec Ermione. Il n'est pas rare que, pour te faire signer un bon de commande, tu doives aller les chercher au milieu des pins sacrés du grand poète. Grâce à la haute valeur que l'on reconnaît à leur activité culturelle, ils paient à la commune un loyer symbolique. Ils déjeunent tous les jours dans leur restaurant de confiance qui donne sur la plage. Même en hiver, lorsque la mer est sombre mais le sable désert aveuglant. Salade chaude de calamars, poulpe aux pommes de terre ou risotto. En vérité, ils ne manquent jamais de t'inviter à rester avec eux, mais franchement, tu te sens mal à l'aise, à une table de restaurant avec deux pédales.

Ils sont puissants en tout cas, avec leur entourage de jeunes sculpteurs étrangers, de poétesses en pull-over jacquard et d'adjoints au maire susceptibles. Tu sais que le réseau de pédés casés un peu partout, de la musique lyrique aux musées, leur assure des événements et des expositions de toutes sortes. En plus, ils reçoivent des financements des universités pour publier des pavés de sept cents pages qui doivent être corrigés trois fois avant d'être imprimés. Mais tout cela ne suffit pas, d'ailleurs ces deux-là mangent tous les jours au restaurant, et chaque fois tu te présentes chez eux avec une facture impayée.

Ce mercredi après-midi ne déroge pas à la règle.

Les deux pédales gardent en otage dans leur petite villa une jeune diplômée qui leur sert de secrétaire et de rédactrice. La pauvre fille trime dix heures par jour pour une misère et tous deux la détestent car elle possède plusieurs qualités impardonnables à leurs yeux : c'est une femme, et elle est jeune.

C'est elle qui te reçoit, elle qui te prépare un thé à la gentiane et te montre toutes les corrections à reporter sur le volume *Nouveaux regards critiques entre gothique et romantisme.*

L'odeur d'ammoniaque des Ozalid exacerbe son parfum de talc, et le mélange te surprend. Magnani en ferait bien son quatre-heures, malgré son cardigan vert pomme cuite en cachemire mélangé et son camée de grand-mère. La pauvre, ça doit être d'un chiant, de passer toutes ses journées avec ces deux-là.

Et à propos, où sont-ils ? Tu te poses la question pendant que la jeune diplômée te montre les pages grises parsemées de ses signes rouges, pointus et réguliers. Vingt corrections par page une fois de plus, encore des heures de travail gâchées. Dans une semaine, tu le sais déjà, dans le sobre bureau en mezzanine, devant la feuille Excel de ta fiche de travail, Aggradi junior te remontera les bretelles. Alors, tu descendras au secteur opérationnel et tu remonteras les bretelles aux photocompositeurs, ces buses qui ne comprennent jamais une correction du premier coup.

La vérité, c'est qu'Aggradi junior déteste le « culturel ». Si ça ne tenait qu'à lui, il démantèlerait le secteur. Mais une typographie qui n'imprime pas aussi des livres n'est pas digne de ce nom, soutient Aggradi senior. Tant qu'il vivra, ce sera la loi. C'est son credo parce que un livre, il n'en a pas lu la moitié d'un dans sa vie, et maintenant il se targue d'en imprimer dix par mois. Telle est sa curieuse conception du rachat social. La culture ne lui a jamais servi et ne lui servira jamais, mais lui, il sert à la culture.

La jeune diplômée continue de t'expliquer une par une même les corrections des notes de bas de page, en corps huit. Tu te penches sur les Ozalid. Elle aussi.

« Sur le *e* de *Bronte*, il faut un tréma, vous voyez ?

— Tré-quoi ?

— Les deux petits points », précise-t-elle, et pour bien te montrer ces deux insignifiantes petites taches rouges, elle se penche en avant sur la table, bras croisés, son cardigan plus déboutonné que d'ordinaire.

« Sans le tréma, en anglais, ça pourrait se prononcer *Bront*. »

Oh, mon Dieu, et leur petite villa éclectique s'écroulerait à cause de ça, tu penses. Tout en reluquant son décolleté, tu promets que tous les *e* de *Bronte* auront leurs foutus petits points et que l'horrible massacre sera évité. Puis tu demandes à la jeune diplômée si tu peux parler avec Walter. Ou avec Augusto. Mais comme par hasard, ils sont tous les deux à un congrès.

« Ils devraient avoir laissé quelque chose pour moi. »

La jeune diplômée n'en sait rien, et elle te regarde droit dans les yeux, en tripotant son camée. Tu essaies de joindre Walter sur son portable, pendant qu'elle t'informe, précise, qu'il a dû l'éteindre pendant le congrès.

La jeune diplômée est une prophétesse à la petite semaine, et Walter n'a laissé aucun chèque. De toute façon, c'était couru que les deux pédales seraient absentes, parce que les sous qu'ils te doivent, ils ne les ont pas.

« Ils reviennent quand ?

— Le congrès se termine à sept heures et demie. »

Tu t'appuies à la table et regardes l'horloge entre les étagères en noyer gauchies par le poids des livres. Il n'est que cinq heures et tu durcis le jeu : sans le solde des factures arriérées, le volume ne sera pas imprimé. Pour ne pas être malpoli avec le vrai client, le bon représentant doit se montrer intransigeant avec les subalternes.

La terreur pure lui fait ôter ses lunettes.

« L'université de Pise a déjà fixé la présentation pour dans dix jours.

— J'avais été clair avec Walter. »

Elle rassemble ses petits fascicules gris et te les tend.

« Faites passer les corrections en attendant. Walter vous appellera demain après-midi.

— Je suis désolé.

— S'il vous plaît », implore-t-elle.

Avec un sourire poli, tu la laisses avec son fascicule entre les mains. Et tu l'informes que demain, ce sera le même topo que les autres fois : supplications, discussions, excuses et promesses. Tu es sur le point de partir mais elle te bloque et te pousse vers le bureau.

Elle est un peu moins grande que toi. Elle ne se maquille pas et n'a rien qui ressemble à une coupe de cheveux, juste une barrette dorée en plastique en forme de papillon. Tu ne la qualifierais pas de femme laide, au contraire. Peu attirante, à la limite, ce qui est différent. Elle pose ses mains sur ton torse, puis te serre un peu au-dessus du coude, te demande ce que tu veux qu'elle fasse.

« Je dois y aller. »

Mais elle insiste. Te dit qu'elle a toujours attendu de rester seule avec toi.

Conneries. Lu trop de livres sur le romantisme. Le problème, c'est juste la facture impayée.

Et puis, ce que la jeune diplômée ne sait pas, c'est que toi, tu baises Elisa Domini. Le top du top, pour être clair. La baiser, elle, ce serait descendre plus que quelques échelons.

Bien sûr, tu ne le lui dis pas, parce que toi, Furio Guerri, tu es un gentleman. Et un représentant. Et au fond, cette fille avec son papillon dans les cheveux est juste en train de défendre le job pouilleux que son diplôme pouilleux en lettres lui a permis de dégoter : s'occuper de doubles points sur les *e*. Tu finis donc par la regarder avec une sorte de tendresse, à passer ton doigt sur son menton.

Mais tout cela n'empêchera pas que cette nuit, tu te réveilleras à quatre heures. Tu penseras à demain, à ton retour au boulot sans le chèque. Dans le bureau en mezzanine, Aggradi junior fera peser le doute sur le renouvellement de ton contrat de représentant.

Ni elle ni toi ne pouvez éviter tout cela, d'ici demain. Alors, autant y aller.

Tu mets tes mains sur ses épaules et lui souris comme seul un représentant sait le faire, même dans les situations les plus imprévues. La jeune diplômée se laisse abaisser sans résister. Elle pose les genoux par terre, met ses mains sur la boucle de ta ceinture, puis a un instant d'hésitation. Elle remet ses lunettes, puis s'agenouille à nouveau et te regarde d'en bas.

« Si ça va dans les yeux, ça brûle. »

Tu as encore les genoux dans le coton, pendant que tu conduis ta Duetto vers la dernière visite de la journée.

Sauro Bellopede est un fonctionnaire municipal. Il débauche à deux heures piles. Voilà pourquoi tu dois toujours retirer le matériel chez lui, dans une ancienne ferme perdue au milieu des monts Métallifères. C'est seulement l'une des contraintes que le docteur Bellopede exige d'Aggradi et donc de toi. Mais par ailleurs, un appel d'offres est en jeu pour le nouveau parc archéologique : six volumes de photos, des guides, des dépliants, des affiches, des calendriers et des produits dérivés qui te feront mettre un pied dans le « commercial ». Tirages : élevés. Contrôle des prix : pratiquement nul.

Entre deux tournants, tu vérifies que ton pantalon n'est pas taché et tu renifles ta chemise. Un représentant doit toujours être impeccable. Et tu ne peux pas prendre le risque d'éveiller les soupçons d'Elisa quand elle mettra tes vêtements dans la machine.

Tu ne sais même pas comment elle s'appelle, la jeune diplômée. Tu continues de l'appeler comme ça depuis que tu es entré pour la première fois, il y a deux ans, dans la petite villa éclectique. Tu l'avais d'ailleurs à peine remarquée.

Tu aimerais raconter l'exploit de la jeune diplômée au grand Magnani, surtout le détail des lunettes. Tu l'imagines déjà, le commentaire salace du grand Edo : pour une fille qui passe son temps entre deux pédés et des héroïnes romantiques (qui, c'est bien connu, ne baisent jamais), elle a fait preuve d'un certain savoir-faire.

Et d'une grande désinvolture, tu dois avouer. Pas comme le mouchoir en papier déjà prêt sur le tableau de bord, avec lequel Elisa essuyait sa main ouverte lorsque, sur le parking derrière chez toi, vos premiers longs, très longs baisers prenaient un goût d'inachevé. Aujourd'hui encore, elle en garde une boîte à portée de main dans la table de nuit.

Elisa. Tu ne dois rien accorder à personne qui puisse, ne serait-ce qu'hypothétiquement, compromettre ton mariage. Avec le grand Edo Magnani, vous êtes collègues. Les collègues sont des alliés à l'extérieur, mais des adversaires potentiels en interne. C'est comme ça. C'est la loi. Tu ne peux jamais savoir.

Et ça, ce n'est pas Magnani qui te l'a appris. Ça, Furio, tu l'as toujours su tout seul.

Des adversaires potentiels. Tu l'as toujours su et tu ne l'oublies jamais.

Surtout ce soir. Elisa et toi, vous montez dans la Duetto après vingt et une heures. Elle a changé trois fois d'avis sur son châle et sa jupe évasée, Caterina a éventré ses tiroirs à robes et s'est habillée de pied en cap pour venir elle aussi. Ça s'est mal terminé, un caprice monstrueux au terme duquel elle a déchiré le rideau du salon.

« Il ne manquait plus qu'elle, ce soir, te plains-tu.

— Tu étais vraiment obligé de lui dire qu'on allait à une fête ? » Le ton d'Elisa est perçant comme les courants d'air entre le capot et les fenêtres.

« Caterina est grande, il me semble.

— Si tu passes ton temps à lui dire qu'elle est grande, alors pourquoi elle ne peut pas venir à cette fête où il n'y a que des grands ?

— C'est moi qui ai tort ?

— Non, mais tu dois comprendre comment raisonne une gamine de six ans.

— Je ne comprends pas comment raisonne ma fille, d'après toi ?

— Oh là là, on tourne en rond, là. »

Elisa met sa main devant le volet d'aération.

« Tu sais bien que l'air chaud n'arrive pas tout de suite, la rassures-tu.

— Et quand il arrive, ça pue l'huile brûlée.

— S'il te plaît, ne fais pas la tête, hein. Il y aura toute la boîte, ce soir. C'est une fête. »

Une fête importante. La fête d'entreprise est toujours très révélatrice, comme une maquette qui reproduit le champ de bataille.

La Villa Mansi est presque cachée, retirée dans les collines silencieuses qui bordent la plaine de Lucques. Quand vous arrivez, le parking est presque plein. Elisa devrait marcher un bon moment sur le gravier avec ses talons de douze centimètres. Des chaussures achetées pour l'occasion, avec un bout pointu qui te semble disproportionné, mais c'est la mode. Encore une paire de chaussures. Entre les tiennes et les siennes, vous en êtes au troisième placard à chaussures. Et elle qui te demandait à quoi servirait une maison avec une petite cave.

Ta femme risque de se faire mal. Ses fines chevilles ont une âme de cristal. Tu lui confies les clés de la Duetto, puis, sans la prévenir, tu la prends dans tes bras. Elle se laisse soulever avec un petit rire d'écervelée, sourit et t'embrasse tout doucement, pour ne pas te laisser de traces de rouge à lèvres.

« Tu es canon », lui murmures-tu.

Tout en portant cette créature parfaite, tu penses déjà au grand salon avec ses fresques représentant des scènes de chasse, son plafond couvert de nymphes, ses angelots dans les coins, ses lustres étincelants et ses salariés déjà attablés. À ta femme et toi qui devez le traverser, au milieu des regards de toute l'entreprise, de tous les autres, qui prendront votre arrivée en retard pour de l'impolitesse.

Arriver en retard à la fête d'entreprise et avec des chaussures sales, ça non, ce serait le comble.

Soudain, tu réalises qu'ils pourraient s'imaginer bien pire, que cette trouvaille n'est destinée qu'à exhiber la plus belle épouse de toute l'entreprise. Contre-productif. L'envie n'attend qu'une provocation pour se légitimer en mépris.

Quoi qu'il en soit, ils lèvent tous les yeux de leurs assiettes pour vous voir entrer. Beaux, élégants et en retard. Elisa est aussi grande que toi, ses talons martèlent les secondes au moment où le brouhaha diminue, son sourire est presque surnaturel. Une déesse païenne de passage parmi les mortels.

Susy, la nouvelle recrue, qui a mis un rouge à lèvres cerise trop vif pour ses dents de cheval, lève les yeux. De même Vittorio, le vieux comptable devenu témoin de Jéhovah. De même Mimmo, le chef d'équipe des nouvelles machines à six couleurs, qui dirige l'équipe de foot de l'entreprise. De même Donato, le jeune graphiste fan de mangas qui préfère prendre le train tous les jours plutôt que passer son permis. De même Donna Jole, comme on appelle cette mussolinienne nostalgique qui tient encore entre ses griffes aux taches de vieillesse les couilles du patriarche Aggradi.

Elisa et toi, vous êtes à la même table que Magnani, ce qui tombait sous le sens. Tu es à gauche de l'aréopage des propriétaires, où campe une fontaine fleurie d'arums, de camélias et d'orchidées. On vient de servir les *antipasti*. Aggradi junior se lève et vient te dire bonjour.

« Vous avez manqué l'apéritif », dit-il, et tu sais que ce n'est pas un signe de bienvenue. Entre-temps tu analyses la disposition des tables par rapport à celle des propriétaires, comme si c'était un système planétaire autour de son étoile.

La plus proche est celle de l'administration. Juste à côté, on a placé le bureau des fournisseurs. Le service de photocomposition occupe deux tables, dont l'une t'empêche de voir celle des propriétaires. En outre, Aggradi senior te tourne le dos. Non, ce n'est pas une bonne position. Elisa te demande ce que tu as.

« Rien, lui dis-tu, rien. »

Au moins deux tables d'employés des machines sont à la même distance que la tienne du centre du système solaire entrepreneurial. Tu sais que rien n'est dû au hasard. Force est de constater que les plus éloignés après toi, ce sont les chauffeurs et les ouvrières de la reliure payées à la tâche.

On sert une crêpe à la daurade avec de la crème de haricots blancs à la coriandre.

La femme de Magnani te regarde et sourit, elle attend encore que tu lui adresses la parole. Elle a choisi un chandail noir moulant prétentieux, à col montant et manches longues, mais qui laisse les épaules découvertes. Les serveurs apportent des fleurs de courgette farcies.

« C'est délicieux, dit ta femme. Qu'est-ce qu'il y a, dedans ?

— De la mousse de morue, dit Magnani.

— C'est facile à faire, ajoute sa femme. J'ai la recette à la maison.

— J'essaierais bien, moi aussi. C'est bon, non ? te demande Elisa.

— Oui, c'est bon », réponds-tu.

Les *slides* sur la performance de l'année de l'entreprise sont introduites par la bande originale de *Chariots de feu* et finissent avec Wagner. Les deux Aggradi se lèvent et tout le salon retentit d'applaudissements qui font tinter les lustres. Le responsable du secteur paye arrive, courbé et pressé, avec un micro.

C'est la remise des prix. Puis ce sera le gâteau, suivi des danses, le moment que tu redoutes entre tous, plus que le karaoké. Tu n'aimes pas danser et tu sais très bien que ceux qui dansent mal se font chambrer à la machine à café pendant au moins un mois. Mais si tu ne danses pas, c'est comme si tu snobais les opportunités de divertissement que l'entreprise offre à ses employés. Et tu perds des points avec les propriétaires.

On remet un prix au gardien de l'équipe de foot, qui a encaissé le moins de buts au championnat départemental.

On remet un prix à la responsable des achats. Douze pour cent d'économies sur les fournitures. Loretta la bétonnière, comme on l'appelle en ragotant à la pause-déjeuner. Elle a un fils de seize ans, mais plus de mari.

On remet un prix à l'employé des retouches photo.

Puis Magnani est appelé à la table centrale.

À ce moment-là, tu te sens comme la chaise sur laquelle tu as cherché en vain une position confortable depuis le début du dîner. Un accessoire du salon parmi deux cents autres.

Si on n'avait remis de prix à aucun des deux représentants, ça pouvait encore aller. Mais si on remet un prix à Magnani, c'est un reproche implicite pour toi, le signe de l'échec. Néanmoins tu dois applaudir, sourire et avec conviction, en plus. Tout le monde éprouve de l'envie, mais tout le monde méprise les envieux.

Aggradi senior serre Magnani dans ses bras. L'entreprise lui offre un GPS portable. Tu as lu qu'en Amérique, tout le monde en a un, mais ici, seules les voitures de luxe les montent en équipement de série.

Le grand Magnani vient de conclure un contrat avec une grande chaîne de distribution. Deux cent cinquante mille flyers par semaine, de tous formats, en quadrichromie, de quatre à huit pages. Et tout ça, juste pour les points de vente de la Toscane. Dans douze mois, il y aura une possibilité d'offre pour la Ligurie, l'Ombrie et surtout l'Émilie. Soit plus d'un million de flyers par semaine.

Implémentable. Tu lèves tes deux pouces vers la femme de Magnani, mais tu ne trouves pas le courage de regarder la tienne. Ce n'est pas toi qui reçois l'étreinte du chef, cette nouveauté technologique et ces applaudissements. Elle ne peut pas savoir que tu t'occupes du secteur culturel, que ce n'est pas ta faute si les supermarchés ne mettent pas un seul point métallique pour leurs publicités papier. Que donc il n'est pas possible de les faire entrer dans le secteur culturel. *Non implémentable.*

Mais la torture continue. Grâce à Magnani, Aggradi est devenu l'un des fournisseurs officiels du ministère de l'Intérieur pour les bulletins électoraux. Aggradi junior se lance : Il faut soutenir la chute du gouvernement, alors ! Une clameur d'approbation, et cette fois, même les fourchettes tintent sur les verres. Donna Jole applaudit vigoureusement, comme si elle tenait entre ses mains tachées le visage de Romano Prodi.

Aggradi senior n'a qu'à soulever la ride d'une paupière pour se faire redonner le micro. Il précise que dans son entreprise, on n'est pas pour un parti ou l'autre. L'essentiel est de se débarrasser de la Ire République, où les politiques s'arrangeaient tous les six mois pour faire des remaniements, garder leurs fauteuils et s'assurer une rente à vie. Écœurant. À chaque crise de gouvernement, il est juste de redonner la parole aux électeurs.

« Nous sommes pour le peuple souverain. Nous sommes pour la démocratie, si la démocratie a besoin d'un million de bulletins électoraux par an. »

D'abord un éclat de rire général, puis la *standing ovation.*

Tu devrais te lancer avec tous les autres dans la *Macarena*, mais tu vas aux toilettes où, de colère, tu déchires un peu de papier hygiénique. Puis tu files prendre l'air au milieu des petites bougies du jardin d'hiver.

À ton retour, tu fais le tour de la salle avant de reconnaître Elisa qui danse au milieu d'un groupe formé par Edo Magnani, sa femme, Aggradi junior et sa copine du moment, Loretta la bétonnière et le graphiste, qui n'a pas renoncé ce soir non plus à son tee-shirt de manga sous sa veste foncée.

Elisa lève les bras et entrelace ses mains comme des serpents qui s'affrontent avant de se mordre. Elle t'a vu et te regarde. Et tous les autres autour d'elle la regardent, elle.

Elle ouvre les bras pour t'inviter dans la mêlée, mais ce n'est vraiment pas ton truc.

Tu reviens à la table et tu te verses un peu de mousseux presque tiède en te demandant comment ils font pour chauffer une salle aussi grande. Et où sont les thermostats, avec tous ces stucs et ces fresques.

Magnani se présente à toi, à moitié essoufflé. Non, il n'a plus l'âge, se plaint-il. Tu remplis son verre, et lèves le tien.

« À tes succès, Maître, dis-tu.

— À ta splendide moitié », répond-il avec un clin d'œil.

Ta splendide moitié est déchaînée et fait de l'ombre à l'accompagnatrice d'Aggradi junior. Ça peut être contre-productif. Tu la surveilles, tout en rendant hommage au gagnant.

« Tu es mon idole, Edo, lui dis-tu. Je voudrais avoir les mêmes résultats que toi. »

Il avale une autre gorgée de mousseux, lisse ses moustaches avec l'air d'un félin rassasié, regarde son verre vide presque avec ressentiment, puis le pose sur la table et te regarde.

« Laisse tomber les idoles. Et les résultats. »

Il te serre le poignet, s'approche de toi. Il a le souffle court et âpre.

« On ne vend pas du papier encré. Parce qu'on le vend cher et même parfois mal encré. »

Tu ris, tu lui dis qu'il est un drôle de numéro, jolie vanne.

« Écoute-moi bien, insiste-t-il. C'est la dernière chose que je vais t'apprendre. Les livres, on pourrait bien les imprimer en chinois, tu vois, qu'on n'y verrait que du feu. Le client, il veut être adulé. Un adjoint veut pouvoir reluquer sa signature. Il se la fait écrire, sa préface, sans même la lire. Si tu fais comprendre au fabricant de meubles que tu mettrais chez toi, sur l'heure, l'une de ses pauvres armoires en plaqué, alors tu peux le lui faire payer le double, son catalogue. C'est ça qui compte. Parle toujours de leur travail, *toujours*. Tu leur donnes de l'importance et surtout, tu les détournes du nôtre. Les questions techniques et les résultats, ça ne vaut que pour les Aggradi. Ça leur sert à nous souffler dans les bronches, à nous convaincre qu'on est des bons à rien et à maintenir dans l'entreprise ce climat de caserne qui leur plaît tant. La qualité, on n'en a rien à foutre. Nous, on vend une *relation*. Les gens sont prêts à payer n'importe quoi pour quelque chose qui ressemble à une *relation*. Tu peux bien vendre de la merde, si tu fais un joli paquet et que tu écris dessus "merde réservée à nos Top Clients".

— OK, c'est clair », approuves-tu.

Il te tape sur l'épaule et regarde autour de lui.

« Une seule bouteille de mousseux par table. Radins de mon cul. »

« On y va ? dis-tu, dès qu'Elisa revient à votre table.

— Mais il est à peine onze heures.

— Ma mère ne peut pas rester garder la petite jusqu'à deux heures du matin chaque fois.

— Comme tu veux. »

Elisa s'assied, respire profondément, se verse un peu d'eau.

« Tu t'es vraiment déchaînée », remarques-tu. Sur le ton le plus neutre possible.

« On devrait retourner en boîte de temps en temps, fait-elle. Tu ne crois pas ? »

Elle a un sourire désarmant, ta femme. Des chaussures neuves, une fête, toi qui la portes dans tes bras sur quelques mètres comme si vous veniez de vous marier. Elle n'a besoin de rien d'autre pour être heureuse comme une gamine, inconsciente de ce qui se passe réellement autour d'elle. Notamment de ton échec, et heureusement.

5

Une fille qui veut juste s'amuser.

Girls Just Wanna Have Fun. C'était le titre d'une chanson, voilà. Une drôle de fille, une voix qui perforait les tympans. Elle s'appelait Cindy Lauper.

Mais sur ce sweat-shirt kaki, l'inscription brillante était différente. *Girls just wanna have guns.*

Les filles veulent juste avoir des flingues.

Je ne comprends pas ce que ça veut dire.

Je ferme mon ordinateur portable, le pose à l'arrière, puis j'étends mes jambes sur le siège du passager.

Pour un représentant, la voiture est une maison ambulante. Pour un monstre, le repaire idéal. Le seul endroit où il peut même s'accorder le luxe de plonger dans ses souvenirs.

Girls Just Wanna Have Fun faisait fureur pendant les fêtes de lycée. Comme celle que la famille Domini décida d'organiser pour fêter le bac, dans sa maison de Marina di Bibbona. Un pavillon années 1970, caché sous les pins maritimes, très digne avec ses stores verts et ses balustrades droites. Le luxe discret des gens qui ne gaspillent pas leurs économies durement gagnées pour des caprices tels que l'originalité et l'élégance.

Le buffet avait été installé dans le jardin, derrière la maison. Devant le barbecue, l'inspecteur d'assurances Giancarlo Domini transpirait avec contenance dans un tablier rayé qui lui arrivait aux pieds. Avec ses cheveux gris et son visage lisse, il semblait tout droit sorti de ces sitcoms américaines qui passaient à la télé entre la fin des devoirs à la maison et l'heure du dîner.

Il y avait des ballons gonflables, des bougies à la citronnelle, des spirales anti-moustiques et des festons vert et rose sur lesquels Elisa avait écrit en lettres capitales ventrues : « On a assuré ! », « Yes, on a réussi ! », et « Et maintenant, que la fête commence ! ».

Il y avait des rouleaux de *bresaola*, roquette et fromage frais, des bouquets de salade disséminés partout et des plateaux de *vitel tonnè*, des coupes de crevettes noyées dans la sauce rose. Il y avait des toasts câpres-mayonnaise, saumon-citron, anchois-légumes au vinaigre, jambon-fromage, tomate-basilic. Rangés comme des divisions en parade. Il y avait des donjons de jus de fruits et un réservoir artificiel de sangria.

Il y avait Mme Domini qui apportait un cône de saucisses enroulées et te disait qu'Elisa était encore à l'étage en train de se préparer, parce qu'elle avait changé dix fois d'idée sur sa tenue. Toujours la même, sa fille.

« Je suis le premier ? » as-tu demandé à son père ce soir-là. Et pour t'excuser – on ne devrait jamais arriver ni en premier, ni en dernier –, tu t'es proposé pour l'aider au four avec les pizzas. Tu as retroussé tes manches de chemise, tu as laissé Mme Domini te passer un gentil tablier et tu as transformé une potentielle situation gênante en familiarité instantanée.

C'est ça, le savoir-faire d'un représentant. Et tu l'étais déjà, Furio Guerri, même si, à cette époque, à dix-huit ans, tu te sculptais la tignasse au sèche-cheveux jusqu'à ce qu'elle prenne la consistance d'une haie.

Il y avait de la glace à la pêche et au melon préparée par sa mère, avec de la salade de fruits, de la crème Chantilly, du chocolat chaud ou de la confiture de myrtilles. Et cinq plateaux de gâteaux à la pâte d'amande et aux pignons.

Il y avait Elisa qui portait une robe à gros pois blancs et noirs qui ondulait légèrement en plis moelleux au-dessus de ses genoux, avec un large bandeau fuchsia à la taille. À son cou bronzé, le rang de perles que sa mère venait de lui offrir pour son bac.

« Juste à temps pour la première pizza », as-tu dit à son apparition.

Mais Elisa a regardé autour d'elle, en arrangeant sa crinière bouclée. On aurait dit qu'elle se sentait coupable devant toi d'avoir suspendu ces ballons, d'avoir écrit « Et maintenant, que la fête commence ! » sur les festons, et semblait même vouloir désavouer l'homme en sueur avec son tablier à rayures.

« Mais il n'y a encore personne ? » a demandé ta future femme. Elle avait étudié sa tenue tout l'après-midi, et son apparition dans le jardin désert était ridicule et désastreuse comme un plongeon parfait dans une piscine vide. « Il est presque dix heures. »

« Ils ne vont pas tarder, ne t'inquiète pas », a dit sa mère. La bêtise de ta future belle-mère resplendissait à chacun de ses mots comme seules de rares intelligences y parviennent.

Son père, en revanche, a retiré les saucisses du barbecue, ôté son tablier, et t'a regardé.

M. Domini et toi, vous avez parlé de l'indécision d'Elisa quant à son choix de fac : psychologie, lettres ou sciences de l'éducation ? Tu as prétendu qu'elles te paraissaient toutes très intéressantes mais différentes, convaincu en ton for intérieur qu'Elisa Domini ne mènerait à leur terme aucune des trois.

Vous avez parlé également de ses camarades de lycée qui avaient déserté en masse la fête d'Elisa. Envieux. Et mal élevés. M. Domini et toi, vous êtes convenus que des camarades de ce genre devaient être ignorés sans regret. Vous avez bu la sangria et grignoté à tous les plateaux, tandis qu'Elisa pleurait, enfermée dans sa chambre, et que Mme Domini montait et descendait l'escalier avec un sourire d'hôtesse de l'air.

« J'ai une idée. Je vais téléphoner à un camarade de sa classe, sans qu'Elisa s'en aperçoive... », a-t-elle chuchoté à un moment.

« Tu ne vas téléphoner à personne », a grogné, lentement, M. Domini.

La mère d'Elisa n'avait évidemment rien compris.

L'inspecteur d'assurances n'avait organisé cette fête que pour identifier les camarades de classe les plus fiables avec lesquels Elisa devait continuer ses études. Indépendamment de la fac. Sa fille n'avait ni de trop grandes capacités, ni de grandes ambitions à satisfaire.

C'est ainsi que tu lui as parlé de ton idée de t'inscrire à la fac d'économie et commerce, et de chercher un travail à mi-temps pour payer tes études. Ta mère était femme au foyer, l'anévrisme qui avait fauché ton père un matin de février lui avait laissé une pension à peine suffisante pour lui épargner les ménages.

Bien sûr, tu n'as pas raconté à M. Domini ton redoublement. Ta fugue avec la voiture de ton père. Les nuits, au moins une dizaine, où tu y avais dormi et bivouaqué avant qu'une patrouille de gendarmes découvre que tu n'avais ni permis, ni dix-huit ans. Toutes les fois où tu avais pris le visage de ta mère entre tes mains et où tu lui avais dit : « Arrête de pleurer, ou je jure que je te tue. » Tu étais redoublant à cause de la mort de ton pauvre père, ce qui pouvait justifier le léger effluve de garçon à problèmes que tu te traînais. Un vague soupçon de malchance qui te permettait, ce soir-là, de bénéficier, avec une douce austérité, de leur hospitalité limitée au jardin de leur maison de vacances.

« Quel genre de travail ? t'a demandé le père d'Elisa.

— Je me sens porté vers le contact avec les gens. Je voudrais quelque chose de dynamique. Genre représentant », as-tu dit.

Tu te souviens que vers onze heures, Mariano Domini, ton futur beau-frère, est arrivé à son tour. Il t'a marqué avec ses épaules étroites, ses longs bras, ses lèvres saillantes. Il portait un polo Lacoste vert et ses cheveux déjà clairsemés tiraient sur le roux.

Son frère était la seule personne à pouvoir convaincre Elisa de sortir de sa chambre, de descendre manger un morceau. Au bout d'une demi-heure, sans maquillage mais encore vêtue de sa robe à pois choisie avec un soin infini pour sa fête désertée, Elisa est réapparue dans le jardin.

« Remets-toi au moins un peu de fond de teint », a insisté sa mère en chuchotant. Quitte à annoncer, sur un ton de présentateur de cirque équestre, un : « Mangeons un morceau tous ensemble, faisons la fête quand même. Fêtons Elisa et son cher ami Furio. Hourra ! »

La fiancée de Mariano a obéi à l'instant même à sa future belle-mère, en mettant la table pour cinq. Elle t'est apparue aussitôt telle que tu la connaîtrais toujours : une créature possédée par un zèle inutile. Mariano est allé chercher la bouteille de Berlucchi dans le frigo. Elisa s'est rapprochée de toi, son seul camarade de classe qui n'avait pas déserté sa fête.

« Qu'est-ce que tu fais encore ici ? te dit-elle.

— Je t'attendais. »

6

Tu enlèves chaussures et manteau. Tu vérifies le thermostat et poses les clés. Tu appelles Elisa et lui montre le paquet doré. Tu as rallongé le trajet d'au moins dix kilomètres pour arriver à la pâtisserie, qui avait déjà presque abaissé son rideau de fer, mais tu lui as pris des gâteaux à la pâte d'amande et aux pignons.

Ta femme a mis ses bottes, elle est prête à sortir.

Elle t'informe qu'elle va voir Romina, son amie de l'agritourisme La Volpaia. C'est à une vingtaine de kilomètres, mais la route est mal goudronnée et il commence à pleuvoir.

« Je lui ai promis. Les croquettes et les frites sont dans le four. Retire-les dans dix minutes, n'oublie pas.

— Je dois réparer le minuteur », dis-tu. Puis : « Attends.

— Qu'est-ce qu'il y a ?

— Tu es splendide, tu sais ? »

Tu le lui dis comme si aucun homme sur terre ne pouvait oser soutenir le contraire. Ta femme esquisse un sourire, comme on trouverait une pièce pour le laveur de pare-brise. Elle arrange ses cheveux noirs sur le col de fourrure de son manteau fourré, s'aide de son poignet pour enrouler son écharpe turquoise. Tu es assailli par son parfum, et par l'envie qu'elle ne parte pas.

Tu penses que oui, tu peux la convaincre de ne pas sortir, mais tu entends hurler Caterina qui descend l'escalier. *Papinou, papinou.*

Caterina arrive en courant. Par-dessus son tee-shirt, elle porte une tunique jaune, autour du front une espèce de cordon et au cou un collier en fleurs de papier coloré. Elisa arrache son sac à main du portemanteau.

« Je t'avais dit non, pas le costume de Pocahontas. Tu as dû encore mettre en l'air toute l'armoire ! »

Tu souris à ta fille, et t'interposes en jurant que tu vas t'en occuper.

« Tu sais qu'elle n'a pas encore commencé ses devoirs ?

— Mais je suis fatiguée », tente de t'apitoyer Caterina, puis elle ceinture tes genoux et s'écroule sur tes pieds.

« Non, c'est moi qui suis fatiguée. Fatiguée de toi, qui ne m'obéis jamais ! »

Tu enlaces ta fille, et tu essaies de ramener le calme.

« Toujours en train de jouer avec ses robes devant la glace. Pour venir faire les courses avec moi, c'est l'enfer. Mais à partir de demain, tu resteras à l'école l'après-midi. Comme ça, tes devoirs, on va te les faire faire, tu vas voir. Je vais aller leur parler, moi, à tes maîtresses. »

Même si le temps plein est une menace infondée, Caterina éclate en sanglots et se met à crier que sa maman est méchante et toujours en colère.

« C'est ça, fais la comédie, maintenant que ton père est là. » Elisa se retourne, ouvre la porte et la claque derrière elle. Avec un « Salut » expéditif. Et un léger excès d'énergie qui résonne comme un manque de respect inattendu. À toi, à votre fille, à la belle porte blanche qui sent encore la laque. À votre maison et à son crédit sur trente ans, garanti uniquement par *ton* bulletin de salaire.

Caterina exige, et obtient, de manger sur le canapé pour regarder ses dessins animés préférés. L'un de vos meilleurs clients publie des tonnes de mangas et, il y a quelque temps, dans tes affaires de travail, Caterina a trouvé un album des Chevaliers du zodiaque. Elle les a reconnus pour les avoir entrevus sur l'une de ces chaînes régionales qui, entre deux téléachats, diffusent n'importe quel rebut des années 1980. Les enfants sont vraiment marqués par des choses inattendues.

Depuis ce jour, tu es devenu son héros, et elle dit à tous ses amis : « Mon papinou, il fait les Chevaliers du zodiaque », comme si c'était toi qui les dessinais en personne. Comme si tu étais l'un des deux cent mille personnages divisés en Chevaliers d'or, d'argent, de bronze, du Lion, du Sagittaire. Des personnages aux visages de poupons qui se castagnent et se réduisent en cendres à coups de rayons lumineux, en hurlant des phrases comme « griffes du tonnerre » ou « puissance du cosmos d'Athéna ».

Tu arrives dans le salon avec le plateau et Caterina glisse la cassette dans le lecteur. Tu espères juste que c'est un épisode que vous avez vu moins de soixante fois.

Ils n'ont jamais peur de personne, et rien ne les effraie... et lorsque l'heure du combat sonne, tous ils sont toujours prêts... Caterina superpose sa voix à celle du générique en mode automatique, un rituel enraciné. Elisa répète que ce dessin animé est trop violent, surtout pour une petite fille. Elisa pense qu'à six ans, Caterina devrait regarder *Lady Oscar* comme elle à son âge, mais les temps changent. En temps normal, Elisa frissonnerait en vous voyant vous affairer avec le ketchup et la mayonnaise sur le canapé. Mais elle a décidé de sortir, alors vous en profitez, père et fille, serrés l'un contre l'autre, pour savourer un repas gras pendant qu'une poupée aux cheveux verts essaie en vain de frapper un poupon nommé Pégase, qui esquive les coups comme Cassius Clay, bien qu'il se déplace avec la souplesse d'une silhouette de tir.

Le duel entre Shina et Pégase est l'une des scènes préférées de Caterina.

« Elle veut le tuer, mais elle l'aime, bredouille Caterina, une demi-croquette dans la bouche.

— Qu'est-ce que tu racontes ? Quand on aime quelqu'un, on ne le tue pas. »

Ta fille réfléchit, ses lèvres collées à sa canette de Fanta. Elle se croit au cinéma, quand elle boit à la canette. Elle te regarde fixement comme si tu avais cette réponse difficile imprimée sur le front.

« En fait, elle doit le tuer parce qu'une fois, Pégase l'a vue sans son masque, tu te rappelles pas, papinou ? »

Si, maintenant tu te rappelles. Mais cet épisode, vous ne l'avez vu que vingt fois.

« Shina est une prêtresse guerrière. Et si on la voit sans son masque, c'est comme si on la voyait toute nue, a-t-elle dit encore

— Elle a vraiment dit ça ? »

Caterina te répond en hochant la tête. Trop occupée à mâcher. Tu te persuades qu'elle a juste répété une réplique, elle ne sait pas ce que ça signifie exactement. Mais tu te dis que ta femme n'a pas totalement tort lorsqu'elle prétend que Caterina est trop petite pour ce genre de dessin animé.

Pendant ce temps, Shina vole dans les airs, foudroyée par le doigt lumineux d'un de ces je ne sais quels dieux olympiens de mes deux, au torse doré et aux yeux en forme de bouton.

« Regarde, papinou, regarde. Shina... elle meurt et elle sauve Pégase, te fait ta fille.

— Ah oui, tu as raison, elle l'aime bien.

— Non, elle *l'aime* », corrige-t-elle.

Tu crois que Caterina s'est endormie dans tes bras, malgré les coups et les foudres qu'ils continuent de s'envoyer au cri de « plongeon tournoyant de l'aigle prédateur ». Tu poses un baiser sur ses petits ongles vernis de rose, et tu essaies de la déplacer le plus délicatement possible. Mais Caterina a les yeux bien ouverts et veut voir un autre épisode, enlacée à toi sur le canapé. Tu essaies d'avancer l'idée que tu dois régler très vite un petit truc pour le travail.

« Toujours le travail, papinou. Ça suffit, le travail.

— Très vite. »

Tu reconnais le début d'une scène comme elle sait les faire.

Et quand un jour viendra enfin l'heure de la victoire, au royaume de tous les saints, on chantera leur gloire... annonce le générique.

Caterina a exigé, et obtenu, que tu fasses ton travail très vite, avec elle. Mais ces photos, elle ne les aime pas, parce que les gens ne sont pas beaux et n'ont pas d'yeux.

« Ce sont juste des statues, tu sais ? Des statues étrusques.

— Ça veut dire quoi, trusques ?

— Non, *é*-trusques. Les Étrusques. C'était un peuple. Ils vivaient ici, tout près. Il y a des années.

— Combien ? Dix ans ?

— Non, beaucoup, euh... deux mille ans.

— Deux mille ans. Quand Athéna a créé les armures des Chevaliers d'or ? »

Question difficile.

« Plus ou moins.

— Alors ils n'existent plus, les Trusques.

— Les *É*-trusques. Non, ils n'existent plus.

— Et ils en avaient, des monstres ? »

L'intérêt de ta fille pour les monstres pourrait te permettre de gagner quelques minutes. Tu lui montres qu'ils en avaient, et comment ! Voici par exemple une déesse avec des ailes, des cheveux comme des serpents et une espèce de torche. Caterina l'examine, soupçonneuse, pendant que tes notes glissent au sol.

« V...a... n... Vanth, il y a écrit.

— On voit que c'est son nom. »

Pendant que tu essaies de reconstituer l'ordre exact de tes notes avec toutes les mesures indiquées dessus, Caterina déclare que cette déesse a les seins qui sortent comme maman quand elles prennent leur bain ensemble. Mais maman en a des plus gros, pas vrai ?

« C'est vrai », admets-tu.

Caterina se penche sur la vieille édition du livre et murmure une légende mot à mot en s'aidant de son doigt.

« Papinou, ici il y a écrit que Vanth, c'est la déesse de la mort. » Tu dois bifurquer en urgence :

« Mais d'après toi, qui est-ce qui gagnait, entre les Chevaliers du zodiaque et les Étrusques ?

— Les Trusques, ils faisaient des armures en or ?

— On ne sait pas. Peut-être pas en or.

— Alors, Pégase les détruisait tous. Météore de Pégase ! »

Après le fracas du météore de Pégase qui carbonise la civilisation *trusque*, la conclusion de Caterina est que les *Trusques* n'existent plus. Alors ça suffit, on range les photos et tout le reste.

Pendant qu'elle essaie de chiffonner plusieurs négatifs désormais introuvables, elle t'annonce que vous allez regarder l'album de mariage. Tu essaies de lui expliquer que c'est l'heure d'aller au lit, mais, tu le sais bien, c'est inutile.

Ce qu'elle veut, Caterina l'obtient. Tout comme toi.

Inutile aussi de chercher l'album relié avec tranchefile et marque-page de velours, à la couverture en tissu blanc et aux pages en carton gaufré présentant les photos que tu as imprimées toi-même dans le laboratoire de ton ami Michelangelo.

Il n'est pas dans le tiroir du meuble télé. Elisa a dû le changer de place en faisant le ménage. Dans la grande armoire, peut-être ? Même pas.

« Ah, cette maman, elle change toujours les affaires de place. »

Caterina trépigne, déchire en mille morceaux les fleurs en papier de couleur, s'écroule sur le tapis et se met à crier que maman change aussi toujours de place ses poupées et ses jouets, qu'elle est méchante et toujours en colère.

« Ce n'est pas vrai. Mensonges », lui dis-tu. Alors, tu tentes le tout pour le tout. Tu essaies de lui promettre une Game Boy, la nouvelle, puis tu essaies de la soulever, mais Caterina est une boule de nerfs, elle a le nez qui coule, elle bave, s'agrippe avec ses petits ongles vernis au tissu du canapé, risquant de le déchirer, ce qui désespérerait Elisa.

Alors toi, Furio Guerri, le père le plus amoureux et compréhensif du monde, tu trouves un juste arbitrage. Vous téléphonez chez Romina, où se trouve maman, comme ça elle vous dira où elle a rangé l'album. Mais en échange, Caterina monte tout de suite se laver, mettre son pyjama et attendre papinou dans son petit lit. Comme une gentille fille.

« Non, dans le grand lit. »

Va pour le grand lit, si c'est la concession qui doit conclure la négociation.

La première fois, tu te dis que tu t'es trompé de numéro. La deuxième fois, tu es sûr d'avoir tapé le bon. La troisième fois, tu imagines que Romina et Elisa sont quelque part dans l'agritourisme, loin du téléphone. La Volpaia est immense, la maison de maître à elle seule compte trois étages de dix pièces chacun.

À la cinquième tentative, tu entortilles le fil du téléphone autour de ton poing serré. Et tu décides d'offrir un portable à ta femme, avant même Noël. Elle ne peut pas toujours alléguer qu'ils encombrent et déforment les sacs à main. On en trouve des légers aujourd'hui, et sans antenne. Il n'y a pas de raison que tu sois *le seul* à être toujours joignable, et au travail en plus, dès que Caterina a un pet de travers.

Caterina t'appelle d'en haut, en te demandant obsessivement où est l'album, ce qu'a dit maman, où maman l'a mis.

Elle ne pourrait pas se taire un instant, la petite chérie ? Tu es sur le point de hurler, mais tu ne le fais pas. Parce que toi, Furio Guerri, tu es le père le plus amoureux et compréhensif du monde.

Le truc, c'est que maman n'a rien dit. Parce que maman n'est pas chez Romina. Et Romina n'est pas chez Romina non plus, d'ailleurs. Ce qui veut dire que maman a menti. A menti éhontément.

Or, ce n'est pas bien, de mentir.

Vous mangez tout le plateau de gâteaux à la pâte d'amande et aux pignons. Ta fille et toi. Et pour maman ? Rien. Tu les avais pris pour elle, elle les aime tant, mais ça lui apprendra à sortir. Et de surcroît, vous les mangez sur le grand lit. Si maman vous voyait ! Vous semez des pignons et du sucre vanillé sur le couvre-lit, Caterina s'essuie les doigts en serrant furtivement le rebord du drap. Quand elle comprend que tu t'en es aperçu, la petite canaille te sourit comme seuls vous deux savez le faire. Vous vous reconnaissez. Tel père, telle fille. Heureux comme vous devriez l'être plus souvent.

Parce que le bonheur, c'est peut-être seulement de pouvoir s'endormir la bouche pleine de sucre, sans devoir se relever pour se laver les dents.

Vers minuit quarante, tu entends la serrure s'ouvrir dans le silence. Les clés tintent sur l'étagère du téléphone. Tu sens entrer en même temps que ta femme le froid sauvage des campagnes sombres.

En général, tu es tellement fatigué que tu t'écroules, inanimé, dix minutes après avoir couché Caterina. Pas ce soir. Ce soir, tu n'as pas sommeil, tu n'es pas fatigué.

Il t'est déjà arrivé de devoir deviner si un client avait un nouveau fournisseur. Et tu sais bien qu'il est inutile de le demander directement.

Lorsque Elisa se penche sur toi, ses cheveux t'enveloppent comme l'ombre d'un saule en été. Après-shampoing au gingembre, gommage aux algues, un soupçon de sueur tiède, tabac. Quand elle t'embrasse, tu passes une main derrière sa nuque, et ne lui permets pas de se relever.

« Tu ne dors pas encore ?

— J'ai envie de toi », lui dis-tu, plongé dans la nuit de ses boucles. Tu arrives à la peau du cou, sous les boucles, et tu la mords comme mordent les chats en rut.

« Maintenant ? » dit-elle, plus gênée que surprise. Elle va inventer une excuse. Elle vient peut-être de faire l'amour, voilà pourquoi.

« Je vais dans la salle de bains un instant, murmure-t-elle.

— C'est ce qu'on va voir. »

Tu attrapes ses bras et tu la pousses de tout ton poids sur le canapé. Tu ne dois pas lui laisser le temps de retirer l'odeur d'un autre, non, ne pas laisser le temps à la menteuse d'organiser sa défense.

Elle se rebelle, rit, et quand elle rit elle est d'une beauté presque insupportable. Tu presses sa joue contre le coussin du canapé, et saisis l'élastique de ses collants sous sa jupe. Tout en redoutant, ou en attendant, l'arrivée de cette sensation. La sensation de rentrer chez toi après la visite de voleurs. Quand tu crois t'être trompé de porte, parce que tu reconnais ta maison mais que quelque chose, en toi, la refuse. Quelqu'un l'a profanée et elle ne sera plus jamais vraiment la tienne.

Ce soir, c'est pareil. Tu dois savoir si ta femme a laissé quelqu'un d'autre la toucher et la déshabiller comme tu es en train de le faire.

Comme toi seul as le droit de le faire. Comme personne d'autre ne devra jamais le faire. Jamais.

« Allons en haut, on sera mieux…

— Non, je te veux ici et maintenant. »

Toi seul, Furio Guerri, as le droit de le faire. Quand tu veux et où tu veux.

« On était si bien, devant la cheminée », te dit Elisa sous les couvertures, tandis que le réveil électrique projette 1:30 sur le mur. « On a joué au *burraco* toute la soirée.

— À quoi ?

— Un jeu de cartes. Marrant.

— Connais pas.

— Ça devient à la mode. »

Elisa continue à parler de deux amies de Romina, très sympas. Elles veulent la convaincre de se présenter aux prochaines élections. Tout le monde sait, apparemment, qu'on vote en mai.

« La politique, c'est un lupanar », l'interromps-tu, en pensant à tous les bulletins qu'Aggradi imprimera, grâce à Edo Magnani. Tu te tournes vers ton côté avec un soupir peu convaincu. Tu demandes à ta femme dans quel parti Romina se porterait candidate. Comme ça, par curiosité.

« Centre gauche.

— Avec toute la thune qu'elle a, se mettre avec les communistes. »

Elisa ne réplique pas. Elisa ne dispose pas de beaucoup d'arguments. Elisa ne s'est jamais intéressée à la politique de toute sa vie et tu souhaites vivement qu'elle ne s'y mette pas maintenant, avec l'histoire de son amie.

Tu la sens bouger sous les couvertures, avec un bruissement impalpable. Tu la sens se pelotonner derrière toi, et respirer tout près de ton oreille.

« Pourquoi tu t'es arrêté ? te murmure-t-elle, sur un ton traînant, presque rauque.

— Quand ?

— Tout à l'heure.

— Parce que j'ai joui. »

Elisa ne semble pas vouloir ajouter autre chose.

« Pourquoi tu me le demandes ?

— Pour rien. »

À trois heures du matin, tu es encore éveillé, à regarder les chiffres lumineux changer avec une lenteur inexorable sur le mur. Elisa t'a menti. Ou alors le téléphone de Romina était simplement cassé.

Ce n'est pas possible. Et puis, Elisa est sortie trop pomponnée pour une partie de *burraco* entre femmes.

À trois heures et demie, tu te fracasserais la tête contre le mur pour purger le lent poison du soupçon. Même cette partie de jambes en l'air, déchaînée comme ça n'était pas arrivé depuis longtemps, ne t'a pas calmé.

Il y a un secret insupportable qui la rend plus belle et plus désirable. Et tu ferais mieux de ne pas l'approcher. Mais Elisa est ta femme. Elisa est à toi. C'est tout.

Il n'est pas concevable qu'Elisa ait des secrets pour toi.

Ce ne serait pas pardonnable. Voilà douze ans que tu te consacres à elle et à sa beauté, ce luxe impossible à cacher, et dont le destin demandera tôt ou tard des comptes, parce que dans l'univers de la famille Domini, le destin ne fait pas de cadeaux.

Après la fête désertée dans la maison de vacances des Domini, tu es allée voir Elisa à Bagno Corallo presque tous les jours, en train régional ou à mobylette. Vers cinq heures en général. Tu te présentais presque tous les jours avec une cassette enregistrée grâce à la platine double cassette de ton ami Michelangelo.

Tu arrivais chez elle après son bain du milieu d'après-midi. Toi, tu ne te baignais jamais. Même gamin, tu n'as jamais aimé la mer. Le sel qui tire la peau, les grains de sable entre les doigts de pied, le soleil pesant sur la tête. Tu t'asseyais au bar, et tu feuilletais la *Gazzetta*. Tu attendais Elisa. Parfois, tu apportais ton walkman pour réécouter la cassette dans le train. Est-ce qu'elle l'aimerait ? Est-ce que les morceaux étaient tous enregistrés au même volume ? Est-ce que les titres étaient écrits dans le bon ordre ? Les premières fois, pour chaque chanson, tu indiquais même à quel nombre de tours elle se trouvait. Est-ce que ce n'était pas mieux d'ajouter une dédicace, en plus de la date ? Ou une phrase. Mais quoi ? Tu n'étais pas doué pour écrire, à dix-huit ans.

Elle arrivait au bar avec une serviette de plage serrée autour de sa poitrine. Elle pouvait rester au soleil pendant des heures.

Immobile. Sa peau brunissait de jour en jour et devenait même lumineuse, comme un bois exotique. Elle s'asseyait, buste penché en avant, et se peignait longuement, en examinant consciencieusement les cheveux qui restaient sur sa brosse. Tu prenais une *granita* à la menthe pour elle et une glace en forme de pied pour toi, celle avec le gros orteil en chocolat. Lorsque tu revenais sous le toit de canisses, elle serrait ton casque entre les boucles de ses cheveux. Son odeur restait prisonnière de la mousse des écouteurs, et tu pouvais la savourer à nouveau dans le train du retour. Chaque fois, tu attendais le verdict en mordant distraitement l'orteil en chocolat. Si la chanson lui plaisait, elle souriait et bougeait les épaules sans se lever de sa chaise. Les vieux au bar et les gamins au flipper se retournaient pour la regarder.

De temps à autre, vous échangiez quelques balles de ping-pong. D'autres fois encore, Mariano arrivait avec sa future femme et vous jouiez à *scala quaranta*. Vers sept heures, tu la raccompagnais chez elle le long de l'allée qui traverse la pinède, entre les matelas dégonflés et les seaux ensablés des troupes des vacanciers qui refluaient, à cette heure étrange où même la machine implacable des vacances reprend son souffle.

Et ça avait duré toute la première partie des vacances, sans qu'elle te demande d'éclaircir quoi que ce soit. Sans que tu lui demandes rien de plus.

Vous ne parliez presque jamais de vos anciens camarades de lycée. Elisa tenait à souligner qu'elle voyait d'autres gens, à présent. Des amis de son frère qui étaient déjà à l'université, en médecine.

Le premier août de cet été-là, Elisa est partie avec des amis de Mariano pendant deux semaines. En Sardaigne. Et toi, tu es quand même allé à Bagno Corallo tous les jours. Il te suffisait de t'asseoir au bar où vous aviez passé ensemble tous les après-midi de juillet pour te convaincre qu'en Sardaigne, Elisa n'était pas en train de rouler des pelles à un ami de son frère dans une fête au bord de la piscine. Il te suffisait de feuilleter la *Gazzetta* déjà parcheminée par la chaleur, de jouer une partie de ping-pong avec un gamin. Parce que tout ce décor, du congélateur à glaces aux raquettes, des canisses au drapeau de pirates sur le parasol du maître nageur, avait été touché par la grâce d'Elisa et devenait, en quelque sorte, Elisa. D'une certaine manière, cela te rapprochait d'elle.

Le 14 août, Elisa est rentrée de Sardaigne et vous avez remporté le tournoi en double de ping-pong. Le soir, vous êtes allés au cinéma en plein air, pour voir *Né un 4 juillet*. Elisa a toujours aimé Tom Cruise. Le soir du 15 août, tu as été invité au barbecue officiel de Bagno Corallo. À ton arrivée, Mariano et ses amis de la fac t'ont soulevé à bras-le-corps et flanqué à la mer avec ta belle chemise Armani achetée pour l'occasion.

À la fin de la soirée, tu as attendu que tes vêtements sèchent à la chaleur du même feu qui avait rôti un nombre indéfinissable de daurades et de gambas. Elisa a attendu avec toi. Elle avait dansé sur tout le CD de Madonna et des Milli Vanilli. Quel que soit le parfum qu'elle avait mis, il avait laissé place à son odeur de peau douce, de peau de fille paresseuse et saine qui passe l'été au soleil. À deux heures du matin, au moment de vous dire bonne nuit, tu l'as embrassée sur les lèvres.

Le 18 août, vous êtes allés voir *Quand Harry rencontre Sally*. Lorsque Meg Ryan fait semblant d'avoir un orgasme au restaurant, Elisa a évité ton regard et n'a pas ri.

Deux soirs plus tard, vous vous êtes donné votre premier baiser avec la langue. C'est elle, cette fois, qui a pris l'initiative.

Le dernier dimanche d'août, tu es resté déjeuner avec ses parents, à Bagno Corallo. À la fin, son père t'a dit qu'une entreprise d'ordinateurs des environs de Pise cherchait un apprenti pour son secteur ventes.

Le week-end suivant, vous êtes allés à la pizzeria avec la bande d'amis de son frère. Une sorte d'annonce officielle des fiançailles entre Mariano et Vanna, la fille plantureuse au nez droit que tu avais toujours vue à ses côtés, comme certaines plantes au pied du mur qui les abrite du soleil au zénith.

Tu as mis la même chemise Armani qu'à la fête, mais avant d'entrer au restaurant, tu as enfilé tes palmes, ton masque et ton tuba. Au cas où, as-tu dit, ils voudraient de nouveau te jeter à la mer. Tu as été le héros de la soirée. Tu n'avais jamais vu Elisa rire autant. Au fond, les filles veulent juste s'amuser. Et une fille comme Elisa ne saurait pas le faire toute seule.

Plus tard, ce soir-là, tu as touché les seins de ta femme pour la première fois. Par-dessus sa robe, sans les serrer. Elle t'a laissé faire, sans réagir.

Le 5 septembre, tu as obtenu ton premier entretien pour un poste de représentant en ordinateurs : une agence commerciale avec douze employés.

La semaine suivante, durant l'une de ces fêtes de fin d'été où le vent apporte soudain des parfums de campagne et mord les doigts de pied, Elisa et toi vous êtes abrités dans l'entrepôt de Bagno Corallo. Elisa avait le walkman et la première cassette que tu lui avais enregistrée cet été-là. Vous avez pris un écouteur chacun. Le morceau était *Girl I'm Gonna Miss You*, des Milli Vanilli. Elle les adorait, ces deux mannequins mulâtres. Ils te semblaient vaguement pédés, mais tu te gardais bien de le lui dire.

Les piles se sont vidées à la moitié du morceau, alors elle a continué de chanter toute seule. Tu as gonflé un matelas et vous vous êtes allongés entre deux canoës. Tu as mis ta main sur son genou et tu l'as fait remonter. D'abord de l'extérieur, jusqu'à l'élastique de son slip. En soi, l'élastique des slips ne signifie rien. S'y attarder est synonyme d'indécision, et l'indécision n'est pas érotiquement recommandable. Alors, tu es revenu en arrière et tu as essayé de l'intérieur des cuisses. À ce moment-là, ta future femme a refermé ses jambes d'un seul coup. Dans la pénombre, tu n'as pas pu voir son expression. Alors, tu as retiré ta main délicatement, sans protester.

À présent, tu étais certain que Domini Elisa, avant-dernier rang près de la fenêtre, cinquième nom à l'appel, n'était pas une pétasse quelconque.

Tu l'as embrassée dans le cou et as passé le dos de ta main dans son décolleté, en faisant glisser tes doigts sous la coque ouatée, vers ton objectif réaliste de la soirée. Sentir sous tes doigts les seins sur lesquels tes camarades de classe avaient fantasmé toute l'année. Te sentir privilégié. Destiné au meilleur.

Après avoir resserré ses jambes, Elisa ne pouvait pas *non plus* te refuser cela. Ça fonctionne comme ça depuis toujours : viser haut et offrir à ton interlocuteur l'illusion qu'il obtient une victoire dans un combat pas réellement engagé.

Il date du 28 septembre 1989, ton premier bon de commande : deux ordinateurs et une imprimante Olivetti vendus à une entreprise de pièces de rechange pour machines agricoles. Tu l'as même encadré avec un cadre passe-partout de feutre bleu.

7

La commission pour cette commande s'était montée à cent soixante-seize mille lires. J'aimerais retrouver ce tableau, le début de ma carrière de commercial. Mais à cause de moi, et donc de Furio Guerri le monstre, je ne sais plus où il est.

Et je ne sais pas non plus où sont passées toutes les cassettes de cet été-là. Les objets ont des manières mystérieuses de s'égarer, de s'éloigner de toi.

De toute façon, les Milli Vanilli, c'était du bluff. Juste deux mannequins qui faisaient semblant de chanter ; leurs voix étaient celles de choristes allemands. Démasqués, ils ont dû rendre tous leurs disques d'or, et ont reçu des dizaines de plaintes pour fraude. L'un des deux a fini en prison pour braquage, puis est mort d'overdose.

Cette nuit, j'ai rêvé de la mer. J'ai rêvé que l'eau montait jusqu'à la moitié de la vitre de la voiture. J'ai rêvé que j'appuyais sur le champignon avec mon talon, serrais le volant en Bakélite et hurlais à ma Duetto de ne pas s'arrêter.

J'ai rêvé que ma Duetto continuait de filer à toute vitesse, coulant de plus en plus, mètre après mètre. J'ai rêvé que le vrombissement du moteur devenait la plainte lointaine d'une créature des abysses.

Je me suis réveillé sans savoir où j'étais, s'il faisait jour ou nuit. Je voulais juste trouver le téléphone et appeler mon médecin.

C'est ce que j'ai fait dès que j'ai arrêté de haleter. Je me suis aperçu ensuite qu'il était quatre heures moins dix du matin.

De toute façon, il ne m'a pas répondu.

J'ai laissé une autre nuit derrière moi, et me voilà à nouveau devant le portail rouge foncé.

Je suis à nouveau ici parce que avoir accès à l'ordinateur de cette enseignante est une occasion qui ne se représentera plus, et les monstres savent saisir les occasions.

L'entreprise d'assistance a résilié le contrat, et Laura ne pourra pas savoir que je n'en ai jamais fait partie. Je suis ici pour lui rendre un service personnel, je dois juste m'enfermer dans une pièce avec son portable et tout copier. J'aurai besoin de vingt minutes maximum.

Me voilà devant les baies vitrées de l'entrée. J'ai changé de lunettes, rasé ma barbe, et je n'ai pris que cinq gouttes. La nuit a été difficile, et j'entends à présent un sifflement angoissant dans mes oreilles. J'entre, le couloir est désert, plus que dix minutes avant la sonnerie. Quelques pas vers la salle informatique et le sifflement devient insupportable. Il se transforme en hurlement dissonant. Sur les fenêtres palpite un reflet bleu.

Je m'apprête à revenir en arrière; un bruit retentit au fond du couloir.

La porte de la classe de première claque contre le mur. Je reconnais la voix de Laura. Je reconnais aussi la fille au sweat-shirt kaki. Elle est debout, mais elle est traînée comme un poids mort.

« Pas besoin de civière », hurle un homme, un professeur, je crois, aux deux volontaires en combinaison orange.

Le prof monte avec la fille et des volontaires, Laura essaie d'éloigner tous les autres, je reste à quelques pas de la scène. Des mouchetures rouges sur le sol. Quelqu'un demande comment on enlève le sang d'un jean acheté samedi dernier. Un autre répète à tout le monde qu'il a peur d'attraper une maladie.

« Cette grosse pute ! » hurle une gamine pliée en deux contre le mur. « Mais qu'est-ce qu'on attend pour la foutre dehors ? »

Laura s'approche d'elle, la caresse, mais la fille se met à pleurer. Un surveillant arrive avec un seau et une serpillière, regarde par la porte, se passe la main sur le front.

Je m'approche également. On dirait qu'au milieu des tables renversées et des sacs, on a égorgé un agneau. Une fille glisse sur les morceaux de verre rouge rubis, maudit cette tarée, cherche un mouchoir dans son sac. Un autre élève regarde son agenda éclaboussé.

« Tout le monde dehors, la cloche va bientôt sonner, de toute façon, dit le surveillant.

— Pendant qu'on nettoie, allez prendre un peu l'air », essaie de les convaincre Laura.

À ce moment-là, elle m'aperçoit. Sur son survêtement gris, la tache de sang est déjà devenue violette. Elle me parle mais ses mots sont recouverts par la sirène de l'ambulance qui repart.

Deux filles se sont battues et ont cassé un carreau de la fenêtre. Laura était en train de remplacer une collègue d'italien, elle n'aurait même pas dû s'y trouver, dans cette classe. Elle est sortie pour donner un document à une collègue, trente secondes à peine, et quand elle est rentrée, le mal était déjà fait.

« Ces deux-là se disputaient depuis un moment. Je les avais déjà rappelées à l'ordre plusieurs fois. L'une d'elles est la fille que je suis depuis le début de l'année. Elle a dit à l'autre : "Je vais t'ouvrir la gorge, salope" et a cassé la vitre de la fenêtre avec son poing. »

Je veux savoir ce qui est arrivé à cette fille.

« Elle s'est à moitié ouvert le bras ici, près du poignet, elle pissait le sang comme une fontaine, putain. J'ai dû lui serrer le bras avec mon élastique à cheveux. »

À sa façon de me regarder, je comprends que je suis blanc comme la craie. La cloche sonne.

« Je dois aller voir le proviseur, puis aller aux urgences. »

Je reste là, sans rien dire, je me dis que je devrais disparaître, mais je ne le fais pas.

« Est-ce que je peux te demander de m'accompagner ? me demande-t-elle.

— Je n'ai pas ma voiture, me hâté-je de préciser.

— Allons-y avec la mienne, il suffit que tu conduises. Je n'ai pas la force. »

Je conduis mal, c'est une voiture de merde, le point de patinage de l'embrayage est trop bas, elle n'a pas de reprise. Et puis il y a des ronds-points à tire-larigot.

Elle se débarrasse de son survêtement gris avec la tache violette.

« Mets ta ceinture », lui dis-je.

— Et toi, va doucement. On n'a pas de blessé à bord. »

Je change de voie, elle regarde ma main sur le volant et remarque pour la première fois mon alliance.

« Tu as des enfants ? »

Le feu cinquante mètres devant nous passe à l'orange, je calcule si je peux le griller ou pas, et pendant ce temps je suis à deux doigts de tout gâcher.

« Moi ? » demandé-je, comme s'il y avait trente autres personnes autour de nous. « Non. »

Un monstre ne doit jamais se laisser aller.

Devant la montée pour les ambulances, il y a une petite voiture de ville bleu foncé garé de travers.

« Ça doit être celle de son oncle, dit Laura, en ouvrant la portière. Il travaille ici.

— Je vais me garer.

— Les urgences, c'est le couloir de droite.

— Je vais rester dehors.

— Pourquoi ?

— Je ne suis pas fan des hôpitaux.

— Moi non plus, hein. Tu es sûr que ça va ?

— Il vaut mieux que je marche un peu et que je me détende. »

Sur le parking, je ne marche pas, et pas moyen de me détendre.

Je résiste à la tentation de fouiller dans les affaires de Laura, je prends juste sa veste de survêtement et regarde la tache violette. Elle est sèche, grande et découpée comme le profil d'une île rocheuse.

Je reste là, sa veste sur les genoux, coude à la fenêtre. Je suis un puits de larmes à sec, sec comme ce sang.

Laura revient au bout de dix minutes. Ou d'une heure. Je ne sais pas.

« Huit points. Mais tout va bien. Elle a eu de la chance.

— Elle est plus calme ?

— Oui, ils l'ont déjà autorisée à sortir. »

Elle soupire, s'allume une cigarette et regarde sa montre.

« Une heure. Tu as faim ?

— Pas trop.

— On peut se faire des pâtes chez moi, à Livourne. Tu répares mon ordinateur et après, je te raccompagne chez toi. Ça te dit ? »

Je lui rends les clés de sa voiture.

« Il suffit que tu me ramènes à la gare pour quatre heures. Et que ce soit toi qui conduises, cette fois.

— Tu es sûr que ça va ? »

Je n'aime pas qu'on me pose cette question toutes les deux minutes.

« Ça va très bien. J'aime pas conduire ce genre de voiture, c'est tout. »

Elle me regarde d'un air ébahi, puis monte en lançant son sac sur le siège arrière et démarre.

8

Trois jours plus tard, les Aggradi te convoquent dans le bureau en mezzanine, avec son balcon dépouillé dont les vitres donnent sur le hangar des deux nouvelles machines à six couleurs. Des monstres allemands de presque dix mètres de haut, qui réalisent au moins quinze mille livres par heure. Des monstres affamés de travail, et hors de prix.

Le bureau de la mezzanine n'est pas destiné aux félicitations, primes et bonus sur objectif. C'est le bureau des embrouilles interminables pour le planning des vacances, des démêlés entre les ouvriers qui triment dans le hangar et les culs vissés qui passent dix heures par jour devant leur ordinateur. Les Aggradi laissent entière liberté à leurs employés de se confronter, tant qu'ils se limitent à le faire entre eux.

Les Aggradi t'attendent. Tous les deux. Aggradi junior et Aggradi senior. Le souverain, comme toujours, est mal peigné, il porte une chemise à carreaux verts sur un maillot de corps et des lunettes avec une chaînette. L'héritier du trône, comme toujours, est en complet bleu, avec son visage mou, le regard mécontent.

Debout tous les deux, bras croisés. Mauvais signe.

Sur le bureau blanc, le grand livre sur les nécropoles étrusques. Deux cent quarante pages, vingt-neuf virgule sept sur vingt-neuf virgule sept avec jaquette, cent cinquante-huit illustrations en quadrichromie, généreusement sponsorisé par une caisse d'épargne, chaudement soutenu par le fonctionnaire municipal chez lequel toi, Furio Guerri, tu es allé présenter tes hommages, au milieu des monts Métallifères, parce qu'il ne te reçoit pas à la mairie.

Père et fils n'ont aucun doute. Du reste, les preuves contre toi sont accablantes. Tu t'es trompé dans les légendes des photos. Tu t'es trompé dans les mesures et les numéros de page. Tu as inversé « La tombe des deux époux » avec une autre putain de maudite tombe étrusque, qui représente deux époux échangeant une caresse. Bref, tu as fait un joli bordel. Merde.

Et comme c'était une grande photo, en double page, et comble de guigne, à cheval sur deux cahiers, ils ont dû jeter et réimprimer seize pages au lieu de huit. Double merde.

Et comme la livraison était impérative pour la présentation aux autorités, à la Fondation Saint-Machin-Truc et au président de ce putain d'autre truc de merde, ils ont dû garder trois employés en heures sup un jour férié, de nuit, quatre heures chacun. Sans compter trois ouvrières à la reliure, le samedi, pour réaliser à la volée les cinquante premiers volumes sortis des machines à cinq heures du matin. Triple et quadruple merde.

« Vous êtes payé pour nous faire gagner de l'argent, vous vous souvenez, Guerri ? balance le vieux Aggradi. Dites-moi si c'est une façon de travailler.

— Regardez ces taches sur les originaux, attaque l'autre. Qu'est-ce que vous avez fait, avec ces photos, vous avez passé la serpillière ? Susy, la nouvelle, a dû retravailler quatre heures dessus. »

Tu restes muet. Tu n'y as rien fait, à ces photos, voudrais-tu te justifier. Ce sont les petites mains grasses de ta Caterina adorée. Tu aurais dû t'en apercevoir, en effet. C'est donc toi, le couillon inefficace.

« De toute façon, chez Aggradi, on ne met pas à la rue un père de famille », dit le vieux, magnanime. Mais c'est le jeune qui dicte les conditions :

« L'année prochaine, vous devrez assurer vingt pour cent d'augmentation fixe des commandes mensuelles », décrète-t-il, et il jette le livre dans le container des déchets de fabrication, au milieu des coupures de pellicule, des grumeaux de colle et des feuilles de démarrage des machines. « Sinon, Guerri, on se passera largement de votre collaboration.

— Calculé sur une moyenne trimestrielle », hasardes-tu. Tu fais remarquer que le travail culturel a son propre rythme, les livres ne partent pas comme les étiquettes du vin. Aggradi senior ne semblerait pas trouver d'objections à prise rapide. Aggradi junior s'appuie au rebord de son bureau. Bras toujours croisés.

« Vingt pour cent. Tous les mois.

— C'est beaucoup.

— Ne vous sous-estimez pas, Guerri, balance Aggradi junior en coupant court à la discussion. Ceux qui se sous-estiment ont perdu d'avance. Et là, personne ne peut se permettre de perdre. »

Vingt pour cent par mois, c'est de la pure folie.

Du reste, la philosophie de la boîte est claire : les nouvelles machines sont pensées pour les grands tirages de travaux en couleurs, comme les publicités de supermarchés. Ce connard d'Aggradi junior veut supprimer le secteur culturel, c'est clair, et il n'attend qu'un prétexte. Et toi, avec le bordel que tu as fichu, tu le lui as servi sur un plateau d'argent, son prétexte. Joli, Furio. Joli couillon.

Tu t'enfermes dans les toilettes et tu te regardes dans la glace. Honte à toi, couillon, tu te dis. Tu as une femme et une fille à entretenir, et même à choyer, comme des princesses. Tu as un crédit sur trente ans à payer chaque fin de mois.

Honte à toi, couillon. Punis-toi, avant que les autres ne le fassent à ta place.

Honte à toi, Furio, penses-tu encore, et tu soulèves la brosse à chiottes du pot jauni et te gifles avec.

Honte à toi. Sors, maintenant ! Furio Guerri, et rapporte-leur trente pour cent, à ces connards. Trente pour cent d'augmentation. Par mois.

Tu sors et tu vas chercher Susy aux dents de cheval. Tu souris et lui dis que tu es désolé pour ce qui est arrivé sur le livre des Étrusques. Tu reconnais que tes indications étaient fausses, tu la remercies pour les heures de travail qu'elle a consacrées à nettoyer les photos.

Susy aux dents de cheval ne doit même pas s'imaginer d'où arrivera la claque qui la fera licencier juste au moment où elle pensera qu'on va lui faire un CDI.

9

À Livourne, l'argent ne coule pas à flots. D'ailleurs je n'ai jamais eu de clients dans cette zone. Et puis, il y a la mer.

Des voitures à cheval sur les trottoirs, des rues surplombées d'immeubles sans terrasses, du linge fièrement étendu, comme des drapeaux. Toutes les carrosseries arborent des cicatrices. Nous traversons une place avec une église collée à des tronçons de mur d'après-guerre. Nous longeons le canal, traversons le pont.

Dans le vestibule, le sol est tout rapetassé, briques rouges et résine jaunâtre. Au premier étage, sur le paillasson, trois paires de chaussures de chantier sont incrustées de plâtras. Au deuxième, un relent chaud de poivrons et de curry, au troisième un chien qui aboie furieusement. Au quatrième, quelqu'un entrouvre la porte à notre passage. Le dernier étage est le plus raide à monter. Laura habite dans la mansarde.

Les tuyaux de l'eau sont à l'extérieur des murs, le mur qui sépare la cuisine est éventré.

« Excuse le bordel, mais ici, il y avait des dealers. »

Laura flanque ses chaussures dans un coin, me raconte que la drogue a été sa chance. Avant elle, il y avait un Marocain qui dealait, et la propriétaire exigeait six mois de loyer d'avance, au black. Quand on l'a chopé, il venait juste de les régler, mais n'avait pas de reçu.

« Alors, elle m'a fait une réduction. Mais le mur cassé par les flics, elle ne veut pas le réparer. »

Les fenêtres sont petites et profondes, et donnent sur le port. Aux poutres du plafond pendent des os de seiche, des coquillages, des cristaux verts et rouges, de petits tubes de métal qui, si je ferme les yeux, transforment le courant d'air en brise estivale.

« À part ça, n'est-ce pas adorable ?

— Très mignon. »

Elle met une casserole sur le grand feu d'une cuisinière bon marché, blanche, et me demande si j'aime les pâtes complètes.

Les pâtes complètes, je trouve ça dégueulasse, mais je mens, souris, puis enlève mes lunettes pour la première fois. Aujourd'hui, j'ai opté pour des verres violets un peu moins foncés.

Laura me fixe un instant, puis me montre son ordinateur. Il se trouve sur une table en contreplaqué bleu posée sur deux tréteaux. Au milieu du bordel d'une installation provisoire se dresse une bouteille pansue avec des jacinthes blanches.

« Tu mettras les pâtes quand l'eau bouillira ? Je vais prendre une douche pour essayer de me changer les idées. »

Je fais un petit nettoyage classique dans son PC, réinstalle quelques pilotes mis à jour, et insère ma clé USB. D'une oreille, je ne perds pas le bruit de la douche, et de l'autre j'essaie d'entendre l'eau qui bout. Puis je jette les horribles *fusilli* couleur tabac dans la casserole, avec du sel. Je n'ai pas le temps de tout copier, alors je choisis les documents de travail, le courrier, la rubrique des contacts et l'historique des sites visités.

Les *fusilli* sont prêts, mais dans la chambre de Laura, tout a l'air silencieux. Elle s'est peut-être endormie. Je jette un coup d'œil discrètement et je la vois assise sur le lit, pelotonnée dans une robe large, ses cheveux noués en queue-de-cheval. Elle essuie ses yeux rougis et murmure.

« Quelle vie de merde... ».

« Tu en penses quoi, de cette bolognaise ?

— Délicieuse. » Et cette fois, je suis sincère.

—Tu aurais pu le dire de toi-même, ça ne m'aurait pas vexée, me fait-elle, avant la dernière fourchetée.

— Vraiment exquis. Bœuf et saucisse ?

— C'est du tofu », dit-elle, et elle rit. Je manifeste encore plus nettement ma déroute en prenant du pain pour nettoyer mon assiette.

« Cette fille, tu me disais...

— On lui a diagnostiqué des retards cognitifs.

— Retards cognitifs », je répète, comme si j'essayais de mâcher ces mots. D'en comprendre le goût. « C'est-à-dire ?

— Dans son cas, trouble de l'attention. Elle n'arrive pas à se concentrer plus de deux ou trois minutes. Et puis, elle a des problèmes de mémoire et de dyscalculie. C'est un cas délicat, très particulier. Je devrais la suivre davantage, bien plus que six heures par semaine. Mais de toute façon, ça ne sert à rien. À partir de l'an prochain, le soutien, ce sera juste pour les cas irrécupérables.

— Alors elle, ce n'est pas... grave.

— Ce n'est pas grave, une fille qui veut ouvrir la gorge d'une de ses camarades ?

— Vous êtes sûrs que ça s'est passé comme ça ?

— Certaine. C'est vrai aussi que dans cette classe, c'est la tête de Turc. Enfin, classe, façon de parler. » Laura essuie la sauce et le mot de ses lèvres avec sa serviette. « Plus qu'une classe, on dirait une horde de néandertaliens avec portables. Un club privé pour cas humains. Nous avons le dealer officiel de la cité scolaire, deux nymphomanes en herbe, et un mec de vingt ans qui vient avec son casque et la *Gazzetta*. Il ne dérange pas les autres et on s'y est résignés, mais le problème, c'est que personne ne l'a jamais vu tourner la première page. De la *Gazzetta*, j'entends, pas d'un livre. »

Malgré tout, je ne peux m'empêcher de rire. Alors, Laura me parle de ce garçon qui a réussi à se tromper en écrivant le nom de son père quand il a imité sa signature sur son mot d'excuse.

« Et écoute ça : l'autre jour, je devais les surveiller pendant une heure, je ne savais plus à quel saint me vouer, alors je leur ai lu quelques pages de *Moi et toi, trois mètres au-dessus du ciel* ou je sais plus quoi. À la récré, j'ai trouvé écrit sur le tableau : « Moi dans toi, Samanta, trente centimètres à l'intérieur ». Maïkeul.

— Il a même signé.

— Tu vois le truc ?

— Prétentieux. »

Laura aussi se met à rire, puis elle soupire longuement et replace une mèche de cheveux qui tombait sur son visage.

Pendant qu'elle prépare le café, je sors sur la petite terrasse de poche qui abrite juste une chaise longue, quelques pots de fleurs, la machine à laver et une petite table en osier.

Je plonge un doigt dans la terre foncée des tomates.

« Trop d'eau, lui dis-je. Pas assez de soleil. »

Je lui demande si je peux déplacer la jardinière à côté de celle des fraises.

« Tu connais aussi une manière de les faire mûrir ? me demande-t-elle, appuyée au chambranle. Ça fait deux ans que j'essaye.

— Des coques de noix brûlées. Ça marche du tonnerre. »

Laura apprécie et sourit. Nous regardons ensemble les grues du port, le ciel barbouillé de longs nuages opaques au-dessus des navires marchands en rade. Je remets mes lunettes. Son portable sonne, on dirait le chant révolutionnaire *Bandiera rossa*, ou peut-être l'*Internationale.*

Je dois écouter une série de : « Non, non, écoute », puis deux ou trois « Oui. Bien sûr. Oui, oui ». Je range mon faux sac de travail, et l'entends discuter à voix de plus en plus basse.

Elle parle d'un problème dont tout le monde est au courant mais auquel personne ne veut se confronter à l'école. Des photos pornos prises avec des portables. Au moins deux ou trois gamines de la classe sont impliquées. Toutes mineures. Il y a des sites dédiés, elle a vérifié, certaines d'entre elles font même des vidéos. Le tout en échange de recharges pour leurs téléphones. L'école veut rester en dehors de tout ça, et puis il y a le problème de l'attitude à adopter avec les familles. De toute façon, Laura affirme que c'est ça, la raison du bordel. Des copines de classe qui menacent de se griller à tour de rôle.

Je vais t'ouvrir la gorge, salope.

« Je sais que je fais ma casse-couilles, comme d'habitude, mais je vais faire un rapport et je demanderai même un jour de suspension », conclut Laura. La cafetière crachote depuis un moment et je ne m'en suis pas aperçu. Lorsque j'éteins le feu, le café a déjà coulé sur l'émail blanc. Je cherche aussitôt quelque chose pour nettoyer.

10

Des rapports.

Des rapports obliques. Des relations. Il a des raisons à vendre, le grand Magnani. C'est de ça que tu t'occupes, et c'est ce qui fait la différence, au final.

« Mais ne venez pas à la mairie », a dit le fonctionnaire. Alors, à toi les kilomètres dans la cambrousse, les buissons et les rochers jaunes pour rejoindre la maison de campagne en pierres grises au milieu des monts Métallifères.

Pour t'entendre dire, ensuite, qu'il y a des problèmes. Que le livre présentait des imperfections, et que les délais de remise n'ont pas été respectés. Tu lui donnes raison, tu t'excuses et tu le félicites pour sa maison, immense, rustique et meublée comme un dépôt-vente de mobilier d'occasion. Partout, des photos de son fils cycliste, et une odeur de champignons séchés.

« Voilà les originaux, monsieur Bellopede », dis-tu en posant la grande enveloppe blanche sur la table. Il l'observe d'un air intéressé, et tu te hâtes d'ajouter : « Vérifiez bien qu'ils y sont tous. »

Bellopede vérifie, tu attends qu'il s'adoucisse. Tu as augmenté son pourcentage en diminuant ta commission. Et tu as fait en sorte que les Aggradi soient au courant.

Mais Bellopede se gratte la barbe, l'enveloppe avale à nouveau photos et billets, et tu es obligé de prolonger le silence en le regardant en face. Un homme distingué, avec des lunettes de vue trop grandes et démodées, qui te reçoit en tenue de sport et mocassins. On raconte qu'il a un trésor de vestiges étrusques dans sa cave, dérobés par son père voleur de tombes. Et qu'il y est attaché de façon si morbide, qu'il ne les vendrait pas en sous-main même si ça pouvait lui rapporter très gros.

« Je vous ai mis les devis pour le prochain volume à l'intérieur.

— Je ne crois pas que les choses seront si simples.

— Nous avons fait une réduction de dix pour cent. Si vous le souhaitez, nous pouvons augmenter votre rémunération de superviseur. »

C'est comme ça que tu appelles l'argent mêlé aux photos dans l'enveloppe. Bellopede tient aux formes. Il a sa dignité. C'est un fonctionnaire du secteur de la culture, mais il pense que la supervision des livres de la mairie doit lui être payée à part. L'Administration ne l'envisage pas, alors il y travaille en extra. Il refuse, dédaigneux, de mettre son nom sur le livre et ne soutient que les éditeurs qui rémunèrent son travail. De la seule façon possible : en ajoutant un pot-de-vin au devis.

Bellopede vit désormais perché dans ces collines, où les vieilles carrières, l'hiver, sont mangées par le brouillard, où les oiseaux migrateurs ne s'arrêtent plus en été, et où un vent étouffant souffle sans jamais trouver le chemin de la mer.

Et pourtant, ta capacité à payer le crédit sur trente ans est entre les mains d'un type comme lui : si tu perds l'appel d'offres sur le parc archéologique, tu va perdre un paquet d'argent, et l'augmentation du chiffre d'affaires deviendra simplement impossible. En janvier, tu pourrais te retrouver au chômage, avec la mensualité du crédit qui tombe, et la terreur qu'à chaque sonnerie de ton portable ce soit la banque qui te cherche parce que tu es dans le rouge une fois de plus.

Tu dois comprendre. Bellopede est corrompu, certes, mais pas seulement. Il est aussi corrodé, comme une carrière abandonnée aux intempéries. Par quoi ? Son problème, ce n'est pas l'argent. Il n'en manque pas, et il pourrait en avoir des pelletées.

Son problème est ailleurs. Mais tu pourrais ne pas avoir d'autre occasion de le découvrir.

« Où est le problème, monsieur Bellopede ? lui demandes-tu.

— Où est le problème ? Les mafias de parti. Mes camarades ont leur typographie, la banque doit satisfaire tout le monde. Avec vous, je leur ai coupé l'herbe sous le pied. Et ils veulent ma peau. Ils veulent me transférer au bureau des archives. »

Il déballe des conneries. Mais tu es sur la bonne voie pour comprendre ce qu'il veut. Tu penses à cette signature que Sauro Bellopede refuse aux publications qu'il supervise pourtant.

« C'est dégueulasse », dis-tu.

Bellopede gueule que seules les cartes de parti comptent. Mais, lui, leur carte, il ne l'a jamais eue et il ne la prendra jamais. C'est un esprit libre, lui, un chien en liberté, qui voit plus loin que les autres. Personne n'a le droit de lui dire ce qu'il doit penser.

« Vous savez quoi, monsieur Bellopede ? Il n'y en a pas beaucoup, des comme vous.

— Un petit digestif ?

— Non merci. Je dois conduire.

— Dans la culture, les communistes sont partout aux commandes.

— En Toscane, en plus, je vous dis pas.

— Et si on ne s'allie pas, on est grillé.

— Eh oui, on est grillé. »

Bellopede se lève, va prendre un tas de journaux et de dépliants. Il en veut à la clique de l'intelligentsia gauche caviar qui se retrouve tous les étés à Capalbio et à la loge des maçons de Florence. Il raconte que tous les ans, il a présenté des programmes culturels de haute volée, et qu'il n'a jamais été convoqué, même pas pour un entretien.

« Ce sont des lâches, par-dessus le marché, le consoles-tu.

— Un café ?

— C'est gentil, mais j'en ai déjà pris trois. »

Ensuite, Bellopede sort d'un tiroir une rame reliée avec une spirale rouge.

« Vous savez à combien d'éditeurs j'ai envoyé ça ? Est-ce que vous le savez ? »

Tu ne le sais pas et, sincèrement, tu ne vois pas ce que ça peut te foutre. Mais il te la refile. Le titre est en Bodoni gras étiré en hauteur, qui a perdu l'élégance de ses proportions parfaites. Le corps doit être d'au moins soixante. On peut lire : *L'Abysse des vierges étrusques. Polar archéosophique.*

« Au moins trente éditeurs. Le travail de toute une vie, auquel on n'a pas daigné accorder une seule réponse. Qu'est-ce que ça veut dire, d'après vous ?

— Qu'ils ne l'ont jamais ouvert.

— Bravo. Ils regardent le nom. Si vous n'êtes pas du réseau, vous pouvez toujours courir, ils ne le lisent même pas. »

Tu le ramasses sur le canapé où Bellopede l'a balancé d'un geste théâtral et tu le parcours rapidement. Au moins trois cents feuillets, recto verso, et un interlignage asphyxiant. Mais tu as une idée. Tu prends ton courage à deux mains. « Je peux le lire ? »

Le 15 octobre 1989, Elisa et toi, vous vous êtes inscrits ensemble en Économie et commerce.

Parmi les étudiants amassés au secrétariat comme des déportés, vous avez reconnu une de vos camarades de lycée, la fille la plus laide, trapue et masculine, la plus catholique, la plus communiste et la plus aigrie de la classe à l'égard de cette « idiote de Domini ». Teresa Crisci, elle s'appelait. Vous avez fait tous les deux semblant de ne pas la voir.

Mais elle, non. Elle vous a fixés, s'est même levée sur la pointe des pieds de son petit mètre soixante, dans ses sandales de baba cool négligée. Comme si elle n'en croyait pas ses yeux.

Quelques jours après le premier cours de droit privé, à quatre heures de l'après-midi, tu as ouvert à Elisa la portière de l'Alfa Arna de ton oncle. Tu n'as jamais connu rien d'autre dans ta vie qui soit capable, comme l'Alfa Arna, de s'imprimer dans l'esprit comme « étant laide » sans laisser cependant un seul souvenir intense de laideur.

Une laideur terne, fruit d'indécisions et de compromis, mi-japonaise mi-italienne, mi-haut de gamme mi-bon marché. Comme Teresa Crisci, mi-catholique et mi-communiste, l'Alfa Arna était insignifiante.

Ton oncle était un fan d'Alfa depuis toujours, mais cette fois, lui aussi était déçu. Au point qu'il te laissait sa voiture sans problèmes, même quand tu ne devais pas faire tes tournées de représentant à mi-temps.

« Un jour, je m'achèterai une Alfa digne de ce nom », as-tu dit avant de démarrer.

Elisa a haussé les épaules, a lancé son sac de livres à peine achetés sur le siège arrière et t'a montré le jeu de clés avec la bille en corde.

Sur le coup, tu n'as pas compris.

« On va peut-être arriver à temps pour voir le coucher de soleil sur la mer », a-t-elle dit.

À cinq heures et quelques, vous êtes arrivés à Marina di Bibbona. Les pins étaient épais comme en été, mais les jeux vidéo étaient emprisonnés derrière des vitrines poussiéreuses, les haies empaquetées dans des toiles vertes. Au bout de chaque chemin menant à la mer, le même coucher de soleil orangé. Sur les parkings déserts, les ombres allongées de quelques vieux qui dissipaient en après-midi de soleil les regrets de leur vie.

« Tu as vu, on a réussi », a dit Elisa.

Comme des voleurs, vous avez ouvert la grille coulissante du garage à l'arrière. Comme des voleurs, vous avez monté les marches, sans même allumer la lumière. Il faisait un froid de crypte, parce que dans la villa de vacances des Domini, le chauffage aurait été un luxe injustifiable.

Vous êtes allés directement dans la chambre d'Elisa, où vous vous êtes enfermés comme si, dans la maison inhabitée, les fantômes de l'été n'avaient attendu que vous pour se faufiler par cette porte.

Dans le seul supermarché ouvert, vous aviez acheté de la bière discount, des tacos et des chips, des gaufrettes à la noisette et des pâtes de fruits.

« Demain, j'aurai la langue toute blanche », a dit Elisa, puis elle a allumé l'écran quatorze pouces bombé et a installé les antennes.

Vous vous êtes disputé la télécommande avec vos doigts poisseux, puis agenouillés sur le lit. Prince pépiait qu'il voulait juste un baiser. La couverture en coton dégageait une odeur de naphtaline. Le présentateur météo annonçait l'arrivée d'une basse pression atlantique, en montrant avec sa baguette des dessins semblables aux cernes des troncs d'arbres. Au-dessus de la tête de lit en bouleau, il y avait une photo d'Elisa à douze ans, en survêtement et *leggings*.

Les Domini ne devaient pas avoir changé grand-chose dans cette chambre, depuis l'époque du collège où Elisa était déjà la grande perche de sa classe. Les maisons de vacances n'ont pas besoin d'être de vraies maisons, on y revient juste pour vivre une fausse quinzaine d'adolescence.

Sur la troisième chaîne, une édition spéciale du journal avait interrompu les émissions. Tu t'es dit que quelque chose de grave avait dû se passer, mais Elisa a remis la chaîne des clips. Madonna chantait devant une église enflammée.

« Tu pourrais revenir en arrière un instant, s'il te plaît ? » as-tu demandé.

— Oh, la barbe ! » a dit Elisa, et elle est descendue du lit.

Des gens avec des pioches. Des gens avec les mains tournées vers le ciel, et le ciel noir. Des gens en uniforme déboutonné. Des gens avec des bouteilles et des panaches de mousse dans le ciel, toujours noir.

En direct de Berlin, indiquait le sous-titre.

« Regarde, ils font tomber le mur ! »

C'est la dernière chose que tu as dite, avant qu'Elisa ne mette le disque de Zucchero dans le lecteur et monte le volume d'un seul coup.

Tandis que le béton de la guerre froide tombait en lambeaux, comme le décor d'un film jamais vraiment tourné, Elisa dansait, avec sa robe-pull sur ses fuseaux noirs. Et elle te désignait, toi, oui, toi, Furio Guerri, de ses ongles longs et vernis de rouge foncé. Foncé comme du sang veineux.

À moins que ce ne soient les souvenirs qui te les fassent voir comme ça aujourd'hui.

Elle dansait en te montrant du doigt et chantait en play-back sur la voix de Zucchero.

Il mare impetuoso al tramonto [la mer démontée au couchant]

Le mur tombait. Le pull d'Elisa remontait sur ses hanches.

Salì sulla luna [elle monta sur la lune]

Le communisme était tombé. Et les hanches d'Elisa n'avaient jamais remué ainsi à aucune fête d'été, sur aucune de tes cassettes.

E dietro una tendina di stelle [et derrière un rideau d'étoiles]

Jusqu'à ce jour, elle n'avait dansé comme ça que dans sa chambre, dans sa vraie maison, celle de la ville, loin de la mer, et seulement après avoir terminé ses devoirs. Sauf que dans sa vraie maison, la maison de famille, Elisa ne pouvait pas encore t'y emmener. C'est seulement dans la villa de vacances pas chauffée qu'Elisa pouvait trouver le courage d'enlever son pull et de te faire hurler avec elle.

Se la chiavò. [Il la baisa.]

11

Je m'en aperçois brusquement. Les gouttes qui tombent de la capote, les ruisselets en haut des vitres. De l'eau.

Le moteur de la Duetto est un gargouillement de moribond aux poumons gonflés d'eau.

La route, les maisons, les gens autour de moi, tout a disparu. De l'eau partout. La mer m'engloutit à l'intérieur de ma Duetto.

Pendant que je lui raconte mon rêve par téléphone, je ne suis pas certain que le docteur me suive vraiment. Alors, je m'arrête et j'attends, jusqu'à ce qu'il me demande :

« Ça finissait comme ça ?

— Non. À un moment, je voyais l'île.

— L'île. D'accord. Et vous avez pu y parvenir ?

— Non. C'était l'île qui bougeait. Qui se levait de la mer. Oui, elle se soulevait et se tournait vers moi.

— Et ensuite ?

— Ensuite, l'île me regardait.

— Comment ça, elle vous regardait ?

— Eh bien, l'île était un visage gigantesque.

— Le visage de qui ?

— Le visage d'une femme. Si grand qu'il recouvrait le soleil et étendait son ombre sur toute la surface de la mer. C'était effrayant, la fin du monde.

— Et la mer, elle était comment ? Agitée ?

— Je ne me souviens pas. Mais ce n'était pas ça, le problème.

— Ce n'était pas ça, le problème ?

— Non. La mer m'engloutit, vous comprenez ? Qu'elle soit agitée ou pas, aucune différence.

— C'est vous qui vous y noyez. N'est-ce pas ?

— Oui. Je crois qu'on devrait se voir, docteur, la thérapie d'accompagnement ne marche pas. Laisser une nuit derrière moi n'est jamais une mince affaire.

— Est-ce que vous pouvez répéter ? »

Je sens un déclic soudain dans son attention.

« Qu'est-ce que je dois vous répéter ?

— Ce que vous avez dit sur la nuit. Répétez-moi ça, Furio. »

12

Et comme ça, Elisa va encore chez Romina ce soir. Elle t'appelle même pour te demander où tu es, et vers quelle heure tu penses rentrer à la maison. Elle doit s'organiser pour le dîner de Caterina, bien sûr. Depuis quand doit-elle donner ses horaires à Romina pour une partie de cartes ?

Tu es à Forte dei Marmi, tu dois aller chez les deux pédales, ce qui est une autre paire de manches, et après, tu dois repasser à ton boulot.

« Je ne sais pas, il est possible que je finisse à neuf heures au moins, dis-je en exagérant.

— Tu pourrais appeler ta mère ? » propose-t-elle.

Et c'est toi qui dois l'appeler, en plus. Mais oui, bien sûr. Tu lui dis que c'est bon. Ta mère sera folle de joie. Elle la voit si peu, sa petite-fille. Seulement quand ça arrange Elisa, évidemment.

Cet après-midi-là, la jeune diplômée a des devoirs de jardinage à faire. À moins qu'elle ne soit devant la villa parce qu'elle t'attend et qu'elle espère te dire bonjour toute seule, loin des petits yeux inquisiteurs des deux pédales. Elle rempote les géraniums et te sourit en attendant un mot, un geste, qui sorte de l'ordinaire. Qui soit différent d'*avant*.

« Bonjour », lances-tu en descendant de la Duetto. Et tu te dis que tu devrais au moins avoir la gentillesse d'ajouter son prénom. Elle serait contente, ça l'aiderait à passer une nouvelle semaine au milieu des prises de bec de ce couple de tantouzes.

Le problème, c'est que tu ne te le rappelles pas, son prénom. Elena ? Non. Elisabetta ? Non plus. Evelina ? Pourtant, tu as bien dû l'entendre prononcer au moins une fois. Voilà deux ans que vous imprimez les livres des Éditions Contexte, une visite toutes les deux semaines : ce qui fait plus ou moins cinquante visites à la villa éclectique, au milieu des pins de D'Annunzio et du bar préféré de Jerry Calà [1].

Mais ce jour-là, tu te rends compte que tu ne l'as jamais su. Tu l'as toujours appelée « la jeune diplômée ». Même quand elle a baissé la braguette de ton pantalon, elle est restée pour toi « la jeune diplômée ». Et ça, ce n'est pas respectueux envers le client.

Tu lances ton habituel « Je peux entrer ? » bien modulé, tu arranges ta cravate, pénètres dans le couloir sombre de la villa et te dis que c'est mieux comme ça. Mieux vaut ne pas lui donner d'illusions. Elle doit se faire à l'idée qu'il ne s'est rien passé. La seule conséquence de sa généreuse performance a été la remise en temps et en heure des exemplaires de *Nouveaux regards critiques entre gothique et romantisme*, pour l'ouverture du congrès.

De toute façon, tu lui devais au moins ça.

Tu devines tout de suite que ça sent le roussi.

Dès qu'il te voit, Augusto se débarrasse de son petit verre en plastique rempli de café. À sa manière de venir à ta rencontre, à pas trop courts, tu comprends qu'il n'en est pas à sa première dose de whisky de la journée. Walter est au téléphone, appuyé contre une pile de cartons. Jour de retour des invendus par le distributeur. Les deux pédales joueront pour la énième fois la carte de la tragédie.

« Dis-lui de nous renvoyer tous nos livres ! » hurle Augusto.

Walter recouvre le combiné.

« Et où on va les mettre ?

1. Jerry Calà : acteur et réalisateur italien (né en 1951).

— Je m'en fiche, on change de distributeur.

— C'est le deuxième en un an.

— Alors c'est le moment de fonder un consortium de distributeurs entre éditeurs de qualité !

— Splendide idée. Et il y a combien d'éditeurs de notre qualité, en Italie ? »

Augusto attrape de façon dramatique ses mèches de cheveux gris. Walter émigre dans son petit bureau.

« Hier, le distributeur m'appelle et me dit : "Vous n'auriez pas des livres dans la catégorie premier prix, au format poche ?". Et moi : "Des romans, de la poésie, des essais ?". Et lui : "Peu importe, je dois juste faire le réassort d'un supermarché. Cinq cents articles. Ils ouvrent demain et ne veulent pas d'espaces vides. Mais pas plus haut que 18 centimètres, sinon ils ne tiennent pas sur l'étagère."

— Et vous ?

— Je lui ai raccroché au nez.

— Vous avez très bien fait.

— Que va devenir la culture dans notre malheureux pays ?

— Je ne sais vraiment pas », le consoles-tu. Et tu prononces la formule magique : « Tous abrutis par la télé.

— Exactement. Il ne manquait plus que *Le Loft*. Vous avez vu quel niveau, quelle vulgarité ! Est-ce que vous laissez votre fille regarder des saletés pareilles ?

— Jamais de la vie !

— Vous êtes un père intelligent. Ah, si seulement ils pouvaient tous être comme vous ! »

Tu le remercies et il embraye sur son invective au sujet de l'anthologie *Inconstances obsessionnelles*, acclamée par la critique, louée par les revues littéraires les plus émérites, mais malheureusement mise au ban par les journaux et la télévision, où seul ce *marchand de soupe*, ce *bonimenteur télévisuel* est aux commandes. C'est le moment de sortir mon joker : « Il va détruire l'Italie, celui-là.

— N'est-ce pas ? Ça me fait plaisir que nous soyons du même avis. »

Ensuite, tu t'assieds et tu ouvres la fermeture Éclair de ton cartable en cuir. Walter revient, énervé comme une guêpe, et lance le téléphone sur le bureau.

« À propos, vous avez jeté un coup d'œil au texte que je vous ai apporté la dernière fois ? »

Augusto ne répond pas et se gratte derrière l'oreille. Walter se met à nettoyer sa pipe. Puis il examine une étagère en cubes blancs, en passant sa main sur sa tête chauve. Il reconnaît aussitôt la reliure avec la spirale rouge et l'arrache de sous la pile.

« Captivant, non ? » insistes-tu.

Walter abandonne sa pipe et l'écouvillon. Augusto prend le manuscrit, hérissé de Post-it de couleur comme un échantillonnage de papier. Il soupire, l'ouvre.

« *... le corps de la jeune fille gisait dans une posture anormale, mais son visage splendide et serein semblait dormir*, déclame-t-il. *Malheureusement, c'était le froid sommeil de la mort.*

— À mon tour », fait Walter. Il ouvre une autre page marquée par un Post-it et retire ses lunettes.

« *... même le médecin légiste, un petit homme cynique à l'air maladif, sembla troublé cette fois par le sombre spectacle de la mort. "Quiconque a fait subir ce supplice à une telle beauté ne vaut pas le courant électrique qui servira à lui frire le cerveau", dit-il.*

— Très juste. Mais des remises de peine pour ceux qui éviscèrent des catins », ricane Augusto en tapant du poing sur la table. Walter a déjà choisi un autre extrait.

« *Une petite pluie fine, insistante et agaçante, tombait. L'inspecteur Stefanacci remonta le col de son trench chiffonné et ralluma son cigare. Il avait besoin de réfléchir, ce qu'il allait faire devant une bonne* farinata *au chou noir, des foies de poulet aux herbes sauvages et un petit morellino rouge de chez son ami Franco, situé à l'angle du vicolo dei Pesti et de la place Martini.*

— Fermé le mercredi, il est conseillé de réserver, ajoute Augusto. À mon tour, je vais lire la scène finale dans la tombe.... *Elle surgit du sanctuaire des siècles, comme l'aube comme la terre comme la mère comme la femme unique, génitrice éternelle du cosmos et des temps, ses seins fertiles de luxure façonnés par mes mains, elle déesse ivre, moi sculpteur tremblant...*

— Nous sommes sans aucun doute en présence de littérature criminelle. Des crimes contre le sens du ridicule. De ce point de vue, c'est un massacre, décrète Walter.

— Ça commence comme un Chandler à la bolognaise et ça finit comme *Les Étrusques dans le sanctuaire aiment s'envoyer en l'air* », renchérit Augusto. Il rit, se lève, retire violemment deux volumes d'une étagère. Il se met à raconter que dans la Rome antique, dire « une Étrusque », c'était comme dire « une putain ». Et que pour un certain historien grec, les femmes étrusques étaient toujours ivres, n'avaient pas peur de se balader nues et baisaient avec n'importe qui devant leur mari pendant les banquets.

Le fait que ce soit un pédé alcoolique qui te le raconte te ferait rire, en d'autres circonstances. Mais tu es un représentant et tu restes imperturbable, espérant que la petite leçon soit rapide.

« Vous le connaissez, celui-là, Furio ? » Augusto a enfin trouvé la page qu'il cherchait. Tu réponds sans hésiter. Après t'avoir fait risquer de perdre ton travail, la maudite *Tombe des deux époux* te permet aujourd'hui de te rattraper.

« Bravo ! Vous voyez comme elle est douce, cette caresse du mari à sa femme ? Regardez les époux, allongés tous les deux. Les femmes étrusques participaient au banquet, quand les Romaines restaient tout au plus assises à l'écart, comme les servantes. Les Romaines restaient enfermées chez elles à filer la laine, les Étrusques transmettaient leur nom à leurs enfants.

— À Rome, c'était inconcevable. Ça les terrorisait. Alors, ils ont inventé le mythe des Étrusques qui sont toutes des putes », s'immisce Walter, puis il t'explique que les Étrusques sont le chant du cygne d'anciennes civilisations matriarcales. Quel que soit le sens de tout cela, tu lui donnes aussitôt et entièrement raison.

« Ce Sauro Bellopede est un refoulé rancunier. Il bande en écrivant sur la belle zombie étrusque qui le suce », conclut Augusto, juste au moment où la jeune diplômée surgit du néant avec son paquet d'épreuves à te remettre. Elle pile sur le seuil, comme pour ne pas aller se cogner contre ce mot. Tu la regardes un court instant, et desserres à peine le nœud de ta cravate. Walter t'observe, tu pourrais jurer qu'il a compris quelque chose. Les pédés ont un sixième sens pour certaines choses.

« Ça veut dire que vous ne le publiez pas ?

— Non, mais vous plaisantez ? Et puis souvenez-vous de Fruttero et Lucentini ». Le ton sévère d'Augusto te fait redouter qu'il s'agisse d'une typographie concurrente.

« Fruttero et Lucentini le disent clairement : un vaisseau spatial ne pourra jamais atterrir à Lucques. Et Marlowe ne pourra jamais manger du sanglier en sauce, j'ajoute. »

Walter remet ses lunettes et objecte. Ces deux-là ont justement écrit de très beaux polars. Mais Augusto rétorque que ce sont des polars seulement en apparence, que c'est de la grande littérature avant tout, car ils étaient tous deux de fins intellectuels... Et là, ça finit en prise de bec au sujet du *Nom de la rose*. Celui-là, grâce à son titre, tu t'en souviens. C'était le pavé que la zélée Teresa Crisci avait évidemment lu en entier, la seule de toute la classe. Et pour lequel elle s'était tapé la meilleure note en rédaction, lue en classe par la prof. Cette odieuse lèche-cul. Imbaisable.

Au bout de dix minutes de querelle conjugale, Walter se souvient que tu es là. « Vous voyez, Guerri, c'est une question de culture », et tu comprends aussitôt qu'il ne veut pas être dévalorisé par rapport à Augusto. « Le polar est protestant et capitaliste. Il est basé sur la responsabilité individuelle. Chaque action d'un individu a des conséquences et modifie le cours des choses. Irrémédiablement. Vous comprenez ? »

Bien sûr que tu comprends, tu n'es pas idiot. C'est juste que tu n'en as rien à foutre, de leurs discours. Tu souris, tu mets tes mains dans ton sac, tu acquiesces.

« Nous, par contre, nous sommes catholiques. Nous avons la faute.

— Et après la faute, le pardon arrive toujours. » Walter clôt ainsi leur duo amoureux, et le manuscrit de Sauro Bellopede. Augusto décolle tous les Post-it de couleur, comme de vieux pansements, et te le rend. Ces six cents pages reliées n'ont jamais été aussi molles et lourdes.

« Nous pardonnerons aussi à ce Bellopede, à condition qu'il nous épargne d'autres thrillers à la sauce chasseur. »

Tu poses sur la table la dernière facture impayée. Augusto te regarde, interdit.

Alors, tu déposes à côté l'avant-dernière. Impayée elle aussi. Walter s'approche. Lui, délégué par Augusto aux vulgaires questions comptables, il a compris.

L'antépénultième facture, arrivée à échéance il y a quatre-vingt-dix jours, reste à honorer. Tous deux sont paralysés. C'est le moment de les mettre K-O : le brouillon de l'ordonnance d'injonction de payer, rédigée par votre avocat. De quoi faire voler en éclats la villa éclectique, les livres empilés, les gilets de cachemire et tout le reste.

Préfèrent-ils s'enfuir entre les pins comme le faisait Ermione, suivis par l'huissier plutôt que par D'Annunzio, ou publier *L'Abysse des vierges étrusques* de Sauro Bellopede ?

« Moi, je le trouve captivant. Et très bien écrit. » Tu leur en bouches un coin, même si tu en as lu vingt lignes à tout casser.

Ça te fait bizarre de garer ta Duetto hors du garage de ta propriété, sur le replat d'un virage sombre, à trois cents mètres de ton pavillon. C'est Furio Guerri le monstre qui fait ça, pas Furio Guerri le VRP.

Ça te fait bizarre d'appeler chez toi et de demander à ta mère d'être patiente parce qu'il y a eu un problème à la typographie et que tu rentreras tard, très tard, tu « ne sais même pas quand ».

Ça te fait bizarre de monter à Torre del Poggio à pied, du côté où le dernier pavillon attend encore quelques finitions. Voir ta maison sous un angle différent te donne l'impression d'être *quelqu'un d'autre*, un visiteur inattendu. C'est la toute première fois où monstre et représentant se retrouvent ensemble, dans le noir. Ensemble, dans les chaussures que tu voudrais enlever, dans la veste chiffonnée, dans la chemise qui a perdu son odeur de lessive.

Ça te fait mal de voir ta femme sortir de chez vous, attendre toute seule devant la barrière qui marque le début de la propriété privée, réservée aux résidents de Torre del Poggio.

La voiture s'arrête, elle y monte, alors tu descends en courant vers ta Duetto garée dans le noir. Tu te sens brûler, comme doit se sentir un animal écorché vif.

Le *burraco*... tu parles. C'est ici qu'elle vient avec son amie Romina. À Pise. L'agritourisme, tu parles.

L'hôtel sur le Lungarno est resté tel qu'il était au XIXe. Les grands miroirs au-dessus des cheminées te reflètent comme un voyageur qui a manqué son train et se retrouve parmi des groupes d'amis détendus, complices, parlant une langue qui n'appartient qu'à eux.

Au premier étage, le salon est illuminé par des bougies sur les tables. Il y a beaucoup de monde et on entend une musique triste, dans la pénombre, au milieu des bustes de marbre et des petites vitrines aux livres reliés en cuir. Sur chaque table, une rose et un petit carton. Tu n'arrives pas à être désinvolte, tu crois que tout le monde te regarde, car tu es le seul à ne pas être accompagné.

Les couples dansent étroitement. Lentement. L'espace est exigu mais personne ne se heurte. Tu entends glisser les semelles des chaussures, tu reconnais Romina à une table, qui s'allume une cigarette. Le violon pépie désespérément par-dessus un piano plaintif.

L'homme porte une large chemise blanche, un pantalon un peu chiffoné, des lunettes de vue et une barbe grise. On dirait un prof de fac. Il serre Elisa contre lui, la main derrière ses épaules. Sa joue est appuyée contre son front, ses boucles. *Ce mec* est collé à *ta* femme. Ce mec. Un vieux barbon qui travaille six heures par semaine. La sueur de *son* front sur les cheveux de *ta* femme. *Son* haleine sur les boucles d'oreilles que *tu* as offertes à Elisa pour votre premier anniversaire de mariage. Les doigts de *ce mec* serrent l'alliance que tu lui as passée au doigt le jour de *votre* mariage.

Elisa glisse un pied entre ceux de son partenaire et exécute un mouvement très rapide, comme pour attraper un instant le genou de l'homme. Tous deux se retournent ensemble, avec un léger soupir de semelles de chaussures. Et c'est alors qu'elle te voit.

« Laisse-moi au moins changer de chaussures, dit Elisa. Elles vont s'abîmer. »

Tu ne lui réponds pas, tu ne lâches pas son bras, tu souris à Romina qui te regarde, gênée. Cette connasse communiste, pleine aux as, complice.

« On a un problème avec la petite à la maison », précises-tu, sans l'ombre d'une hésitation.

Tu dis au revoir poliment et pousses Elisa entre les tables.

« Ne me serre pas comme ça, tu me fais mal », proteste-t-elle.

Vous descendez l'escalier, tu ne prononces pas un mot, ceux qui vous regardent ont l'air de renoncer à dire bonjour à ta femme autrement que par un coup d'œil.

Elle se met à parler pendant que vous marchez sur le trottoir étroit du Lungarno. La première chose qu'elle dit, c'est :

« Où est-ce que tu as garé la voiture ? » Tu ne réponds pas à cette question inepte. Elle trébuche, grelotte, répète que ses chaussures vont s'abîmer. Elle n'a pas compris le problème.

Dans la voiture, les vitres s'embuent tout de suite, Elisa y passe ses doigts, elle sait pourtant que ça laisse des traces. Et elle sait que tu hais les traces sur le pare-brise. Mais tu encaisses et ne dis rien. Tu démarres, furieux, mets les gaz et fais sursauter de peur quelques vendeurs à la sauvette.

Elisa te demande pourquoi tu ne prends pas la voie rapide. Encore une question inepte ; tu ne réponds pas. Alors, elle se met à parler, elle parle pour briser la peur, pour remplir le silence qui vous sépare de chez vous. Chez vous, il y a ta mère, il y a la petite. Chez vous, rien ne peut arriver. Elle dit qu'elle a commencé par hasard, Romina avait invité un maître de tango à La Volpaia. Elle n'avait pas spécialement envie, au début, mais les cours ont eu du succès, un petit groupe d'aficionados s'est créé et le maître a dit qu'elle était douée. C'est juste un hobby, il n'y a rien de mal.

Tu pourrais lui demander comment il est, ce maître argentin, s'il est plus jeune et attirant que le cinquantenaire chauve qui la serrait contre elle ce soir, et comment il a découvert tout ce talent en elle. Mais non. Tu conduis en silence.

La route n'est pas éclairée, elle défile tout droit entre un canal et le vide surplombé par la portion surélevée de la voie rapide. Tu braques et piles devant l'enseigne d'un revendeur de camping-cars.

Tu éteins le moteur. Ta femme, toute pâle, s'aplatit contre la fenêtre.

« Je n'ai rien fait de mal, Furio.

— Pourquoi tu ne m'as rien dit, alors ? »

Pas de réponse. Tu dois répéter la question. Tu détestes répéter les questions.

« Parce que c'est difficile de parler avec toi.

— Parle, alors. Je t'écoute.

— Rentrons, s'il te plaît.

— Enlève ces chaussures », lui dis-tu, et tu es même surpris par le calme de ta voix. « Allez, tu ne voulais pas en changer ? »

Elisa obéit, et au moment de les ranger dans son sac en daim :

« Non, non, non. Donne-les-moi.

— Qu'est-ce que tu vas en faire ?

— Ce que je veux. Tu les as achetées avec l'argent que je te donne, non ?

— Non.

— Ah non ? Qui est-ce qui te les a offertes, alors ? Le vieux avec qui tu dansais ? Ou le maître argentin ? »

Elisa veut que tu te calmes, tu les lui arraches des mains, les regardes de près. Noires, avec le bout arrondi, des coutures soignées. La semelle comme en velours, le talon de six ou sept centimètres, une boucle en satin. De belles chaussures. Mais ta femme ne les a jamais mises *pour toi*.

« Tu avais peur de les abîmer ? Voilà. Regarde ce que j'en fais, de tes chaussures. »

Tu décolles d'un coup les deux talons, arraches les lanières.

Tu descends de la voiture, te penches dans l'herbe de la rive et les lances dans le canal sombre.

Elisa est restée derrière la fenêtre, muette. Tu te rassois derrière le volant, elle se met à pleurer.

« Défoule-toi maintenant, parce qu'en arrivant, tu fileras directement en haut avec Caterina. Ma mère n'est pas idiote et elle aime bien se mêler de ce qui ne la regarde pas.

— OK », murmure Elisa. Elle essuie son nez du dos de sa main et remet ses bottes. En remontant la fermeture Éclair, elle file les mailles de ses collants.

Mais elle est bête, celle-là.

Maria Carla, voilà comment s'appelle la jeune diplômée. Ce sont ses initiales que tu trouves en ramassant tes affaires éparpillées à l'arrière de la Duetto. Sur la page de garde, elle a écrit de son insupportable graphie de maîtresse d'école : « Ouvre franchement les paupières, et transforme les démons de tes yeux en anges confiants et innocents, libérés des doutes et des soupçons, mon Heathcliff, MC. »

Elle est vraiment bête, tu te dis, de glisser en cachette dans ta voiture un livre avec une dédicace. Ta femme s'est déjà engagée dans l'allée, mais elle aurait pu le voir avant et l'ouvrir. Et comment lui aurais-tu expliqué ?

C'est un petit volume épais, relié, avec une tranchefile et un ruban rouge en guise de marque-page. Un cartonné précieux, vieux rose, avec un motif à rayures de boîte de biscuits et une illustration de collines fauves et de nuages épais. Emily Brontë, *Les Hauts de Hurlevent*. Tu te demandes comment t'en débarrasser, mais tu finis par le glisser dans ton sac avec ton agenda et les notes d'une journée entière de visites aux clients. Elisa ne fouille jamais dans tes affaires de travail. Elle sait que ça t'énerve, et surtout, elle te fait confiance. Heureusement.

13

Quelques jours plus tard, Laura m'invite pour un apéritif. Je n'ai aucune bonne raison de retourner à Livourne, si ce n'est les cinquante euros pour mon boulot sur son ordinateur. Soit l'équivalent, plus ou moins, de l'essence avalée par ma Duetto pour l'aller-retour.

Laura se présente en robe à fleurs pervenche, moulante, avec des sandales blanches. On se trouve sur une plate-forme en aluminium à moquette bleue, devant un labyrinthe de tables flottantes. Elle vient souvent ici ; elle aime regarder les bateaux qui partent. Surtout les navires de croisière. Mais aussi les ferrys. Sur le flanc de l'un d'eux, Titi et Grosminet. Une muraille colorée qui me bouche l'horizon. Heureusement. J'en rêve déjà assez, de la mer.

« Ce ferry, je l'ai pris pendant huit mois. Après cinq ans de remplacements à Padoue et à Savone, j'avais enfin décroché un poste en Toscane. Sur l'île d'Elbe. »

Au mot « île », il me semble que j'ai un tic incontrôlé. Elle me demande aussitôt ce qui se passe.

« Rien. Ça doit être difficile de rester sur une île, c'est pour ça.

— M'en parle pas. Cette année-là, c'était l'année de la débâcle. »

Je vais au comptoir commander du vin blanc pour elle et une boisson sans alcool pour moi. Ça ne me dérange pas de m'en tenir aux règles. J'en profite pour passer aux toilettes. Pas pour pisser, mais juste pour décider si je prends mon médicament ou pas. Le docteur m'a décalé cinq gouttes au soir.

Je ne les prends pas, je reviens à la table avec les verres et les cacahuètes. Le ferry mugit trois fois. Il est bondé comme un énorme immeuble provisoire. D'ici, il a l'air encore immobile, mais il s'est déjà détaché du quai.

Elle lève son verre, moi aussi. Puis je plonge mes mains dans les cacahuètes sans prendre la petite cuillère. Elle aussi.

« Je voudrais partir. Vraiment », soupire-t-elle, et elle se fait une queue-de-cheval. « Et toi, tu aimerais aller où ? »

Je n'ai jamais fait de tels projets, je ne saurais vraiment pas quoi répondre. Je préfère qu'elle me raconte l'histoire de la débâcle.

« Je partais avec le ferry de six heures du matin. Je passais neuf heures par semaine à moucher la morve d'un autiste profond et de neuf autres, avec un psychotique de quatre-vingt-douze kilos qui me crachait dessus quand je le contrariais. Si j'avais loué une maison là-bas, la moitié de mon salaire y serait passée, alors je rentrais par le ferry de quatre heures de l'après-midi. Et comme ça du lundi au samedi. Il me restait du temps pour manger un morceau, pleurer et aller dormir. Je ne sais pas si tu vois le tableau. »

Je lui dis que je le vois très bien, et que moi aussi j'ai eu des horaires tuants pendant des années.

« En juin, j'avais perdu huit kilos et demi. Mes règles, c'était du n'importe quoi, l'histoire avec mon mec aussi, j'avais les boyaux tordus à cause de la gastrite, j'avais dû tout lâcher, le yoga, le tango…

— Tu dansais le tango ?

— Pendant trois ans, je n'ai fait que ça, dès que j'avais une minute de libre. Pourquoi ?

— Pour rien.

— Tu as déjà essayé ?

— Pour rien au monde.

— Pourquoi ?

— Je suis nul. »

Nous allons dîner dans une pizzeria où travaille l'un de ses anciens élèves. Un grand escogriffe avec un piercing à la lèvre et une toile d'araignée tatouée sur le biceps. En voyant Laura, il fait le tour du comptoir, la prend dans ses bras, *Hé, madame! Madame!* et je me dis que s'il ne fait pas attention, il pourrait bien la réduire en miettes, avec son affection débordante.

Pendant qu'il nous prépare une pizza spéciale, elle regarde les couverts et va droit au but :

« Que dirait ta femme si elle entrait ici maintenant ?

— Je n'ai pas de femme. »

Elle regarde mon alliance, je lui dis que je ne suis plus marié, que je la porte juste en souvenir.

« Ce n'est pas vrai. »

Je deviens parano. Cette fille a découvert quelque chose, c'est sûr. Elle sait peut-être que je ne m'appelle pas Flavio, elle est peut-être plus maligne que je ne le crois.

« Non, insiste-t-elle, tu la portes parce que tu veux voir si une femme va tenter le coup quand même. Tu n'es intéressé que par celles qui voudraient de toi même si tu es marié.

— Alors tu fais partie de celles qui veulent tenter le coup avec un homme marié.

— Non, je suis une fille qui comprend les hommes comme toi. »

Chez elle, elle me fait déplacer la table et le fauteuil, enroule le tapis, puis va bidouiller le lecteur CD, impatiente comme si elle faisait la file aux toilettes. Je regarde la béance dans le mur, je touche les tuyaux.

« Si tu veux, je peux m'en occuper un de ces jours.

— Tu es maçon, par-dessus le marché ?

— Je me débrouille. »

Elle s'approche de moi et me dit que je suis vraiment un bon parti, alors.

« Ma femme le pensait aussi, autrefois. »

« Il est presque minuit. Ils vont appeler les flics », j'essaie d'objecter.

« Le toxico du dessous ne s'apercevrait de rien même si on bombardait la maison. Et les Nigérians n'ont pas de permis de séjour. »

Je refuse. Je déteste enlever mes chaussures et je déteste danser.

« Tut tut tut, fait-elle. Garde tes chaussettes, tu glisseras mieux. »

Laura se penche pour attacher ses chaussures. Des chaussures noires, non vernies, à la pointe arrondie. La lanière a une boucle en or. Je ne dois pas regarder cette femme, je ne dois pas. Je ne dois pas m'attarder sur son geste, sinon je pourrais détruire ce mobilier provisoire, me jeter par la fenêtre, prendre un couteau et lui ouvrir la gorge.

Je me défile dans la salle de bains avant que Laura ne s'en aperçoive.

« De toute façon, tu ne peux pas t'échapper, il n'y a pas de fenêtre », me taquine-t-elle quand je ferme la porte.

Je m'assieds sur le couvercle de la cuvette rabattu. Je tourne le dos au miroir, je respire à fond et je cherche le flacon de gouttes dans ma poche. Cette fois, je l'ouvre. Juste trois gouttes. Les dosages sont déterminants, c'est bien connu.

« Il ne faut pas lever ni baisser les épaules et le cou.

— OK, *madame* !

— Ne te moque pas. On aurait dit un chameau. »

Une espèce d'accordéon joue dans un lointain indéchiffrable. Chaque note, un regret, un visage flou qui me regarde et qu'il me semble reconnaître.

« On réessaie. Un : le droit en arrière. »

Je réessaie, obéissant. Les mains de Laura sont fraîches, pas humides, mon alliance disparaît entre ses doigts.

« Quatre : le gauche en avant... Et tu as déjà fait la moitié du travail, courage. »

Nous finissons devant la fenêtre.

« Comme ça c'est mieux... Non, huit : le gauche revient à côté du droit, position de départ.

— Pardon, j'ai eu un moment d'abscence.

— Tu dois te concentrer. »

C'est parce que je regardais dehors. Les lumières des bateaux dans la rade semblent lointaines, mais il est difficile de savoir à quelle distance. En tout cas, elles brillent par-delà la passerelle tordue et les vieux silos en brique couleur sable.

Nous restons l'un à côté de l'autre. Son front est posé contre ma joue. Nous sommes comme Elisa et le professeur ce soir-là. J'aurais dû prendre les cinq gouttes.

« J'aime encore ma femme », dis-je.

Elle ne s'écarte pas. Même pas d'un millimètre. Elle soulève sa tête et ses yeux fatigués malgré le maquillage. Ses yeux bien décidés à se planter dans les miens malgré sa vie de merde, la morve de l'autiste et les hominidés qui l'attendent à l'école demain.

« Ne t'inquiète pas, fait-elle. J'ai juste envie de baiser. »

« Doucement », a-t-elle dit. Au début. Puis : « Baise-moi. »

Droit au but, sur un ton qui n'admet pas de réplique. Et quelques secondes après : « Ne t'arrête pas maintenant, ne t'arrête pas. » Là, on aurait plutôt dit une supplication. Mais je n'en sais rien. Et à la fin : « Tu peux jouir, je prends la pilule. »

Par rapport à mes standards, elle a été plutôt bavarde. J'ai pris sa chair lisse entre mes mains, j'ai poussé en m'agrippant à ses épaules. À présent, Laura dort, ses genoux osseux dépassant du drap.

Sa fougue hygiéniste lui a fait arrimer une réserve de bières sans alcool dans le frigo. J'en décapsule une à sa santé, avec une gratitude soudaine. J'ai reçu d'elle plus que je ne m'attendais. Je n'ai aucune raison de la revoir, et je ne devrais pas être ici.

« Tu es parti ? m'appelle-t-elle.

— Non, je suis là. »

Je reviens dans la chambre.

« Tu veux une gorgée de bière ?

— Pas le moins du monde. Quelle heure est-il ?

— Trois heures et quart. Je dois y aller.

— Où ?

— Chez moi.

— Tu habites où ? Je ne sais même pas. »

Je choisis un endroit au hasard à mi-chemin entre Volterra et Cecina.

« J'y ai enseigné pendant un an.

— Vraiment ? C'est mignon, hein ?

— Oui, à s'ouvrir les veines. »

Je ris. Elle se cale sur son oreiller, cherche mon visage dans la pénombre, recouvre ses petits seins avec le drap.

« Ça faisait longtemps que j'avais pas aussi bien baisé.

— Ça remonte à quand ? Avant l'île d'Elbe ? lui demandé-je.

— Petit con », dit-elle, mais elle rit. « Qu'est-ce que tu crois, que j'étais là à t'attendre ? » me fait-elle en me pinçant la hanche. Puis elle s'assombrit, et admet : « Plus ou moins.

— Comment ça se fait que tu prends la pilule, alors ?

— On ne sait jamais. Et puis, ça bloque l'ovulation, ça m'enlève un peu d'envie.

— On n'aurait pas dit. De toute façon, moi, ça fait encore plus longtemps.

— Allez.

— Je te jure. Ne me demande pas combien de temps. »

Je suis si sincère qu'elle se soulève de son oreiller pour m'embrasser.

« Ça te dit qu'on se revoie ? me dit-elle.

— Pourquoi pas ?

— Sans engagement.

— Sans engagement. »

14

Noël approche pour toi aussi, Furio Guerri. Mais dès le 1er janvier, tu vas devoir assurer l'augmentation du chiffre d'affaires et tu as autre chose à faire que choisir les guirlandes du sapin. Tu t'organises, tu passes à l'attaque, tu élargis ton champ d'action. Tu te mets à passer quelques nuits dans des hôtels près des bretelles d'autoroute. Couloirs feutrés et lampes halogènes. En découvrant que dans tous les hôtels les serviettes propres ont la même odeur, tu te sens chez toi dans le petit confort de l'anonymat. Du moins jusqu'à ce que, un soir où tu dînes tard dans la salle vide d'un grand hôtel de la plaine, ta fille te téléphone pour te dire :

« Tu sais, papinou, la petite sorcière Fipili, elle devient trop taquine. »

Mais papinou est courageux, voudrais-tu dire à Caterina. En effet, tu arraches à la concurrence les catalogues de trois grosses expositions de printemps à Florence. Un guide touristique de Sienne en quatre langues. Deux volumes en couleurs sur la flore sauvage des Alpes apuanes. Tu prépares une offre épatante qui remporte un appel d'offres régional pour un manuel contre l'homophobie. Une récompense bien méritée pour quelqu'un qui supporte deux pédales comme clients.

À part ça, tu mords dans un sandwich n'importe où en remplissant ta Duetto de sans-plomb. En effet, ta Spider est devenue ton bureau et tu passes la plupart de ton temps au téléphone.

M. Bellopede fait partie de ceux qui t'appellent tous les jours. Il t'assure qu'il a trouvé le moyen de vous attribuer tous les imprimés liés au parc archéologique avec une décision exempte de tout recours. Grandiose. Mais ensuite, il se plaint parce que les Éditions Contexte veulent mutiler *L'Abysse des vierges étrusques* de cinquante pages. Inacceptable.

Chaque fois, tu promets que tu appelleras, mais tu ne le fais pas. Pas besoin. De toute façon, Augusto t'appelle aussitôt après, en général. Furieux parce que Bellopede est arrogant. Il croit qu'il a pondu un chef-d'œuvre et n'accepte pas la moindre critique, il n'a aucune idée de ce qu'est le travail éditorial. Toi non plus, tu n'en as aucune idée, et d'ailleurs ça ne t'intéresse pas. Tu réponds juste que ce ne sont pas cinquante pages en plus qui couleront les Éditions Contexte, et tu lui rappelles qu'on a promis aussi une préface importante à Bellopede. Avec un nom prestigieux.

« *Vous* la lui avez promise, hurle Augusto.

— Je ne vois pas la différence. Nous faisons affaire ensemble, maintenant.

— Aucune personne sensée n'écrirait une ligne sur cette horreur.

— Je suis désolé, mais cette horreur résout un gros problème, pour vous et nous », balances-tu, puis tu l'arrêtes avant qu'il ne réattaque :

« Ensuite, il faudra que je vous parle de quelque chose, Augusto. Un projet que j'ai, et auquel je tiens beaucoup. »

Le projet est une application directe de la théorie de Magnani.

On ne vend pas de produits, mais des relations.

Des rapports.

Magnani serait fier de toi, mais tu ne lui en parles pas. Pas avant d'avoir reçu la bénédiction du patriarche et de l'héritier du trône.

« Vous imaginez ? Ils reçoivent cent cinquante manuscrits par mois », exagères-tu face à Aggradi junior. « Cent cinquante. Par mois. Que des gens qui pensent avoir écrit un chef-d'œuvre, comme Bellopede. Des gens disposés à casquer si un éditeur sérieux les accepte. Et les Éditions Contexte sont très sérieuses. Une marque prestigieuse. »

« J'ai vu vos chiffres de vente », dis-tu pour mettre la pression aux deux pédales. « Pour vous, c'est peut-être la faute de la télé et du gouvernement truand, mais votre titre le plus vendu fait tout juste trois cents exemplaires. Trois cent sept, plus exactement. Je ne bluffe pas, pas vrai ? Alors, ne bluffez pas non plus. Votre situation financière n'est pas solide. Et même, puisqu'on est entre nous, je serai plus clair : vous êtes au bout du rouleau. »

À présent, tu dois convaincre Aggradi senior que tout a été calculé avec précision.

« Chez Contexte, ils ne veulent pas demander l'argent directement aux auteurs. Ils trouvent cela déplacé. En plus, l'auteur choisi par Contexte ne comprendrait pas pourquoi l'éditeur voudrait de l'argent pour publier son chef-d'œuvre. Alors, Contexte fait un joli petit discours à tous les aspirants-Umberto Eco sur les temps qui sont durs pour la culture, les politiciens ignorants, les gens qui ne lisent plus, le pouvoir écrasant de la télévision, etc. Ils ne disent pas qu'ils veulent de l'argent, ils disent qu'*ils en ont besoin*. Et ils leur demandent une contribution pour couvrir les risques de la production, afin de garder en vie la marque prestigieuse qui a tant de lustre, etc. Ils leur donneront le sentiment qu'ils sont des génies et des bienfaiteurs. Ils entreront en *relation directe* avec eux. Contribution de soutien aux risques de la production, voilà comme ils l'appelleront. Ça sonne bien, non ? En plus, ça en jette. C'est moi qui l'ai trouvé. Est-ce que ça ne donne pas envie de payer tout de suite ? Voilà, les auteurs paieront et *nous* encaisserons, pas les Éditions Contexte. Moitié au bon à tirer, moitié à la remise. »

« Qu'est-ce que vous y gagnez, vous ? » expliques-tu à Walter en montrant une feuille de calcul imprimée en couleurs pour paraître plus convaincante.

« Les trente-cinq pour cent de chaque contribution que vos auteurs nous verseront. Évidemment, les premiers mois, nous garderons *tout* l'argent, jusqu'au recouvrement total de vos dettes avec Aggradi, qui, à ce jour, se montent à…

— Laissez tomber, Guerri, je le sais très bien, t'arrête Walter.

— Plutôt la faillite, s'insurge Augusto, en tapant de ses deux mains ouvertes sur le bureau.

— Allons, allons, le tranquillises-tu. Il s'agit seulement de faire fructifier votre patrimoine le plus précieux. Celui que vous avez su construire par des années de travail intellectuel, d'engagement, de qualité.

— Mais arrêtez donc !

— Je parle de votre marque, Augusto. Prenez les stylistes, par exemple. Est-ce qu'ils ne font pas des collections pour le marché de masse ? Qu'est-ce qu'ils achètent, les gens ? La marque que portaient Tom Cruise et Sharon Stone aux Oscars. Pas le vêtement. Qui n'y ressemble même pas. Le vêtement, c'était de l'art, une pièce unique. Et l'art n'est pas pour tout le monde, messieurs, c'est vous qui me l'enseignez et je suis d'accord avec vous. »

« De cinq à dix titres par mois », programmes-tu avec Aggradi junior. « Imprimés dans les temps morts, sans urgence. Le papier et le format, c'est nous qui le choisissons. »

« Et puis, vous ne choisirez que les meilleurs, rassures-tu Augusto. Les éditeurs, c'est vous. Sur cent manuscrits par mois, il y en a bien cinq ou six bons à sauver, non ?

— Cinq ou six ? fait Walter.

— Vous avez une collaboratrice très compétente, accordez-lui davantage de confiance, d'autonomie.

— On va devenir une chaîne de montage.

— Vous allez devenir une entreprise, messieurs », rétorques-tu en refermant ton sac en cuir.

Tu as déjà ouvert la portière quand la jeune diplômée, que tu viens juste de promouvoir *collaboratrice très compétente*, débouche de derrière le portail avec deux paquets à envoyer sous le bras.

« Merci pour le cadeau », lui dis-tu. Et tu savoures le moment précis où elle plonge dans la confusion, manque l'occasion de te dire le mot juste pour accrocher votre courte conversation à un futur possible.

« Lisez-le. *Les Hauts de Hurlevent* est magnifique », voilà tout ce qu'elle arrive à articuler, tandis que tu montes en voiture avec ton plus beau sourire d'adieu.

Elisa t'appelle en fin de journée. Caterina a choisi son cadeau de Noël.

« Elle veut aller à Disneyland. À Paris.

— Pour Noël ?

— Ou même après le nouvel an, qu'est-ce que tu en penses ? »

Pour toi, c'est une période critique, au boulot on fait le bilan de fin d'année. Elisa devrait le savoir, pourtant, mais elle se met à te sermonner :

« Toi aussi, tu devrais faire un break, Furio. »

C'est rare que ta femme t'appelle par ton prénom. En général, c'est comme une sonnette d'alarme.

« J'aimerais tellement aller à Paris », insiste-t-elle.

Elle a prononcé « Paris » comme le font les actrices américaines qui tournent les films, avec Tom Cruise. Tom Cruise n'avancerait pas d'excuses. Mais Tom Cruise, tu le préfères largement quand il joue le rôle du fils de pute.

« Je suis désolé, mais pour le nouvel an… c'est non. »

15

J'ai dormi jusqu'au soir.

Je n'ai rêvé ni de la mer, ni de l'île. Et maintenant, j'ai faim.

Je me réchauffe un reste de spaghettis tremblotants à la poêle, j'allume mon ordinateur et me dis que je ne peux plus reculer.

Dix gouttes sur la langue. Elles sont amères, mais pas plus que ce qui m'attend.

Le site s'appelle *Peek-a-Babe*, je l'ai trouvé dans les « favoris » de Laura. J'imagine qu'elle a dû faire un tour pour deviner quelles élèves de sa classe se cachent derrière ces pseudos pour vendre leurs photos.

L'inscription est gratuite. J'écris que je m'appelle Edo Magnani, comme mon collègue, je me donne vingt ans, je déclare sur l'honneur que je suis majeur et je choisis un pseudo.

« Heathcliff ».

Je surfe pendant plus d'une heure. Les pâtes refroidissent dans la poêle. Les fenêtres des filles en ligne apparaissent, changent, défilent en continu. Les images des profils sont uniquement des détails : yeux, ongles vernis, pieds et chevilles, nombrils percés. Ou bien des photos de mannequins, de chanteuses, d'actrices célèbres. Des noms improbables quand ils ne sont pas ridicules, qui finissent presque tous par 4U. Schoolgirl4U, Sweetvirgin4U, Daisy4U. Je tente quelques approches, comme ça, histoire de prendre confiance. Je demande dix minutes de show par webcam à une fille qui s'appelle Sexydancer et on m'impose de verser cinquante euros sur un compte Paypal.

Je veux des garanties sur le fait que la fille est vraiment en ligne, et en direct. Elle tergiverse, je ferme la fenêtre.

Dans l'historique du navigateur de Laura, je récupère les profils qu'elle a visités, cinq en tout. L'un des pseudos attire aussitôt mon attention : Shina. Étudiante. Italienne.

Shina apparaît connectée un peu avant dix heures. Elle précise aussitôt qu'elle ne fait ni vidéos ni show par webcam. Elle envoie des photos, c'est tout. Je lui réponds que de mon côté, je ne verse pas d'argent sur des comptes Paypal. Quand elle m'écrit que pour elle, c'est OK pour des recharges de téléphone, on passe au dur de la négociation. En réalité, les tarifs sont plus ou moins standards : recharge de dix euros pour les nichons, de vingt-cinq pour le cul, de cinquante pour un nu intégral.

Je balance le maximum, nu frontal intégral. Mais si je veux le visage découvert en prime, c'est soixante euros.

Le visage découvert en prime, c'est pas possible, je me dis. La plupart des filles le cachent pour éviter qu'on ne les reconnaisse. Cette Shina doit être inconsciente, une tarée.

Heathcliff : ok pour 60.

Avant de créditer la recharge, je demande des garanties. Qui me dit que de l'autre côté il n'y a pas un maniaque de cinquante ans tout suant, avec du bide ? Que je ne vais pas recevoir un photomontage ou une photo d'archives ? Je demande à Shina une capture d'écran à partir de la webcam de son ordinateur.

Shina : t'inkiet, jte lenvoi.

Heathcliff : Attends... Je dois te dire comment.

Shina : ?

Heathcliff : Sinon, ça compte pas.

Shina : ok.

Heathcliff : Envoie-moi ton poignet avec ta montre. Comme ça, je vérifie l'heure.

À peine une minute plus tard, je reçois un fichier jpeg basse résolution, autour de 200 Ko. Fond gris, un mur, le rebord d'un bureau, le tout éclairé par un flash. Rien de plus. La fille est prudente.

La petite montre verte en plastique indique dix heures vingt.

De la manche de son sweat-shirt dépasse une ligne plus claire et droite. J'agrandis l'image en plein écran et je remarque aussi les petites taches perpendiculaires des points de suture à peine enlevés.

Une cicatrice. *Longue d'au moins dix centimètres.*

Shina : ok ?

Heathcliff : ok.

OK, mon cul.

C'est elle.

La poêle avec les spaghettis entremêlés vole vers le mur et je ne m'en rends même pas compte. Je plante ma fourchette dans la table en bois, je plie le manche et je hurle. Je ne sais même pas ce que je hurle. Puis je me plie sur la table comme la fourchette. Je ne sais même pas combien de temps je reste comme ça.

Sur l'écran apparaît une nouvelle ligne de texte.

Shina : T la ?

Je prends mon ordinateur, débranche la prise, le referme violemment et le soulève au-dessus de ma tête.

Une minute plus tard, j'arrive à remettre mon portable sur la table. Je serre les dents, comme si j'avais peur qu'elles me sortent toutes de la bouche.

Shina : alors ??????? on va i passer la nuit ?

Heathcliff : Pardon, problèmes de connexion.

Je pose une question à cette Shina au sujet de cette cicatrice. Elle s'est fait mal récemment ?

Shina : ça te regarde ?

Mauvaise idée.

Heathcliff : OK… ton numéro pour la recharge ?

16

Parfois, la vie change en un seul jour. Reste à savoir lequel. En général, on s'en rend compte une fois que ce jour est passé.

Pas toi, Furio Guerri. Toi, tu comprends illico. Tu as un instinct très développé.

Noël approche, tu ne t'es pas encore occupé des cadeaux et tu es adossé à ta Duetto sous la pluie qui tombe sur la périphérie est de Milan.

Les vitres du siège de l'entreprise reflètent un ciel auquel tu ne saurais pas attribuer de couleur précise. Tu viens de sortir de ce parallélépipède brillant et tu vas devoir monter en voiture, filer vers le sud, franchir les Apennins et revenir à travers les collines qui sentent le bois brûlé. Chez toi. Avec ta femme et ta fille.

Tu as glissé dans ta voiture ton sac et l'album des Chevaliers du zodiaque. Les vingt-huit premiers épisodes, dans un seul gros livre en couleurs. Ta fille sera folle de joie. Dans son imagination, c'est comme si c'était toi en personne qui dessinais sa BD favorite. Inutile de lui expliquer que c'est un peu différent, que ton entreprise ne fait que l'*imprimer*. Tu es son père, et elle adore dire aux autres enfants que le métier de son père, c'est de faire des mangas.

Qu'est-ce que tu vas lui dire, maintenant que le parallélépipède des Éditions Oméga vient de te jeter dehors ?

« La semaine dernière, nous attendions les dessins à scanner », as-tu dit au responsable du bureau graphique. Mais celui-ci a articulé quelque chose au sujet d'un report. La revue sur les mangas ne sortirait pas avant le mois de février. Peut-être. Il ne savait pas exactement.

« Et la réimpression des Chevaliers du zodiaque ? Le volume avec les vingt-huit premiers épisodes, il n'était pas prévu pour la fin de l'année ?

— Il est déjà en production, celui-là. »

Il ne peut pas le nier, d'ailleurs. Il y en a une pile encore sous Cellophane à côté du distributeur d'eau minérale.

« Vraiment ? Et qui l'a imprimé ? » demandes-tu. Tu en prends trois exemplaires, tu les jettes sur la table comme si c'était des chiffons et tu les feuillettes rudement. Tu saisis une loupe sur le bureau et observes de près le tramage. Aucun moiré, calage des couleurs parfait, impression très nette.

« Hong Kong », répond-il. Tu crois avoir mal entendu et tu répètes la question.

« Hong Kong.

— Vous avez imprimé ça à Hong Kong ? Mais c'est absurde !

— Oh, que non. Huit cent cinquante lires par exemplaire pour vingt mille exemplaires. Livrés en quinze jours.

— Ah oui, pas mal », dis-tu. Tu sens le sol se dérober sous tes chaussures, ces chaussures que tu as époussetées soigneusement avant d'entrer. « Oui, mais vous devez ajouter les frais de transport depuis Hong Kong, la douane…

— Huit cent cinquante lires tout compris.

— Impossible.

— Nous non plus, on n'y croyait pas quand le fax est arrivé.

— Vous rigolez ! Hong Kong ? Vous êtes nos clients depuis six ans. C'est toujours nous qui avons imprimé cette série, depuis qu'elle a débarqué en Italie et qu'elle était publiée par l'autre éditeur, à Bologne. »

Il t'approuve, mais hausse les épaules.

« Je veux parler un moment avec M. De Carlo.

— M. De Carlo est parti en préretraite. »

Il ne t'a rien dit. Toutes les fois où tu l'as emmené déjeuner aux frais des Industries graphiques Aggradi ! Il ne manque pas de culot.

« Alors laissez-moi voir ceux qui dirigent là-dedans.

— C'est BDX qui dirige. Ils nous ont achetés. Si vous voulez, je vous donne leur adresse. »

Bien sûr, que tu la veux. Il ouvre un tiroir et te tend une carte de visite.

« Ils sont à Paris. Là, vous avez le mail de la secrétaire de l'administrateur délégué », explique-t-il. Puis il te dit au revoir et se dirige vers la porte en marchant à reculons, comme s'il avait peur que tu dissimules un fusil sous ton manteau.

Il pleut et tu es trempé. Les camions passent en trombe. Tu devrais déjà être en route vers chez toi. Ton portable sonne. C'est encore ta femme.

« Dis-moi vite.

— Il y aurait une offre pour Disneyland Paris. Le pont de l'Épiphanie, trois jours. »

Avec tous les ennuis que tu as, elle pense encore à Mickey et Minnie.

« Ça fait six cent mille lires chacun. Et l'hôtel pour la petite est gratuit.

— Elisa, je suis au travail.

— C'est juste pour réserver.

— Alors ne réserve pas.

— Pourquoi ? »

Parce que, devrais-tu lui dire, l'augmentation de vingt pour cent de ton chiffre d'affaires est désormais presque impossible. Même si tu réussis à convaincre cinquante couillons qu'ils sont les nouveaux Umberto Eco, tu ne rempliras pas le trou laissé par les Éditions Oméga, et par tous les mangas qui seront désormais imprimés à Hong Kong.

Pas à Turin, ni à Rome. À Hong Kong. Comment imaginer un truc pareil ? L'un de tes clients les plus fidèles va imprimer à Hong Kong.

« Elisa, tu es vraiment obligée de me téléphoner vingt fois par jour pour n'importe quelle connerie ? Et depuis le fixe, en plus ! Tu as vu la dernière facture ? »

Ton portable ne sonne plus pendant toute la traversée de la plaine du Pô. Personne ne cherche à te joindre.

Le ciel couleur de colle semble immobile au-dessus du pare-brise, mais autour de toi des kilomètres de champs et de brouillard défilent.

Tu voudrais déjà être à la maison. Mais tu voudrais aussi ne pas devoir rentrer.

Après Parme, le ciel s'écrase sur les sommets des montagnes, le brouillard s'assombrit. Dans les tunnels, il ne pleut pas, tu laisses tes essuie-glaces au repos. Depuis deux heures, ils font des allers-retours pour essuyer les gouttes, mais à peine arrivés en bout de course, de nouvelles gouttes recouvrent le pare-brise.

Tu es comme ces essuie-glaces, Furio Guerri : obligé de faire des allers-retours inutiles pour ne pas cesser d'être nécessaire, en quelque sorte.

Ton portable sonne à six heures pile, aussitôt après le panneau qui indique la sortie pour la Versilia.

La voix de Magnani est si étouffée que sur le moment tu as du mal à la reconnaître.

« Salut. Tout va bien, Edo ?

— Où es-tu ?

— Je reviens de Milan, je suis presque à Pise.

— Écoute, Furio, j'ai un problème. Avec ma voiture. »

Il ajoute qu'il ne s'agit pas d'une panne, mais d'un petit pépin : il a glissé en marche arrière dans un fossé et les roues tournent à vide. Il te demande de le rejoindre, il a une corde dans son coffre, c'est l'affaire de dix minutes.

Quelque chose cloche. Magnani est le classique assuré tous risques, il assurerait même sa voiture contre les dommages des déjections aviaires.

« Edoardo, où es-tu exactement ? »

Une fois qu'il t'a précisé à quel niveau de la Nationale Aurelia il se trouve, tu ne vas sûrement pas lui demander comment il a fini dans ce coin. Tu comprends qu'il s'est adressé à toi parce qu'il ne veut laisser aucune trace officielle de l'épisode.

Vous êtes des hommes du monde, vous êtes des collègues. Et vous êtes alliés, du moins face au monde extérieur et à la concurrence.

La Nationale Aurelia, tu l'as parcourue mille fois. Sur l'itinéraire *bis* et sur la première partie du domaine de San Rossore survivent les dernières professionnelles italiennes en camping-car. Au milieu du maquis, il y a une ruelle défoncée où brillent des lampes de sécurité au néon : les bivouacs des Nigériennes. Entre l'entreprise Saint-Gobain et l'échangeur pour l'aéroport de Pise, en général, elles sont slaves. Jeunes. La nuit, elles se concentrent sous les auvents des stations essence, comme des insectes autour d'une ampoule.

Sur la portion entre la dernière station essence et Coltano, par contre, on risque de renverser une créature de deux mètres en string et manteau de fourrure. Les trans se jettent au milieu de la route, et quand les phares éclairent leurs deux bulbes de silicone, tu as juste le temps de freiner et de braquer.

À sa façon, le grand Edo Magnani a été sincère avec toi : pas de jeune pedzouille moldave, ni de club de strip-tease. Tu hésites un instant, parce qu'au fond tu es désolé, mais ensuite tu te dis que ce n'est pas ta faute. C'est le monde autour de toi qui perd la tête. Des revues en italien imprimées à Hong Kong, des collègues estimés qui se payent des bites de Rio de Janeiro. Absurde. Ce n'est pas toi, le problème.

Tu tapes le numéro du standard de l'entreprise et tu te renseignes. Est-ce qu'il y a des fourgons de chez Aggradi aux alentours de Pise ? Il faudrait sortir du fossé la voiture du grand Edo Magnani. Le représentant modèle, ton mentor, ton formateur.

Le moteur agile de ta Duetto, expliques-tu, n'a pas assez de poussée.

« Oui, entre Pise et Coltano, une rue transversale de l'Aurelia », précises-tu à la secrétaire.

17

J'attends la photo de Shina et je ne sais plus quoi faire pour me calmer.

Je pourrais me distraire en lisant tous les e-mails de Laura et de son ex. Je pourrais mater ses photos de vacances ou les dossiers de ses salaires, je pourrais éplucher son relevé de compte ou découvrir si elle surfe sur des sites Internet qui vendent des *sex-toys* autolubrifiants.

Copier le disque dur de quelqu'un, c'est comme entrer chez lui quand il n'est pas là, écouter son album préféré, ouvrir sa panière de linge sale et même son coffre-fort. Mais les seules choses qui m'intéressent vraiment sont dans le dossier « Documents », année 2009-2010. Je crois que c'est un document « .doc ». Il m'en sort par dizaines, avec des sigles obscurs comme « PPI » ou des titres répétitifs comme « Compte rendu », « Coordination », « Commission ».

Certains sont contresignés par les lettres G.C, pour éviter des problèmes avec la protection de la vie privée.

Je les ouvre tous en même temps.

« L'élève Guerri Caterina présente un trouble de déficit de l'attention significatifs, une dyscalculie grave et une dysgraphie non associée à de la dyslexie. En revanche, elle fait preuve de bonnes capacités graphiques et de très bonnes aptitudes au dessin, même si elles ne sont pas soutenues par une application constante et de l'autodiscipline... »

« L'élève a déjà bénéficié du soutien au collège, suspendu ensuite sur décision de la famille. »

« Au cours de cette année, au retour des vacances de Noël et jusqu'à la fin du premier trimestre, l'élève Guerri Caterina a manifesté du désintérêt pour toutes les matières traitées en classe, un état général d'asthénie, des symptômes apparentés à un état dépressif (voir rapport médical en annexe). [...] Ses nombreuses absences ont fortement compromis ses résultats scolaires, au point de craindre une démission de l'élève, évitée seulement grâce à l'engagement du personnel enseignant de la cité scolaire. Il reste difficile d'envisager, à l'heure actuelle, qu'elle puisse soutenir avec succès les examens de fin d'année. »

Bureaucrates. Politiciens. Éducateurs. Juges. Psys. Deux mille sangsues nichées dans tous les coins et payées pour nous ficher, nous dicter nos comportements, nous juger.

Mais qu'est-ce qu'ils en savent, tous ces cons ? Que dalle ! Ce ne sont pas de leurs vies qu'ils décident. Je les hais. Je hais leur façon de parler, je hais leur façon d'écrire.

Je ferme toutes les fenêtres sur mon bureau. Je laisse juste ouvert le mail dans lequel Laura demande à la directrice de la cité scolaire de convoquer une réunion extraordinaire au sujet de l'élève Guerri Caterina :

« La situation en classe n'est plus supportable. C'est un miracle que Caterina s'en soit sortie avec huit points aux urgences » sont les derniers mots du courriel.

18

Le chauffeur du fourgon a dû en parler avec la secrétaire qui a pris mon appel.

« Il a eu tort de faire marche arrière. Il était dans une ruelle sombre. »

La secrétaire a dû en parler à la responsable des achats, Loretta la bétonnière. Elles mangent toujours ensemble à la pause-déjeuner. C'est tout à fait le genre de nouvelles que Loretta, en rogne contre le genre masculin, attend dans l'extase.

« Non, non, il n'était pas allé aux putes. Il était avec un trans. »

Loretta a dû en toucher deux mots au jeune graphiste. Chez Aggradi, tout le monde sait que Loretta en pince pour lui, mais il a dix ans de moins qu'elle, et pas sûr non plus qu'il aime les femmes. Un mec qui n'a pas son permis à trente ans et se balade avec des tee-shirts de mangas peut être soupçonné de n'importe quoi, du moins chez Aggradi.

« Magnani, il est bel homme… très distingué.

— Chaque fois que je le vois, je ne peux pas m'empêcher d'y penser.

— Il va finir par s'en rendre compte, tu sais. »

Le jeune graphiste en a sûrement parlé au responsable de la retouche photo. Ils travaillent ensemble dix heures par jour dans le plus petit bureau, mais avec les plus grands écrans.

« D'après toi, Magnani, il a compris qu'on est tous au courant ?

— Mais non… Et puis, lui aussi… Mais quelle idée il a eue d'appeler Guerri ?

— Il aurait dû appeler sa femme, peut-être ? »

Le responsable de la retouche photo joue dans l'équipe de foot de l'entreprise. Tu paries qu'il l'a soufflé à tout le monde sous la douche après un match ? Comme tu l'as appris de tes camarades de lycée, dans les vestiaires, on donne le pire de soi.

« Certains trans sont plus beaux que Loretta la bétonnière. »

Le gardien de but de l'équipe de foot travaille à la machine à six couleurs. Quand elle fonctionne, il faut se hurler dans les oreilles. Rien de tel pour se refiler des ragots dans la plus grande confidentialité.

Du rez-de-chaussée à l'entrepôt, en une demi-journée la rumeur a fait le tour de l'entreprise, revenant aux oreilles du chauffeur.

« Magnani ? Mais il est grand-père ! Il me déçoit, je ne m'attendais pas à ça de lui. On vit une drôle d'époque ! »

Le seul à être resté en dehors du coup, c'est Vittorio, le vieux comptable devenu témoin de Jéhovah, que tout le monde chez Aggradi considère, pour cette raison, comme un peu toqué.

C'est ainsi qu'un matin, Vittorio a attendu Magnani à l'entrée. Il portait ses brochures habituelles avec les couvertures colorées style *Domenica del Corriere*. Des familles unies et pleines d'espoir, des horizons apocalyptiques, des rayons de soleil qui éclairent le chemin et des titres relaxants du genre : « Êtes-vous prêts à affronter Son jugement ? »

Il l'a bloqué à l'entrée, puis l'a suivi tout au long du couloir.

« On doit en parler, lui a-t-il dit. Tu as fait une chose horrible, mais la cacher ne guérira pas ton âme. »

Tu n'étais pas au boulot à ce moment-là, mais ils étaient nombreux à assister à la scène. Et ils ont été nombreux à la raconter. Des dizaines de fois. En l'embellissant peut-être. C'est comme ça que ça se passe.

« Dieu t'aime quand même. Tu peux te sauver. Ça ne dépend que de toi.

— Fous-moi la paix, semble lui avoir dit Magnani.

— Tu dois embrasser la parole de Dieu. Écoute-moi, je peux venir chez toi pour en parler. »

Vittorio l'a saisi par le bras, mais Magnani l'a repoussé, l'envoyant valser contre le mur. Certains affirment qu'ils ont entendu la nuque du vieux comptable cogner le mur comme une boule de bois. Tous ses dossiers sont tombés par terre.

« Honte sur toi ! lui a-t-il hurlé.

— Et de quoi je devrais avoir honte, vieux couillon ?

— Tu le sais très bien, et tout le monde le sait. C'est comme ça que tu refuses la main tendue du Sauveur ? »

Le grand Edo Magnani n'a plus pu traverser les couloirs de chez Aggradi sans que même les femmes de ménage se détournent de lui, en retenant leurs rires.

Il a préféré donner sa démission à la fin de l'année. Officiellement pour aider son fils à reprendre un magasin d'électronique en franchise. Il n'y a pas eu de petite fête d'adieu.

Durant toute la période de passage de consignes, il a gardé une attitude inquiétante. Il ne t'a pas dit un seul mot sur le fait que c'était toi, son élève Furio Guerri, qui avais appelé le standard de l'entreprise sur le prétexte futile que ta Duetto ne pouvait pas le dépanner.

Le 20 décembre, Magnani est entré pour la dernière fois dans l'entreprise. Il a signé les derniers papiers sans s'asseoir, penché sur la table de son bureau. Il a dit au revoir à tout le monde en souriant, et n'a serré la main à personne.

Tu étais en train d'organiser la liste des entretiens d'embauche. À présent que tout le poids commercial de chez Aggradi a atterri sur tes épaules, tu as besoin de trouver quelques collaborateurs compétents, à mettre en concurrence sous ton autorité. Pas *à tes côtés*. C'était ça, au fond, l'erreur de Magnani.

Tu t'es levé et tu lui as montré le GPS sur la table, son cadeau d'entreprise. Magnani s'en est emparé, l'a regardé un instant et l'a jeté dans la corbeille, devant tes pieds.

Puis il s'est approché de toi, comme s'il voulait te dire au revoir en te serrant dans ses bras. Mais il ne t'a même pas effleuré. Ni regardé dans les yeux. Il s'est approché de ton oreille, comme s'il voulait te murmurer un secret.

« Tu es content, hein ? C'est bien, Furio. Je me suis peut-être fait enculer quelques fois. Mais tu sais quoi ? Ça m'a plu. Toi, tu te feras enculer toute ta vie chez Aggradi. Un jour, tu me raconteras combien de fois tu as joui. »

« Me voilà ! Où sont mes princesses ? » lances-tu.

De l'entrée, tu vois Caterina allongée sur le tapis au milieu d'une douzaine de boîtiers de VHS ouverts. C'est toujours comme ça, elle ne peut pas se décider sans sortir du panier toutes les séries, de la saga de Hadès à celle de Neptune.

« Te voilà, enfin », soupire Elisa. Elle vient à ta rencontre, une feuille à la main.

« L'offre devrait avoir expiré, mais on nous la bloque jusqu'à demain... »

Elle te montre le fax de l'agence de voyages. Au même instant, Caterina sort de son hypnose et gambade vers toi. Tu ne dis rien, tu souris, tu embrasses ta petite fille et poses ton sac en cuir.

Quand l'ennemi se fait pressant, quand le danger est oppressant... chantent dans le générique les Chevaliers du zodiaque.

« C'est une belle offre, non ? Il suffit juste de confirmer avant demain matin. J'appellerai dès l'ouverture du bureau. »

Elles ne t'ont même pas laissé enlever tes chaussures. Pourtant, Elisa sait très bien que pour un représentant elles sont essentielles, et que tu n'es pas vraiment chez toi tant que tu ne les as pas délacées.

N'oublie jamais la liberté... Caterina est revenue devant la télé pour chanter le générique, en improvisant une petite danse avec un coussin.

Tu regardes l'heure : neuf heures cinq. Tu regardes le thermostat : vingt-deux degrés.

« Il ne devrait pas indiquer plus de dix-huit », murmures-tu. Mais les factures d'électricité sont à ton nom. Qu'est-ce qu'elle en sait, elle ? Elle pense à Disneyland Paris.

Tu retires ton manteau et jettes un coup d'œil au fax de l'agence. L'écriture ronde d'Elisa l'a déjà rempli avec toutes vos coordonnées.

Garde l'espoir quand tout est noir... chante Caterina.

À table, tu remarques que le couvert est mis pour trois. Caterina abandonne le coussin et revient vers toi, te prend deux doigts entre ses mains et t'entraîne vers la cuisine.

« Papinou, on t'a attendu pour fêter Paris.

— Merci, mes amours chéries. Un instant, papinou va enlever ses chaussures. »

Elisa prend Caterina dans ses bras et tu remarques qu'elles discutent à voix basse. C'est l'une des rares occasions où ta fille semble prise d'un accès de timidité.

« On voulait te dire, papinou, que... Caterina t'a préparé un gâteau. Elle l'a fait toute seule.

— Oh ! Super ! »

Elisa est pelotonnée dans le fauteuil, ses pieds agités dans ses chaussettes de laine rouge. Elle regarde le plafond, tu erres sans but d'une touche à l'autre de la télécommande, en essayant de lui expliquer qu'au retour des vacances, vous devrez être opérationnels avec les nouveaux collaborateurs.

Elle ne te répond pas. Le plafond est plus intéressant que toi. Disneyland est plus important que ton travail.

« Tu m'écoutes ? »

Elle secoue à peine la tête. Elle a enserré ses boucles dans un foulard.

« Pas besoin de me le répéter, j'ai compris, murmure-t-elle.

— Donnez-moi trois mois. On ira cet été. Paris ne va pas disparaître.

— Tu as dit la même chose l'année dernière. Tu sais bien que Caterina y tient. Au fond, elle ne te demande pas grand-chose. »

À présent, c'est toi qui te vexes. Il te semble qu'elle ne manque de rien. Caterina a voulu des chaussures avec des lumières, une doudoune rose avec une capuche en fourrure, un ensemble pour la danse, tu as payé l'inscription au cours et elle n'y est jamais allée. Et tous les soirs, c'est l'enfer pour qu'elle fasse ses devoirs.

« Il faudrait peut-être lui apprendre que tout n'est pas dû, conclus-tu.

— Tu ne lui dis jamais non, et au final, c'est ma faute, ose répliquer Elisa.

— OK, fais la victime, maintenant. »

Elle saute du fauteuil comme un chat qui a vu un seau d'eau. Elle jette le plaid par terre et s'en va dans la cuisine. Jolie façon de faire.

Lorsque tu la rejoins, elle vient d'ouvrir le petit placard à côté du frigo, celui des tisanes. Signe qu'elle a décidé d'aller au lit avant l'heure et de clore la discussion.

« C'est ma faute si Magnani a donné sa démission d'un jour à l'autre ?

— Ne crie pas, il ne manquerait plus que Caterina se réveille !

— Alors réponds-moi. C'est ma faute ?

— Laisse-moi tranquille. »

C'est la première fois depuis que vous vous connaissez qu'elle te parle sur ce ton. À toi, son mari. Toi qui l'entretiens et lui épargnes tous les soucis. Qui t'en prends plein la gueule, tous les jours. Trois cents kilomètres, tous les jours.

C'est la première fois que ton bras part sans que tu l'aies complètement décidé. Même si quelque chose en toi, un instant après, éprouve un certain soulagement.

Elisa ne s'y attend pas. Le coin de la télécommande la heurte à la pommette, la tasse de tisane lui glisse des mains et se brise au sol. Lorsque tu la regardes à nouveau, elle a les yeux fermés, une main sur la nuque.

Elle rouvre les yeux, regarde ses doigts. On dirait que le vernis de ses ongles a changé de couleur. Rouge foncé. Mais c'est du sang. Du sang. Ce n'est pas possible, tu te dis, puis tu vois l'angle du meuble ouvert.

« C'est le coin de la porte... » répètes-tu, tout en cherchant un pansement rond.

Vous êtes dans la salle de bains au rez-de-chaussée, Elisa est penchée au-dessus du lavabo éclaboussé de quelques gouttes rouges. Petites, tout bien considéré. Toutes petites.

« C'est le coin de la porte », répètes-tu.

Elisa lève la tête en comprimant un coton sur sa nuque.

Elle écarte ses cheveux de son visage et tu vois ses larmes.

« Tu m'as lancé un truc... »

Tu lui dis que c'était un geste de colère, que tu n'as pas voulu.

« Tu m'as lancé un truc comme si j'étais un chien », dit-elle, en pleurant à chaudes larmes. On dirait une petite fille perdue dans une gare bondée. « Comme un chien !

— C'est le coin...

— Comme un chien... » continue-t-elle de répéter. Et elle pleure, Elisa. Elle pleure.

19

J'ai reçu un nouveau message de Shina. C'est le petit point lumineux qui me le signale. Et même si je ne le regarde pas, une sonnerie nasillarde et insistante me le confirme. Je clique dessus. Juste pour le faire taire.

Je reprends mon ordinateur et le lève au-dessus de ma tête. Ça suffit, cette horreur ne me servira à rien.

Je l'abaisse. Lentement, comme si je rendais l'arme avec laquelle j'allais commettre une bêtise.

Si cette horreur doit prendre fin, ce sera quand j'apporterai cette photo à Laura et lui dirai : « Voilà, tu sais qui est Shina, chère enseignante de soutien ? Regarde-la bien, c'est ton élève Guerri Caterina, celle qui s'est ouvert un bras en cassant la fenêtre. Regarde ce qu'elle fait, regarde ce qu'ils ont fait de ma fille. » C'est donc ça, les principes sains qu'*ils* lui inculquent ?

Ce sont *eux*, les responsables de ses problèmes, de tous ses problèmes. À seize ans, elle vend des photos d'elle sur Internet à des inconnus pour recharger son portable. J'ai maintenant la preuve, ici sur mon ordinateur, qu'on ne peut plus la laisser avec ces deux bigots de merde.

Mais cette preuve, je dois l'ouvrir. Je dois la regarder. Maintenant.

Quelques gouttes supplémentaires m'aideront peut-être. Disons, cinq. Ou six.

Les dosages sont déterminants.

Shina : ok pour la recharge… ta vu la foto ?

Heathcliff : Pas encore.

Shina : ???
Heathcliff : j'aime bien attendre.
Shina : jesper kel te plaira.
Heathcliff : j'en suis sûr.

Je clique sur le jpeg *Shina001*, ferme les yeux, et me prends le visage dans les mains.

Elle doit avoir le visage découvert, me dis-je, enfermé dans la nuit de mes doigts. En plus du reste.

Non, je ne l'ouvre pas.

Pourtant, ça fait combien de jours que j'attends de revoir son visage ? Des milliers.

Voilà des années que j'attends de me reconnaître dans son visage, de recevoir de ses yeux et de son sourire la preuve que quelque chose m'appartient encore dans ce monde.

Jamais je n'aurais imaginé que ça deviendrait une humiliation aussi destructrice, jamais.

Combien vais-je devoir encore payer, combien ? Enfin, j'ouvre lentement mes doigts.

D'abord, je vois ses seins.

Deux entonnoirs violets.

Puis je vois une ceinture jaune qui voltige autour de sa taille serrée dans un corset sombre. Une combinaison moule ses cuisses jusqu'à de grosses bottes qui se terminent par des genouillères en bouclier. Les gants partent de son coude et laissent ses doigts découverts. Des doigts minces, des ongles noirs.

Les couleurs plates et enfantines du dessin me sont comme familières.

C'est le poster de Shina que Caterina gardait dans sa petite chambre, au-dessus de son lit. Des yeux en bouton, un visage de poupée, une chevelure verte flottante.

La prêtresse guerrière amoureuse de Pégase défie l'horizon du regard.

À visage découvert, comme promis.

Sous l'image, il y a un texte dans une bulle de bande dessinée.

Les caractères sont serrés et collés, tous en majuscules.

TU VOULAIS SHINA, PA VRÉ??? LA VOILA… SANS SON MASQUE, HEHE, GROS PORC, KESKE KE TU CROYAIS…

À un moment, les lettres se collent encore plus et je dois m'approcher.

HAHAHA! TU VEUX KE JE TE RENDE TON FRIC? OUHHHH SORRYYYY…

À un moment, les lettres deviennent floues, j'essaie de m'approcher mais elles se brouillent encore plus.

TU VA ME DENONCER, C ÇA??? FAIS GAFFE J'AI 16 ANS, TU VA FINIR EN TOLE…

À un moment, je touche mes yeux et mes doigts se mouillent.

GROS VOYEUR DE MERDE, je lis.

Elle a raison, me dis-je. Je suis redevenu Furio Guerri, et je me retrouve une fois encore à devoir épier mon bonheur. Le bonheur de voir mon plan s'écrouler lamentablement.

VA TE BRANLER SUR TA FILLE SI TEN A 1, SALUUUUT.

Oui, j'en ai une.

Et même si elle me traite de porc, même si elle ne sait pas écrire sans faire une faute, je n'ai jamais été aussi fier d'elle.

20

Même les meilleurs plans ont des conséquences imprévisibles.

Tu avais prévu de prendre le poste de Magnani, voire de saisir l'occasion pour te libérer de ce nœud coulant autour de ton cou qu'est l'augmentation du chiffre d'affaires. Puis pour refiler le sale boulot à quelques *jeunes très compétents*, nourris de promesses mirobolantes et payés à coups de commissions.

« Nous sommes une entreprise gagnante », leur répètes-tu presque tous les matins.

Tu avais déjà pensé à la manière d'organiser le travail avec les Éditions Contexte.

« Ce seront eux qui nous enverront directement les fichiers mis en pages des livres, as-tu expliqué à Aggradi junior. Maintenant, les envois par Internet sont très fiables, même pour des fichiers de deux ou trois mégabits, et chez Contexte, ils ont une collaboratrice *très compétente*. Nous ne ferons rien d'autre qu'envoyer à l'impression ce que nous recevrons, tel quel. De cette façon, l'entreprise sera libérée de la correction des textes, qui est la partie la plus ingrate du travail. »

Si Aggradi junior n'était pas l'héritier du trône dressé pour ne jamais féliciter un employé en dehors des fêtes de l'entreprise, il t'applaudirait.

« Très bien, Guerri », se limite-t-il à dire.

Tu avais escompté que cette solution aurait rendu superflue l'embauche de Susanna Dents-de-cheval. Quand la nouvelle se répand que son CDD ne sera pas renouvelé, tu te rends à son poste de travail.

« Tu es une personne *très compétente*, lui dis-tu. Je ne pense pas que tu auras des difficultés pour trouver un autre emploi. »

Elle te serre la main. Tu te dis qu'au fond, elle ne t'a rien fait de mal. Tu le lui avais promis, c'est vrai, mais juste parce que ses dents de cheval te rappellent ce maudit livre sur les Étrusques.

Ce que tu ne t'imaginais pas, c'était de devenir aussi respecté et craint. Ceux qui parlent avec toi ont toujours l'air de chercher un mur contre lequel s'appuyer. Personne ne t'ignore, et personne, au fond, ne te méprise pour ce que tu as fait à Magnani.

Tes collègues pensent juste que tu es capable de n'importe quoi. Certains, comme Mimmo de la rotative offset, ne te cachent pas une certaine admiration. Pour lui, tu es un ambitieux qui sait profiter des occasions.

Fin janvier, le Cercle archéosophique de Val di Cecina, une célèbre librairie-papeterie, et les Éditions Contexte, « ont le plaisir de vous inviter, Mesdames et Messieurs », à la présentation de *L'Abysse des vierges étrusques* de Sauro Bellopede. Tu voudrais te défiler avec élégance mais ta présence est de mise, tu représentes désormais les Industries graphiques Aggradi au même rang que la direction.

Alors tu forces Caterina et Elisa à te suivre. C'est un samedi venteux. Une petite quinzaine de valeureux conscrits se traînent, en proie au froid, jusqu'en haut du village. L'adjoint au maire se décommande au dernier moment. L'intervenant est un vieux chroniqueur culturel qui se vante d'avoir été l'ami et l'élève du grand Indro Montanelli, même si selon le vipérin Augusto, il s'est mis à s'en vanter après la mort d'Indro Montanelli, il y a quelques mois. Quand tu le vois monter l'escalier du petit palais nobiliaire agrippé à la rampe, tu comprends que le laisser tout seul au bar a été une erreur.

Le docteur Bellopede est tendu. Il scrute la salle du conseil éclairée et vide. Au milieu des étendards et des écussons des corporations, on entend les mouches voler.

Alors, l'auteur commence à bouillir. Les invitations étaient peu nombreuses et laides. Et les journaux n'ont pas mis la nouvelle en avant. Il se gratte la barbe comme si un insecte gênant s'y était réfugié. Les télévisions locales ont-elles été prévenues ? Il exige de parler avec le service de presse. Où est le service de presse de ce *soi-disant* éditeur ?

Le rusé Augusto a envoyé dans la tranchée le confiant Walter, plus jeune et indifférent aux caprices de l'auteur agacé.

Elisa fait la tronche car elle avait prévu d'aller au nouvel *outlet* près de Reggello. Caterina veut gribouiller avec des feutres la couverture du livre de Bellopede pour colorier, dit-elle, les *Trusques* moches et sans yeux.

Le vieux chroniqueur se met à bredouiller dans le micro. Quelques minutes après, Elisa doit emmener Caterina boire un chocolat chaud dans le bar d'à côté, ouvrant un nouveau vide significatif dans les rangées de fauteuils. Bellopede piaffe d'impatience dans son costume vert bouteille criard. Il fixe le parterre décharné mais dans ses yeux, tu en es sûr, il voit des fantômes. Les fantômes de ses collègues, parents et amis qui l'avaient assuré de leur présence et n'ont pas même affronté une petite tramontane.

Mais le pire est encore à venir.

Le vieux chroniqueur dépeint la jeune archéologue française, ensorcelée dès la première page par le charme du cinquantenaire raffiné relégué par les mafieux de gauche au standard téléphonique dans un bureau anonyme des archives.

Il s'interrompt soudain pour fixer un point vague du plafond à caissons et conclut :

« Dans un magistral coup de théâtre, nous découvrirons que c'est elle le *serial killer* qui grave les mystérieuses séries de caractères étrusques sur la chair vive de ses victimes. »

Bellopede essaie d'arracher le micro des mains du vieil alcoolique, mais il est trop tard désormais.

« Regardez le bon côté des choses. Il a dit qui est l'assassin, mais peu de gens sont au courant, au final, essaies-tu de le consoler.

— Même l'adjoint au maire n'a pas daigné venir.

— Il n'aurait pas aimé la référence aux mafias de gauche.

— On ne me fera pas taire.

— Ne croyez pas que vous pouvez changer le monde, hein », dis-tu pour essayer de le ramener à la réalité.

Bellopede croit au contraire que les choses changeront, même en Toscane. *Elles doivent* changer, précise-t-il, car les communistes l'ont pris pour cible : ils veulent contester la décision du parc archéologique, et vérifier s'il existe des éléments constitutifs d'abus de biens sociaux.

« Ils en existent ? lui demandes-tu.

— Possible, répond-il. Mais on doit les baiser quand même. »

Tu n'aimes pas le ton avec lequel il a dit « on ». Il te rappelle que s'il y a du grabuge, Aggradi sera mouillé aussi. Et toi de même, par conséquent.

« Monsieur Nicola Gagliardo, te dit-il. Vous le connaissez ? Il a construit des hôtels dans toute l'Italie. Il a déjà son fauteuil qui l'attend, à Rome. Sous-secrétaire au Tourisme. Il gérera la bourse des fonds de développement européen et personne ne touchera ses hommes.

— Vous seriez l'un de ses hommes ?

— Je le connais depuis vingt ans. Nous sommes comme frères, vous comprenez ? Il me sponsorisera à la Fondation Culture. Et à ce moment-là, c'est moi qui jugerai si sa décision est valable ou pas. Ils me jettent par la fenêtre mais je rentre par l'entrée principale. Mais au mois de mai, Gagliardo doit gagner. Et il a besoin du soutien de tout le monde. »

Tu le rassures, tandis que Caterina et ta femme apparaissent pour la énième fois au pied de l'escalier escarpé, nez rouge et écharpe sur la bouche, tapant leurs pieds de froid.

Le lendemain, Caterina a trente-huit de fièvre. L'expédition dominicale au nouvel *outlet* est reportée.

Elisa passe en boucle la compil de Laura Pausini et consacre sa matinée à faire des lessives, du riz nature et de la purée de pommes de terre. Elle sort pour aller au vidéoclub, revient avec une cassette. Dehors, la pluie ne se décide pas à tomber et le vent ne souffle pas pour chasser les nuages. Caterina accepte de manger sa purée une fois qu'on lui a promis qu'elle aura le costume de Shina, la prêtresse guerrière, pour le carnaval.

Après déjeuner, elle s'endort, et Elisa s'installe dans le canapé avec la télécommande.

« Tu ne le regardes pas avec moi ?

— Qu'est-ce que tu as pris ?

— *Quand Harry rencontre Sally.*

— Mais il a plus de dix ans ! Et on l'a déjà vu.

— Je sais. »

Mais toi, le représentant Furio Guerri, tu dois faire ton planning de visites de la semaine. Quelque chose t'échappe, à toi, nouveau chef des ventes de chez Aggradi. Un indice, un signe qui n'échapperait pas au monstre Furio Guerri. Le niveau d'attention d'un monstre est en général supérieur à la moyenne.

« Furio », t'appelle-t-elle alors que tu descends dans le bureau de l'entresol. À nouveau la sonnerie d'alarme de ton prénom. « Tu ne crois pas qu'on devrait parler un peu, toi et moi ?

— De quoi ?

— Je ne sais pas, parler en général.

— En général ? Je dois aller préparer le bilan du mois. Mais on parlera après. »

Pour la première fois, le bilan de tes commissions mensuelles est exprimé aussi en euros : trois mille neuf cent cinquante euros et quatre-vingt-un centimes, pour être exact. Ça semble beaucoup moins que sept millions et six cent mille lires, mais au bout de quelques mois, tu devras t'y habituer. C'est donc ça qui assombrit ta satisfaction pour le gros résultat de ton premier mois de chef des ventes ? Ou l'embrouille Bellopede qui se profile à l'horizon ?

Cet homme est aveuglé par la rancune, il ne s'aperçoit pas que, du moins dans cette zone de la Toscane, le parti de Berlusconi a peu d'espoirs. Il progressera sûrement, mais pas au point de prendre un siège au Parlement. Et tu n'as pas la moindre idée pour aider son candidat. S'ils bloquent la décision, tu es foutu. Même si vous vous en sortez les mains propres, tout s'arrêtera pendant deux ou trois ans, dans l'attente d'une sentence.

Tu dois trouver une autre solution. Surtout maintenant que tu es en train de remonter la pente *en beauté*, si tu perds le chiffre d'affaires déjà mis au bilan, la faute te retombera dessus, et on te remontera les bretelles. Aggradi junior a été très clair : pour développer l'entreprise, il faut plus d'argent des banques, et pour avoir plus d'argent des banques il faut garantir un chiffre d'affaires en hausse permanente. Il faut être *performant*, sinon on saute.

« Nous sommes condamnés à gagner », a-t-il déclaré en conclusion à la dernière réunion.

Caterina s'endort juste après avoir avalé sa cuillerée de sirop pour la toux, et mâché à contrecœur un plat de riz nature. Vous la laissez dormir sur le canapé, avec le volume de la télé baissé, puis Elisa et toi montez à l'étage en silence, main dans la main.

« Qu'est-ce qui ne va pas ? » demandes-tu à ta femme une fois que vous êtes dans la chambre à coucher.

Elle murmure quelque chose entre un *oui*, un *en fait* et un *mais*.

« OK, on doit parler plus souvent. Parlons, alors. Moi aussi, j'ai des choses à te dire. »

Elle renfile son pantalon de survêtement et s'adosse à la tête de lit. Ça a presque l'air d'un défi. Et tu n'as pas l'intention de perdre.

« Tu sais ce que je pense ? lances-tu. Je pense que Caterina aimerait avoir un petit frère. »

Tu ajoutes que Caterina a le bon âge et que ça lui ferait même du bien.

Tu prends tes résultats de janvier et tu mets Elisa devant les chiffres de ta *performance*. Tu lui démontres, comptes en main, que vous pouvez vous permettre un deuxième enfant, d'ailleurs votre pavillon est étudié pour intégrer une autre petite chambre. Tu t'es endetté jusqu'à la retraite, on t'a même accusé d'avoir eu les yeux plus gros que le ventre, mais c'est juste que tu es prévoyant. Vous venez de fêter vos trente et un ans. Vous pétez le feu. Pourquoi attendre ?

« Tu veux un héritier masculin, j'ai compris, fait-elle.

— Pourquoi, pas toi ? »

Pas d'enfant unique. C'était le pacte. Tu lui rappelles que vous aviez commencé à en parler les samedis soir, en cherchant une table dans une pizzeria où vous traîniez jusqu'à onze heures et demie, heure conventionnelle où ta mère s'endormait d'un sommeil profond.

Tu t'attendais à de l'enthousiasme. Tu t'attendais à ce qu'elle cherche un mouchoir dans le chiffonnier. Tu t'attendais à « tu es mon amour ». Tu t'attendais à « il sera magnifique ».

Mais Elisa se met à suivre avec ses doigts un pli sur le bord du couvre-lit.

« Alors ? On parle et tu ne dis rien ? »

Elle murmure que bien sûr, elle aussi, elle voudrait un petit garçon. Avant que tu aies refermé tes bras sur elle, Elisa lève la tête et te fixe dans les yeux.

« Mais pas maintenant.

— Ah non ?

— Ce n'est pas le moment.

— Pourquoi ?

— Parce que en fait j'ai trouvé un travail. Pour quelques mois.

— Un travail ? Et pourquoi ? » lui demandes-tu, en lui mettant sous le nez la feuille de tes résultats mensuels. « Ça ne suffit pas, peut-être ? »

21

H*eathcliff* : Salut !
Shina : kesstuveu ?
Heathcliff : Merci pour la photo.
Shina : deril. Maintenan dégage.
Heathcliff : Elle était très belle.

J'attends une ligne de Caterina, puis je comprends qu'elle pourrait se déconnecter en quelques secondes.

Heathcliff : Pour une prêtresse guerrière, être vue sans masque, c'est comme être vue nue.

Elle met un moment avant de répondre, mais reste connectée. Bon signe.

Shina : noooooooon… toi aussi tu les regardais ?

Je lui écris que j'ai acheté les cassettes de toutes les séries et même les bandes dessinées.

Shina : moi aussi ! je les ai ttes ! Vive les CDZ !

J'imagine que ça veut dire « Chevaliers du zodiaque ». Moi aussi, je devrais abréger les mots, sinon Caterina pourrait soupçonner que je n'ai pas son âge. Mais depuis que j'ai commencé à lire les livres que je me souciais juste, avant, de livrer et de facturer, je n'y arrive plus. Couper les mots, c'est comme tailler les plantes avec une scie électrique et un bandeau sur les yeux.

Heathcliff : Et les génériques ? Tu t'en souviens ?
Shina : trop géniaux !
Heathcliff : *Va-t'en au combat en chantant*
Shina : *en avant, en avant chevaliers* !!!

Elle envoie quelques smileys animés qui sourient et dansent.

Et je me dis que j'ai réussi. Je ne l'ai pas perdue, ma fille. Je ne l'ai jamais vraiment perdue. Même si elle ne le sait pas.

Heathcliff : tu fais souvent le petit jeu de la photo ?

Shina : juste quand je dois recharger mon tel… les 2 autres cons me filent jamais 1 rond.

Heathcliff : tes parents, tu veux dire ?

Shina : je veux pas en parler, ok ?

Heathcliff : ok… alors tu n'envoies jamais de vraies photos de toi.

Shina : allez, n'imp ! tu déconnes ! je suis pas comme cette pétasse de jessica.

Heathcliff : jessica ?

Shina : la loseuse de ma classe ki voulait me griller… elle se tape même des concombres à la webcam… !!! elle doit entretenir sa mère et son keum ki travaille pas… moi non, je fais ce jeu pour ke des cons se fassent arnaker.

Heathcliff : merci.

Shina : lol

Et elle remet une couche de smileys.

Shina : t'façon je suis moche toute nue.

Et là, je ne trouve rien à répondre. Heureusement, Caterina relance.

Shina : j'ai des bouées et un gros cul.

Heathcliff : ok, j'ai rien perdu.

Je reçois une émoticône avec des lunettes de soleil qui secoue son majeur.

Heathcliff : hahaha, je rigolais.

Shina : et toi, T comment ?

Heathcliff : on va faire un truc.

Shina : ???

Heathcliff : pas de photos, pour le moment.

Shina : prkoi ?

Heathcliff : moi non plus, je suis pas terrible… C'est mieux d'imaginer, non ?

22

Ton beau-frère Mariano Domini a été nommé premier assistant de traumatologie dans la célèbre clinique privée Virgo Mater. Ton beau-frère Mariano Domini n'a que trente-six ans, c'est le génie de la famille et il sera la star de la soirée. Pour fêter son embauche, ton beau-père a choisi un de ces restos aux murs tapissés de natures mortes, avec des chaises en paille et des meubles rustiques. Le genre avec un grand parking et où les hors-d'œuvre sont rigoureusement divisés entre assortiments de fruits de mer et assortiments de charcuterie, et servis dans des plats à compartiments.

Pour l'occasion, ta belle-sœur a dû acheter une robe de soirée incongrue. Ta belle-mère dira qu'elle est magnifique et lui va à ravir. Vanna est la belle-fille idéale, pour elle. Elle tient aux formes tout comme elle, parce que l'essence des choses leur est interdite à toutes les deux. Et puis, elle a de l'affection pour elle, car elle a beau être une épouse parfaite, elle n'arrive pas à tomber enceinte. Pauvre Vanna. Et pauvre Mariano, ce génie qui restera sans héritier.

Ton beau-père persuadera sans aucun doute tout le monde de commander le trio de pâtes.

Ta belle-sœur dira sans aucun doute : « Je ne veux pas me gaver d'*antipasti*. »

Elisa dira sans aucun doute à Caterina : « Arrête de manger des gressins. »

Ta belle-mère renchérira : « Regarde, tu as mis des miettes partout. »

Jusque-là, c'est comme si tu y étais. Il est neuf heures et tu es encore sur la route. Elisa se goure toujours sur les itinéraires et la déviation était signalée par un panneau illisible. Tu aurais pu prendre le GPS que Magnani a jeté dans la corbeille de ton bureau. Mais tu ne veux pas du trophée gagné par ton ex-collègue. Tu t'en achèteras un autre. Ce sont les premiers sur le marché et ils doivent coûter cher, mais maintenant, tu peux te le permettre.

Tu prends un tournant en montée et tu découvres qu'il reste encore huit kilomètres. Tu auras plus d'une demi-heure de retard, limite au-delà de laquelle commence, pour la famille Domini, le véritable « manque de respect ». Est-il possible que pour manger deux *crostini* et la sempiternelle *rosticciana*, ton beau-père dégote toujours des restos à Perpète-les-Oies ?

Tu as plus d'une demi-heure de retard, mais c'est comme si tu étais là avec eux, tu n'as pas dû perdre grand-chose. Les dîners de famille ne réservent jamais de grandes surprises.

L'accueil est chaleureux. Caterina vient à ta rencontre en bousculant la chaise d'un vieux qui déguste une soupe. Ta belle-mère est attablée devant un somptueux assortiment de *crostini*. Ton beau-père te dit bonjour et te confie à l'oreille la raison de cette longue route :

« Ici, ils font encore le bifteck avec l'os à moelle. Au diable la vache folle ! Maintenant, on voudrait même nous priver de l'entrecôte à la *fiorentina*.

— Et le médecin, qu'est-ce qu'il en dit ? On peut être tranquilles ? demandes-tu à ton beau-frère.

— C'est des conneries. Du terrorisme. Écoute, je te fais une prévision. Dans quelques années, on aura une grippe des poulets puis des cochons. Comme ça, on aura eu la totale. »

Ton beau-frère a toujours cette odieuse assurance de premier de la classe. Dès qu'il prononce un mot, il cloue le bec à tout le monde. Tu enlèves un gressin des petites mains de ta fille et le mords rageusement, comme Bugs Bunny ses carottes.

« Caterina, nous deux, on se partage un petit poulet, comme à la maison ? »

« Je l'ai prise parce que *même si c'est une Versace*, la marque ne se voit pas trop, non ? dit ta belle-sœur Vanna.

— Elle te va à merveille, chérie », répond ta belle-mère.

Pendant que tu partages le poulet au four avec Caterina, tu racontes avec fierté qu'elle passe tout son temps à faire ses gribouillages et à s'habiller drôlement.

« Mais tu ne dois pas oublier de faire tes devoirs, avec tout ça, l'admoneste aussitôt ta belle-sœur.

— J'aime pas faire mes devoirs. »

Ta belle-mère s'en mêle : « Il ne faut pas dire ça, et d'ailleurs on ne dit pas "j'aime pas". »

Au moment de trinquer avec le vin millésimé en bouteille d'un litre et demi qu'il a apporté de chez lui, ton beau-frère se lève. Bien que le restaurant soit plein et malgré le brouhaha assourdissant des autres tables, il déclare que certains objectifs ne peuvent être atteints que par le travail, la foi et le soutien d'une femme splendide comme Vanna.

Ta belle-mère la prend dans ses bras et l'embrasse. Ton beau-père lève son verre.

« Mais ce soir, ajoute Mariano Domini, nous sommes réunis pour trinquer à une autre bonne nouvelle. »

Tu regardes aussitôt ta belle-sœur. Elle ne montre aucun signe d'émotion. Non, ce n'est pas elle, la *bonne nouvelle.*

« Quelqu'un parmi nous va commencer une nouvelle aventure professionnelle. »

Toi aussi, tu lèves ton verre de table. Tu regardes les autres et tu souris. Tu te dis que ton beau-frère, au fond, est un premier de la classe doté d'une certaine gentillesse.

« Un toast à notre Elisa, qui suivra dès demain la campagne électorale de Romina Bianchi. Tous nos vœux à elle et à notre amie candidate ! »

Tu reposes ton verre sur la nappe. Tu regardes Elisa. Caterina applaudit. Même ton beau-père se lève.

Pendant que ta belle-sœur commande une *panna cotta* aux fruits des bois, ta belle-mère continue de stresser Caterina avec l'école, la maîtresse et ses camarades de classe. Ta fille finit par trouver un moyen de détourner la discussion :

« Dans ma classe, il y a deux cousins. Ça veut dire quoi, "cousins"? »

Elisa se redresse, droite comme un i, tel un faon qui a flairé une odeur ennemie dans le vent.

« Maman te l'a déjà expliqué, l'autre jour.

— Oui, mais je m'en souviens pas.

— Ce sont les enfants de deux papas frères, explique Elisa.

— Ou de deux mamans sœurs, ajoute, pédante, ta belle-sœur.

— Et moi, j'ai pas de cousin ?

— Tu la finis ta tarte, oui ou non ? » la presse Elisa.

Alors, Caterina t'appelle à l'aide.

« Et moi, papinou, j'ai pas de cousin ?

— Non.

— Et pourquoi ?

— Je ne sais pas. Tu devrais demander à tonton Mariano et tata Vanna de t'en faire un », dis-tu. Sans l'ombre d'un remords.

Caterina s'est écroulée de sommeil sur le siège arrière. La discussion dans la voiture avec Elisa est devenue un classique agaçant, mais à voix basse c'est presque surréaliste. Tu commences en disant que tu as donné une réponse innocente à une question innocente de Caterina.

« Furio, pourquoi tu fais semblant de ne pas savoir ?

— Qu'est-ce que je devrais savoir ?

— Tu crois que des gens comme Vanna et Mariano ne voudraient pas un enfant ?

— Qu'est-ce que j'en sais, moi ? On n'en parle jamais dans la famille.

— Heureusement qu'on n'en parle pas ! Qu'est-ce que tu crois !

— Pourquoi ? C'est un problème comme un autre.

— Non, pour eux c'est un drame. Comment tu fais pour ne pas t'en rendre compte ?

— Je m'en rends compte. Mais à plus forte raison, en parler peut faire du bien, non ? »

Elisa interrompt la discussion, « de toute façon tu veux toujours avoir raison », et en plus, vous risquez de réveiller Caterina.

Quelques kilomètres plus loin, près de la sortie de la voie rapide, tu as l'impression que le silence entre Elisa et toi t'étouffe. Tu baisses la vitre de quelques centimètres.

« En passant, je suis devenu chef des ventes, mais pas un seul mot pour moi.

— Tu es arrivé avec trois quarts d'heure de retard.

— Une demi-heure.

— Au moins quarante minutes.

— Quarante minutes, mais ma promotion je dois la gagner à la sueur de mon front tous les jours ! Même si personne ne la fête.

— Tu crois qu'on a fait des cadeaux à mon frère ? »

Tu serres les mains sur le volant.

« Pourquoi il n'a pas passé le concours des hôpitaux publics ?

— Tu sais bien que c'est mafia, politique et compagnie.

— Toujours la même rengaine. Excuse-moi, mais ce que tu fais pour Romina, c'est pas de la politique ?

— Rien à voir. Romina est une amie.

— Romina est candidate aux élections avec les communistes.

— Communistes… Mais ça veut rien dire ! Certaines choses ne comptent plus.

— Ça ne compte pas, que ton frère soit président des Médecins pour la vie ?

— Il est religieux. On l'est tous dans la famille. Et alors ?

— Alors la curie l'a récompensé avec un beau petit poste à la Virgo Mater.

— Mon frère serait un pistonné, alors.

— Ils le sont tous, chérie.

— Mariano a eu son diplôme à vingt-trois ans avec les félicitations du jury, n'oublie pas.

— Et alors ? Il a reçu aussi l'accolade du président du jury. Tu sais combien il y en a, des comme lui, dehors ?

— Pas beaucoup, je crois.

— Mais où tu vis, Elisa ? *Où tu vis !*

— Je vis tous les jours à la maison, et je n'arrête pas de courir, surtout derrière ta fille Caterina. »

23

Shina : sa veut dire koi, ton pseudo ?

Heathcliff : c'est le personnage d'un livre célèbre.

Shina : tu lis des livres ?

Heathcliff : depuis qques années, oui.

Shina : je préfèr dessiner et mater des films.

Heathcliff : quel genre ?

Shina : j-h

Heathcliff : ?

Shina : horror jap style the ring ou grudge... ta déjà vu ?

Heathcliff : non, ça me fait peur.

Shina : lol... je les kiffe trop.

Heathcliff : ah oui ?

Shina : le soir je m'enferme dans ma chambre... je fé style ke je dors, j'étl la lumière et je reste sous les couvertures kom ça si les 2 autres cons débark ils voient rien... j'ai 1 clé USB volée... on dirait un porteclé... c moi ki l'ai fait avec un modèle d'iron man, héhéhé...

Heathcliff : cool.

Shina : ouiii... les 2 cons l'ont sous les yeux ts les jours sans savoir... héhéhé

Heathcliff : ok... tu recharges ta clé avec des idiots comme moi...

Shina : et je devrais faire koi ? ces 2 cons me font jamais ril faire... ils surveillent tout... même mon tel kan je suis o chiottes... école + piscine + docteur + église + leurs dîners trooop chiants... et les vacances... 10 ans ke ça dure... toute seule com un chien... com en taule.

Heathcliff : quels connards.

Shina m'offre une rangée de petits visages ronds qui envoient des baisers.

Shina : T sympa... tu me comprends... j'aime bien tchater avec toi.

À mon tour de dégainer des visages qui dansent et sourient. Je ne les économise pas. Je suis heureux comme je n'aurais jamais pensé l'être encore. Je suis heureux devant un ordinateur, seul au milieu de la Maremma, à bosser comme gardien des maisons de vacances d'insupportables riches progressistes. Mais je suis heureux, n'en déplaise aux deux cons. Je suis heureux, même si... Même si.

Shina : mais je te dis plein de truc et toi tu dis rien sur toi.

Je ne sais pas comment répondre, je suis paralysé. Je voudrais lui raconter tant de choses, à ma Caterina. Des choses qu'elle sait ou qu'elle croit savoir. Des choses dont elle ne se souvient pas ou dont elle ne voudrait pas se rappeler.

Je voudrais lui faire comprendre à quel point j'ai continué de l'aimer, de la garder avec moi tous les jours, pendant ces dix ans de notre vie où une véritable armée de cons nous a éloignés. Elle et moi, « com en taule ». Elle a raison.

Je voudrais lui faire comprendre qu'ici, derrière l'ordinateur, il y a son père. Je voudrais lui faire comprendre que je n'ai jamais cessé de l'être, parce que personne ne peut t'enlever ce qui t'appartient.

Puis je me dis que je dois encore attendre. Que je ne dois pas me trahir, ni me laisser-aller.

Aucun laisser-aller, donc. La plus grande attention aux détails. C'est ainsi que j'ai appris à vivre, en monstre.

Voilà pourquoi j'ai prévu de redonner signe de vie à Laura à l'approche du week-end. Je ne dois pas être le premier mec qui prend le large après avoir tiré son coup, mais ce comportement génère des angoisses dangereuses. Si un homme peut s'en ficher que ça lui ait plu ou non, ou se bercer de l'illusion qu'elle a vraiment joui, une femme a l'avantage de se confronter avec un orgasme masculin pour le moins objectif. Mais c'est justement pour ça qu'après, la situation peut être plus destructrice : Pourquoi il ne me rappelle pas ? Où est-ce que je me suis plantée ? Qu'est-ce qu'il aurait voulu que je fasse de plus ?

Elle me répond au bout de trois sonneries. À voix basse.

« Je te dérange ? » dis-je tout de suite.

Elle me répond qu'elle est en train de sortir dans la cour pour fumer. Je ne me souviens pas de l'avoir vue fumer.

« J'ai recommencé hier », fait-elle, et j'entends le souffle de ses lèvres sur le combiné. « Tu te souviens du bordel qu'a mis la fille du soutien ? La fenêtre cassée et les urgences ? »

Je lui dis que je m'en souviens très bien, mais avec un peu trop d'élan peut-être, ce qui n'est pas digne d'un monstre, grossière erreur. Heureusement, Laura ne s'aperçoit de rien. Elle me raconte qu'elle a été convoquée par le proviseur et qu'elle s'est retrouvée devant l'oncle de la fille.

« Tu sais, elle ne vit pas avec ses parents. Elle a une histoire difficile mais je ne vais pas te la raconter maintenant.

— Ne t'inquiète pas.

— Bref, j'entre chez le proviseur et je tombe sur l'oncle avec un carnet de chèques ouvert sur le bureau. Je me dis qu'il paye pour la fenêtre cassée, mais monsieur le médecin-chef a l'intention de faire une donation à l'institut, m'explique le proviseur. "Très bien", je réponds, très mal à l'aise. Lui, il me regarde et me dit : "Peut-on considérer que l'incident est clos ?" Et moi, couillonne, je me dis que l'incident c'est la fenêtre cassée et je ne comprends pas. Ce qui me gonfle le plus, c'est que c'est le proviseur qui a dû me l'expliquer de façon claire et nette : c'est moi, le problème. Je ne dois pas faire de rapport, sinon, pas de donation.

— Et toi ?

— Je me suis levée et je suis sortie fumer une cigarette. »

Je lui dis que je tombe vraiment mal, alors.

« Non, me fait-elle. Et même, donne-moi un conseil. Qu'est-ce que je dois faire ? »

Je prends mon temps et Laura me raconte combien monsieur le médecin-chef est arrogant. C'est un personnage en vue, un ultra-catholique, de mèche avec l'Opus Dei. Il se croit tout-puissant, la toise de la tête aux pieds, comme si elle était un parasite de l'État.

« C'est un con, dis-je avec transport.

— Non, mais tu te rends compte ? D'après lui, je ne devrais pas faire de rapport sur deux gamines qui allaient s'étriper ? C'est comme si j'autorisais ces hominidés à venir à l'école avec un flingue dès demain. »

Je lui dis qu'elle a raison, puis je lui lâche la question qui me tient le plus à cœur.

« Et la fille ? Si tu fais le rapport, qu'est-ce qu'il va lui arriver ? »

J'entends Laura qui souffle de la fumée. J'entends aussi un soupir d'indécision.

« En anglais, elle n'aura jamais la moyenne. » Un autre soupir, encore de la fumée. « Elle n'a pas fait de rédaction depuis six mois. Si tu ajoutes le rapport et au moins un jour de suspension… bye-bye. Recalée. Quatre-vingt-dix pour cent de chances qu'elle arrête de venir à l'école. Ces deux cons, son oncle et sa tante, l'enfermeront dans un collège privé. Catholique, tu peux en être sûr.

— Et ensuite ?

— Ensuite, elle en sortira soit parce qu'elle aura mis le feu à deux bonnes sœurs, soit parce qu'elle se sera ouvert les veines pour de bon. Je préfère largement la première solution, c'est clair.

— Parle-lui. Dis-lui que tu ne fais pas de rapport, mais que dès demain elle doit se mettre à travailler.

— Si tu savais combien de fois je lui ai tenu ce discours. Ça ne marche pas. Caterina sait comment embobiner les gens, elle est maligne… »

Laura ne termine pas sa phrase.

« Putain, j'ai dit son prénom.

— Ne t'inquiète pas, la rassuré-je. Dis-toi que je l'ai déjà oublié.

— Pardon, je t'ai pollué avec mes ennuis. Je suis contente de t'entendre.

— Moi aussi.

— Comment ça va pour toi ?

— Oh, comme d'habitude. Toujours devant un ordinateur. »

Depuis quelques jours, ma vie commence devant mon ordinateur vers neuf heures du soir.

Shina n'est pas en ligne avant cette heure-là. Maintenant, elle et moi nous avons une sorte de rendez-vous tacite. Comme ça, le premier qui arrive attend l'autre avec cette petite angoisse qui nous fait presque feindre une coïncidence.

Shina : le livre de ton pseudo, C koi ?

Heathcliff : *Les Hauts de Hurlevent.*

Shina : c koi ???? un livre d'horreur ?

Heathcliff : disons... ya des fantômes.

Shina : dans les jap d'horreur aussi... c les yurei et ils ont une robe blanche... des longs cheveux noirs, ki tombent sur le visage... héhéhé... et ils zon pas de jambes... ils flottent... les bras en avant mais avec les mains mortes.

Heathcliff : ça suffit.

Shina : héhéhé... c ke des femmes mortes assassinées ki veulent se venger.

J'essaie de trouver le moyen de changer de sujet, mais soudain j'entends un bruit du tonnerre. Dans le garage. Je tape à la hâte un « attends », et je pose l'ordinateur à ma place sur le fauteuil.

J'allume la lumière dans le garage, mais je ne vois plus la file bien rangée de serpes et de hachettes suspendues au mur. Le vieux panneau a cédé, un travail supplémentaire pour demain. Heureusement, elles ne sont pas tombées sur le capot de la Duetto.

Je reviens à l'ordinateur. Mes doigts n'arrivent même pas à ouvrir le flacon des gouttes.

Je réponds à Caterina que oui, c'est vraiment un livre d'épouvante. *Les Hauts de Hurlevent* est une histoire de haine et de violence. Tu rencontres l'amour de ta vie, et ta vie devient relative, tu pourrais y renoncer. Le fait d'exister, en soi, n'est plus aussi évident et indiscutable. Les frontières mêmes de ton corps deviennent incertaines. Quand on est ensemble, on se sent doublement vivant, c'est comme être Dieu au début des temps. Mais quand tu restes seul, tu es à moitié mort, si mort que tu sens l'odeur de ta chair en décomposition. Et plutôt que de vivre à moitié juste pour sentir cette odeur et te voir pourrir, tu préfères mourir pour de bon.

J'écris comme ça me vient, je risque peut-être de me trahir, mais rien à foutre. Je continue.

Tu peux appeler ça amour, ou foutoir destructeur. Tu voudrais ne jamais y être entré, mais tu ne veux plus en sortir, lui écris-je. Haine et violence, voilà de quoi parle *Les Hauts de Hurlevent*. Douleur et guerre contre le monde entier et contre soi-même. Neige et vent sur le visage. Et si tu pleures, tes larmes deviennent de glace et te transpercent les yeux. Pas de sexe. Des baisers, un seul peut-être, mais je ne me le rappelle pas, je devrais le relire.

Je m'arrête. J'ai écrit un monologue de vingt lignes.

Shina : wooooow !!!! TROP bô !!!!

Je suis tellement heureux que je me fais de la peine. Par chance, l'écran de l'ordinateur ne renvoie que l'ombre d'un visage que je peux faire semblant de ne pas connaître.

Shina : ça T déjà arrivé ???

Je réfléchis un moment, je me dis que, de toute façon, ce n'est pas la vérité que Caterina me demande.

Heathcliff : jusqu'à maintenant, non.

Elle non plus, ça ne lui est jamais arrivé, me raconte-t-elle. Et elle continue de me poser des questions sur ce livre. Qui sont les deux héros ?

Heathcliff : Heathcliff est un enfant trouvé dans la rue qui mourait de faim… personne ne sait d'où il vient.

Shina : et elle ?

Heathcliff : elle s'appelle Catherine.

« Comme toi », j'ajoute. Je m'arrête au moment où mon index va appuyer sur *entrée*. Ce n'était pas une distraction. Je veux appuyer sur la touche en forme de L renversé, je veux envoyer ces deux mots, j'en ai besoin comme on a parfois besoin de hurler. Je sais comment tu t'appelles, je sais que quand tu as commencé à tenir ta cuillère à la main, tu préférais l'utiliser pour asperger la nappe de potage. Je sais que tu as commencé à parler tard, je me souviens d'au moins deux mois de consultations médicales presque quotidiennes, l'embarras frénétique de la maison Domini pour conjurer l'hypothèse d'avoir été touchés par l'imperfection, comme si ton mutisme était le signe d'une faute cachée, découverte et punie par le Père éternel.

25

Tu arrives chez toi et trouves un avis de passage du facteur. Caterina est avec une fille que tu n'as jamais vue. Elisa a un dîner de soutien pour son amie Romina. Le grand manège des élections a démarré. Et toi qui viens d'assurer à Aggradi toute la campagne de Nicola Gagliardo, le candidat du centre droit qui va justement affronter la chère amie de ta femme. Pour l'obtenir, tu as joué ton atout, et Bellopede t'a donné un coup de main.

La baby-sitter a été recommandée par Romina, évidemment. Quand tu la congédies, elle te dit qu'Elisa et elles étaient convenu de trois heures, de vingt et une heures à minuit. Il est à peine vingt-deux heures.

« D'après vous, qu'est-ce que je devrais faire, aller au cinéma ? »

Avec une heure de travail, elle n'amortit pas l'essence du trajet, insiste-t-elle.

« Qu'est-ce que vous avez, une Porsche Carrera ? » lui demandes-tu, et tu lui glisses un billet de cinquante mille lires dans la main.

« Je viens de Pise, vous savez », répond-elle, puis elle salue ta fille d'un baiser et sort, en sachant bien qu'elle ne remettra plus les pieds chez toi.

Caterina a parsemé le tapis de feuilles recouvertes de dessins au pastel. À la télé, Berlusconi est en liaison téléphonique avec Santoro, ce journaliste de gauche. Il lui hurle qu'il est un fonctionnaire du service public. « Mais pas un de vos employés », lui réplique le journaliste. D'ici au mois de mai, le manège va devenir une centrifugeuse. Tu baisses le son.

L'avis laissé par le facteur concerne justement les rétroviseurs. Les rétros ronds, les originaux de la première série. Année de fabrication : 1968. Tu les as dégotés chez un revendeur de Cusano Milanino. Internet, quelle belle invention. Malheureusement, c'est le second avis : ce qui veut dire que tu devras aller chercher tes rétros dans un putain de dépôt de banlieue, entre un incinérateur et une entreprise de vernis.

« Tu es fâché, papinou ? te demande Caterina.

— Non, juste fatigué, mon amour. Elle est sympa, notre nouvelle amie ? »

Caterina ne répond pas, elle fait la moue et soupire.

« On joue au restaurant, papinou ?

— D'abord, tu ramasses les feuilles que tu as laissées sur le tapis. »

Toute contrite et avec une serviette en papier au bras, ta fille te demande si le dîner t'a plu.

« Délicieux, réponds-tu. Je conseillerai ce restaurant à tout le monde.

— Un café, monsieur ?

— Non merci, vous pouvez m'apporter l'addition. »

Elle est sur le point de gribouiller quelque chose sur un Post-it coloré, mais tu la prends dans tes bras et l'embrasses sur le front.

« Dis-moi, Caterina. Tu te souviens, l'autre soir, au restaurant, quand tu m'as demandé si tu avais un cousin ? »

Elle réfléchit, puis lève et abaisse son menton deux ou trois fois.

« Et si, au lieu d'un cousin, papa et maman t'offraient un petit frère ? »

Caterina n'a pas l'air contre cette idée.

« Un garçon, alors ?

— Oui.

— Un garçon, je veux bien. Vous allez le faire ?

— Moi, je suis d'accord. Pourquoi tu ne demanderais pas à maman ? »

« Je n'avais pas parlé de trois heures, dit Elisa, aux prises avec le rite minutieux du fil dentaire.

— Ah, elles sont fiables, les personnes recommandées par ton amie Romina.

— Tu exagères.

— J'exagère ? Si ça me coûte cinquante mille lires quand tu travailles une soirée...

— C'est moi qui les paierai, ne t'inquiète pas.

— Ah oui, c'est vrai, maintenant tu gagnes ta vie. À propos, elle te paye combien, ton amie ?

— Euh... on doit encore en parler. »

À ce moment-là, tu te lèves du lit et la rejoins dans la salle de bains.

« Quoi ? Tu travailles sans t'être occupée de la paperasse ?

— J'ai confiance en Romina.

— Non, Elisa, quand il s'agit d'argent et de boulot, on ne fait confiance à personne, compris ? Tu ne sais pas comment ça fonctionne, le monde du travail. »

« Et ce dîner, il s'est passé comment ? lui demandes-tu quand elle se glisse sous les couvertures.

— Bien, répond Elisa. Tu sais qui j'ai retrouvé ? Teresa Crisci.

— Teresa qui ? La lesbienne catho-communiste ?

— Lesbienne, ça, c'est toi qui le dis. Elle a un fils de trois ans, je te signale.

— Ah oui ? Et elle porte encore des sandales de franciscain ?

— C'est une femme distinguée. Elle est adjointe aux affaires sociales. »

À présent, tout s'éclaire.

« Je l'aurais parié qu'une fille comme elle finirait par s'occuper de toxicos et d'handicapés. »

Ta femme étouffe un soupir. Mais tu l'entends quand même, alors tu renchéris.

« Elle est maligne, notre Teresa. Avec son beau fauteuil sous le cul, elle peut continuer de se donner des airs de missionnaire. Elle se fait la moustache, au moins, maintenant ? »

Elisa me tourne le dos et éteint la lumière.

Tu mets une main sur son épaule et t'approches.

« Je suis épuisée », te fait-elle sans bouger d'un millimètre.

Sans même ouvrir les yeux.

26

La belle saison approche, les intellos de gauche commencent à donner signe de vie dans leurs petites voitures de ville. Ils me tâtent le poignet, font les gentils, mais n'arrêtent pas un seul instant de vérifier si je travaille, si je suis fiable. Les riches progressistes aiment faire semblant d'être libéraux avec leurs larbins.

La belle saison approche, j'ai dû remplacer vingt mètres de canaux d'irrigation et demain je devrai monter de nouvelles canisses au-dessus des places de parking. Je resterai toute la journée sur une échelle, mes gouttes peuvent devenir un problème. J'appelle mon médecin mais ça sonne occupé. Pas une fois où il m'ait rappelé.

Je ne prends que cinq gouttes, je me prépare un déca et je zappe sur les chaînes en streaming. Sur la RAI, Berlusconi est assis dans un fauteuil, montrant du doigt Santoro, ce journaliste de gauche. Sa politesse de pièce rapportée, de parent attentionné uniquement pour les fêtes religieuses, s'abat sur moi comme une vague de bonheur. Je ferme les yeux et me laisse bercer par son ton monotone de vendeur de tickets d'autos tamponneuses. Puis je les rouvre. Non, je ne suis pas dans le grand salon de Torre del Poggio. Caterina n'est pas en train de gribouiller, habillée en Pocahontas. Je n'entends pas Elisa ranger les assiettes dans le lave-vaisselle.

Je ne me suis pas réveillé, je n'ai pas tout rêvé.

Je suis seul. Et dix ans ont vraiment passé.

Je m'assieds dehors et je regarde les oliviers sous la lune.

Ils semblent parsemés d'une poussière lumineuse. La mer est proche mais invisible, et avant elle il y a la voie ferrée, l'Aurelia avec ses pachydermes tendus de toile et les cannaies sombres de la lagune. Je m'assieds sous un palmier, j'écoute le bruissement des grands pylônes qui dominent les champs et regarde ma montre toutes les minutes.

L'autre soir, j'ai réussi à retenir ces deux mots, à ne pas dire à Caterina qui je suis. Et me voici en train d'attendre vingt et une heures, l'heure à laquelle ma fille arrive à se connecter d'habitude, sous ses couvertures.

Ce soir, Caterina n'apparaît pas sur le tchat avant vingt-deux heures.

On l'a envoyée à la piscine alors qu'elle ne se sentait pas bien, me raconte-t-elle. L'odeur de chlore lui a donné la nausée et elle a vomi dans l'eau. Un beau foutoir. Même si elle se sentait très mal, elle a réussi à avoir honte devant le maître nageur, l'instructeur et cinquante autres personnes qui étaient sorties de l'eau à cause de son vomi.

Ma belle-sœur a aussitôt accusé les saloperies que Caterina ingurgite en cachette. Chips, snacks, tacos, goûters, pâtes de fruits recouvertes de sucre. Pour la punir, pas de portable pendant une semaine. « De toute façon, lui a répondu Caterina, vous ne me donnez jamais d'argent pour le recharger et personne ne m'appelle jamais. » Après quoi, la connasse lui a fait son interrogatoire habituel sur son cycle. Elle passe son temps à lui demander comment ça va, combien de temps ça dure, si elle a des douleurs particulières. On dirait de la sollicitude maternelle, alors que c'est une obsession malsaine. Méchante. Je le sais bien, mais Caterina le comprend parfaitement elle aussi. Aujourd'hui, exaspérée, elle lui a répondu du tac au tac. « Pense plutôt à tes ragnagnas à toi, et ferme-la. »

Heathcliff : et elle ?

Shina : elle m'a giflée.

Je mets ça encore une fois sur le compte de ma belle-sœur, mais en revanche j'apprends que ma fille n'a pas subi en silence. D'ailleurs, elle ne serait pas Caterina Guerri, elle ne serait pas ma fille. Mais ce que Caterina m'écrit va au-delà de tout ce que j'aurais pu imaginer.

Shina : sale pétasse, je lui ai dit… toi tu vas te taper des minets au Dongiovanni…

J'enfonce mon index sur la touche du point d'interrogation jusqu'à ce que l'ordinateur me renvoie à la ligne.

Shina : héhéhé, c 2 redoublants de ma class ki lon chopé… la pauvre… à koi elle en est réduite… ts les vdredis elle va ds une boîte pour vioques de 40 piges… accordéon, salsa et rock, des trucs du genre… C rempli de cougars… on sait ke ya des mecs de mon lycée qui y vont expres… elles payent ttes les conso kon veu… et après elles prennent 1 chambre en haut, dans l'hôtel… T une pétasse et une looseuse, je lui ai dit… hahaha, elle ma pris par les cheveux et ma enfermé dans la chambre.

Heathcliff : je suis désolé.

Shina : tu parles, chui habituée aux coups… hahaha t'aurais vu sa tronche.

Je demande à ma fille où elle est exactement, cette boîte Dongiovanni. Elle me parle d'une sortie de la voie rapide et d'un centre commercial, puis elle finit par :

Shina : tu te tapes des cougars ?

Je la rassure en lui disant que non, que c'est juste comme ça, pour y faire un tour un de ces soirs. Juste par curiosité.

Elle me répond avec une rangée d'émoticônes contrariées. Elle est jalouse, mais elle ne peut pas comprendre. Elle ne *doit* pas comprendre.

27

Un soir, tu arrives plus tard que d'habitude et une nouvelle surprise t'attend. Son Excellence Romina, la candidate en personne. Cheveux gris, parce que les teindre, c'est pas chic. Boucles d'oreilles demi-lunes en or, étole imprimée en cachemire, pantalon de soie fluide et lisse comme un rideau. Elisa te toise, bras croisés, son blouson déjà boutonné, ses cheveux attachés en chignon. Devant Romina et votre fille, elle te siffle que tu aurais dû rentrer avant huit heures et demie, comme promis. Tu agites devant elle la grosse enveloppe jaune.

« Tu sais pourquoi je suis en retard ? Pour aller chercher *ça*. Le facteur est passé deux fois, *deux fois*, tu n'étais jamais là et dans quelques jours j'ai la visite des inspecteurs. »

Elisa ne peut pas se souvenir que ta Duetto va recevoir la Plaque d'or des voitures d'époque. Elle ne s'imagine même pas à quel point ils sont tatillons.

« Tu aurais pu y passer demain.

— Et toi, tu n'aurais pas pu appeler la baby-sitter ?

— Non, vu comme tu l'as traitée.

— Tu as déjà changé d'idée ? C'est ma faute, maintenant ? »

Elisa sort un truc carbonisé du four. Caterina vous observe du canapé, l'air sévère. Votre invitée lui dit quelque chose pour essayer de la distraire ou de la faire rire. Elle croit qu'il n'en faut pas plus, celle-là. Elisa râle, met le plat en Pyrex dans l'évier et ouvre le robinet.

« Il y en a deux autres dans le frigo, t'informe-t-elle, et elle balance les maniques.

— Et toi, tu ne manges pas ?

— On doit y aller. Romina est là depuis une demi-heure.

— Tu es déjà tellement importante qu'ils ne peuvent plus rien faire sans toi ? » lui murmures-tu à l'oreille, puis tu ouvres le frigo. Des cordons bleus aux faux épinards et à la mozzarella collante. *Rapides et légers, en quelques minutes au four !* crie le paquet.

« C'est moi qui vais devoir apprendre à cuisiner, dans cette maison », soulignes-tu, alors que ta femme a déjà saisi une sacoche noire, semblable à la tienne, mais pas en cuir non plus. Elle embrasse Caterina et fait semblant de ne pas avoir entendu.

Le slogan de la campagne de Romina Bianchi est le suivant : « Le futur, ensemble ». L'idée fondamentale est d'aller voir les gens normaux, dit Elisa. « Pour elle, ce sera une expérience inédite, alors », commentes-tu, mais ta femme ne saisit pas l'ironie. C'est ainsi qu'une semaine plus tard, Romina est en campagne électorale dans une petite brocante. Le sempiternel étalage piéton de commodes, gravures moisies, camelote soviétique et bougies colorées new age aux parfums écœurants.

Ta femme ne peut pas la rater, naturellement. Tu la rejoins en milieu d'après-midi avec Caterina. Ta fille a droit à sa barbe à papa, à dix pochettes de figurines des Chevaliers du zodiaque et à un tour aux jeux gonflables. Tu t'assieds parmi les parents et la regardes se mettre dans la file pour le toboggan. Avec une certaine nonchalance et un sourire, elle passe devant deux petites filles plus grandes qu'elle. Mais le problème, ce sont les plus petits : ils mettent des plombes à monter, et une fois là-haut, ils se laissent paralyser par la panique, se collent aux rebords comme si leurs petites mains étaient en papier tue-mouches, et ne descendent pas, ni vers le mirage des bras maternels, ni quand on les tire par les pieds. Caterina s'impatiente et passe au trampoline.

Tu lui souris et tu réfléchis : c'est la première fois de ta vie que tu es assis sur un banc pour surveiller ta fille de loin.

Vers cinq heures, Elisa sort de la foule et daigne venir vous dire bonjour. Elle porte un paquet de tracts colorés sous le bras.

« Qui est-ce qui les a imprimés ? » lui demandes-tu. Elle t'en montre un, fait coucou à Caterina, arrange ses cheveux avec un soupir de lassitude.

« C'est dur, la politique, hein ? l'asticotes-tu.

— C'est toi qui lui as mis ça en tête, pas vrai ? dit ta femme, en fixant Caterina comme depuis le viseur d'une arme de précision.

— C'est Colorprint qui les a imprimés, je les connais, dis-tu en lisant la ligne verticale en corps microscopique. Ton amie communiste, elle le sait, que les tours de nuit, c'est les Marocains qui les font au black ? »

Et en plus, ça se voit. Tramage grossier, un moiré si voyant qu'on n'a pas besoin de loupe pour le déceler, mais ta femme répète sa question avec les mêmes mots.

« Quoi ? lui demandes-tu distraitement.

— Caterina. Au sujet de son petit frère.

— Caterina veut un petit frère ? Qu'est-ce qu'il y a de si bizarre ? Elle a six ans et elle raisonne avec son cerveau. »

Vous jetez un coup d'œil vers elle. Caterina rebondit, et s'assure que vous la regardez tous les deux avant de se donner à fond.

« On en a déjà parlé. Ce n'est pas le moment.

— D'accord, mais la campagne électorale se termine dans un mois et demi. »

Votre fille lève ses genoux en l'air, en s'aidant de ses bras. Tu lui fais signe de ne pas exagérer, comme si tu avais peur de la voir s'envoler.

« Si Romina gagne et déménage à Rome, elle aura besoin d'une secrétaire à l'agritourisme.

— Qu'est-ce que tu y connais, toi, à l'agritourisme ? Tu n'es pas spécialiste des campagnes électorales ? »

Caterina ne t'a pas écouté, elle saute de plus en plus haut, ses cheveux voltigent moelleusement comme deux ailes sombres.

« Tu sais quoi ? fait Elisa.

— Non.

— Tu me casses les couilles avec ce ton insolent », dit ta femme. *À toi. À voix haute.* Ses dents serrées derrière ses lèvres veloutées de rouge.

Caterina s'envole, de plus en plus haut. Et ta femme est là, assise, comme si de rien n'était, en train de te hurler dessus, *à toi, son mari,* que tu lui casses les couilles. Elle et son paquet de tracts à la con imprimés par une imprimerie concurrente, elle et cette tête à claques de communiste pétée de thune au grand cœur qui s'octroie le caprice d'aller à Rome pour se taper un salaire de vingt millions de lires par mois.

« Répète ça, si tu l'oses. »

Elisa met son index devant ton visage. Ne hurle pas, t'ordonne-t-elle, mais tu ne hurles pas, *c'est elle* qui hurle pour te dire de ne pas hurler. Pendant que Caterina s'envole, Elisa insiste pour que tu lâches son bras, car tu lui fais mal. Mais tu veux juste qu'elle se taise, et tu le lui dis gentiment, à ton avis. C'est pour ça que tu serres son poignet, mais elle ne comprend pas, elle pense seulement à son bras.

« Tu te prends pour qui, à te foutre de moi et de ta fille ? Pour tout décider toute seule ? »

Caterina s'envole et vous regarde. Tout le monde vous regarde.

« Et vous autres, qu'est-ce que ça peut vous foutre ? Regardez vos gosses, plutôt !

— Mon Dieu, c'est la honte, Furio. »

Elisa est comme ratatinée sous ses boucles, la tête sur les genoux.

« C'est la honte, c'est la honte, la prends-tu en dérision. Alors on va aller en parler à la maison, allez ! »

Tu lui arraches tous les tracts des mains, tu froisses les rides couvertes de fard de Romina Bianchi, tu piétines son slogan de chansonnette de Sanremo.

Tu soulèves ta femme de son banc. Elle lance un sanglot désespéré et tu la traites comme ceux qui hurlaient de douleur au foot, quand on les touchait à peine. Puis tu te tournes vers ta fille. Elle ne s'est pas envolée, au contraire, elle rebondit de plus en plus lentement, les mains sur la bouche, ses cheveux retombant sur son visage, avec ce regard sévère que seuls les enfants peuvent avoir, le regard de ceux qui ne comprennent pas, avec lequel ils se défendent comme ils peuvent.

28

Je me suis garé devant l'amas de rochers et j'ai regardé la mer calme.

Un désert de verre bleu. Je l'ai regardé jusqu'à ce qu'il se dissolve dans le noir.

À présent, je conduis dans le silence post-dînatoire. De larges avenues toutes droites, aux noms d'îles lointaines et de navigateurs. Les maisons ont des volets verts et des balcons en pierre. Les portes d'entrée sont surmontées d'arcades. Des cerisiers, des citronniers et des tourelles pour regarder la mer jaillissent des jardins.

Moi, si j'avais l'argent de mon beau-frère, je n'habiterais jamais dans un endroit pareil. Une rangée de vieilles villas bourgeoises reléguées dans un coin par le ressac, entre la mer et l'embouchure de l'Arno. La belle saison approche mais on dirait que l'hiver ne se détache jamais vraiment de ces enduits pâles mangés par le sel.

La belle saison approche, les arbres sont feuillus et les lampadaires moins souvent allumés. Je me gare sous un platane et regarde la tourelle où ma fille vit recluse. À la fenêtre, un halo violacé. Caterina est là, derrière cette vitre, devant son ordinateur. Elle doit se demander pourquoi Heathcliff n'est pas en ligne.

Ce soir, Heathcliff est beaucoup plus proche d'elle qu'elle ne l'imagine. Il ne l'a pas oubliée, au contraire. Heathcliff est en bas de chez elle, pour la libérer de ces deux cons.

Ma belle-sœur sort vers vingt-deux heures. Elle porte des lunettes voyantes, des talons assez hauts, des collants noirs, une pochette en croco. Ses cheveux sont châtains, lisses et brillants comme une coulée de caramel. Elle monte dans une Smart violette, puis fait demi-tour dans la rue déserte.

Je démarre et ouvre la vitre. Je lui laisse deux pâtés de maisons d'avance. De toute façon, le long de la ligne droite je ne peux pas la perdre.

Le sirocco apporte une odeur chaude d'eau stagnante. Demain, le temps va changer, c'est sûr.

Ma belle-sœur n'a jamais eu un physique élancé, mais aucune grossesse n'a changé ses formes pour toujours. Sa robe noire moulante, je dois le reconnaître, lui va mieux que toutes celles que je lui ai vu porter. Elle a dû se mettre sérieusement au régime.

Elle ne dit bonjour à personne, et s'assied toute seule à une table. Elle n'a pas l'air détendue. Depuis qu'on ne peut plus fumer dans les bars, le degré d'embarras par client a monté d'un cran.

Elle commande un cocktail, puis se dirige vers la piste de danse où un animateur mène une espèce de danse de groupe, style club de vacances. Conçue pour les personnes seules comme elle qui s'agrègent au groupe sans problème. Elles se disposent en file, comme de joyeux petits soldats, obéissent aux ordres et, pourquoi pas, font connaissance.

Au bout d'une demi-heure, ma belle-sœur est de retour à sa table avec deux mecs d'environ vingt-cinq ans. Je me demande ce qu'ils peuvent bien lui trouver. Je me réponds que, de toute façon, ils n'ont pas l'air spécialement vifs ni attirants. L'un est costaud, et ses Ray-Ban posées sur son front carré ne lui donnent pas un air pénétrant. L'autre a une crête de cheveux emplâtrée de gel et un tee-shirt noir à l'effigie d'un narcotrafiquant. Tous deux portent leur ceinture à la hauteur des couilles. Des ploucs que n'importe quel videur de boîte de nuit basique ferait décamper en haussant les sourcils.

Je n'ai pas beaucoup de temps. J'imagine que ma belle-sœur et les deux mecs ne monteront pas dans les chambres de l'étage tous les trois ensemble. Elle montera la première, laissera un pourboire au concierge, puis ils monteront l'un après l'autre, à distance de quelques minutes. Sauver les apparences, toujours.

Je les chope tous les deux quand ils se rendent aux toilettes. Spacieuses, marbre noir, grands miroirs. L'un pisse, l'autre essaie de sniffer une ligne comme il l'a vu faire dans un film, mais avec un billet de cinq euros. J'enroule le billet de cinq cents euros que j'ai dans la poche et le lui colle sous le nez.

« Écoute, Pablo Escobar, il y en a un autre pour ton ami. »

Son ami sort des toilettes, la ceinture encore en main.

« Remonte ta braguette, t'inquiète pas, si j'aimais qu'on me la mette dans le cul, je choisirais mieux. »

Une fois toute ambiguïté écartée, j'essaie de me faire comprendre. Ça pourrait ne pas être si simple.

« Vous avez un téléphone portable avec une caméra ? »

Ils me regardent mais ne répondent pas. Je n'ai pas beaucoup de temps à perdre, ni très envie que quelqu'un entre au beau milieu de notre négociation.

« J'ai juste besoin de vingt secondes, une demi-minute. Avec la dame. Alors, vous avez un truc pour filmer, ou pas ?

— T'es qui, toi ? me fait le costaud.

— Pourquoi tu me tutoies ? On se connaît ? J'ai pas l'impression. »

Là-dessus, il a l'air d'être d'accord.

« OK, dans une heure, sur le parking de la salle de jeu, là-devant. Cinq cents euros de plus et on ne s'est jamais vus. Alors, vous avez une putain de caméra sur vos trucs, oui ou non ? »

Pablo Escobar me montre une espèce d'imitation de l'iPhone. L'autre est moins convaincu, mais c'est décidé.

« Vous êtes deux, vous l'occupez, et vous pourrez y arriver, je les encourage. Et pas la peine de prendre vos jolis minois, ils ne m'intéressent pas. »

Bien sûr, j'ai garé la Duetto sur le côté opposé de l'ancienne usine de chaussures reconvertie en centre de jeu. Les deux couillons sont en retard, et j'ai épuisé mon répertoire d'attitudes désinvoltes du mec qui se balade tout seul, la nuit, dans un parking.

Quand j'entends s'approcher un *tic tic* de pas rapides, je pense seulement à m'éloigner, en faisant semblant de chercher ma voiture. Sur le parking, juste le reflet des néons rouges avec cette inscription : « Don Giovanni ». Et des néons verts qui annoncent : « Samedi, soirée latino ».

Quand la silhouette en manteau s'arrête devant moi, je ne la reconnais pas.

Je n'avais pas envisagé l'éventualité que les deux couillons puissent être aussi couillons. Ou aussi malins. Au point où j'en suis, peu importe.

Ma belle-sœur non plus ne me reconnaît pas tout de suite. Obscurité mise à part, dix ans ne passent pas en vain. Ma barbe cendrée et mes cheveux sur mon front font le reste. Mais même lorsqu'elle a compris qui je suis, elle se garde bien de prononcer mon nom. Elle le garde entre ses dents, comme une bouchée impossible à recracher.

En effet, durant tout son monologue, elle ne le prononcera pas une seule fois.

Elle me traitera toujours de sale chien, de chien galeux, de bâtard.

« Qu'est-ce que tu pensais obtenir, bâtard ? Qui est-ce que tu pensais détruire, une fois de plus ? Essaie seulement de t'approcher de chez nous et tu verras ! Mariano te tuera comme un chien galeux. Il te l'a juré ! Tu sais très bien qu'il le fera. »

Tu sais très bien qu'il le fera, tu sais très bien qu'il le fera. Elle me le répète en boucle.

« Je ne lui dirai rien, sois tranquille. Et tu sais pourquoi ? Parce que je ne veux pas que mon mari aille en prison pour avoir tué un chien comme toi. »

Bien sûr, au bout d'un moment, elle arrive à la conclusion que je vaux moins qu'un chien : les chiens sont des animaux pleins de bonté. Elle me hurle de rester à distance de leur famille. Elle ne me laisse pas ouvrir la bouche, même si, tout compte fait, je n'ai pas grand-chose à dire à cette hystérique. Je m'éloigne vers le parking de la salle de jeu, mais elle ne me lâche pas.

Je m'arrête brusquement, elle m'emboutit presque et je l'évite à temps. La seule pensée qu'elle se soit fait troncher par ces deux couillons me fait frissonner de dégoût.

Elle me demande pourquoi je ne me suis pas pendu, et comment un bâtard comme moi peut encore être vivant. Vu comment ça s'est passé ce soir, je dois au moins lui livrer ma déclaration de guerre.

« Pour Caterina. »

Elle me rit au nez. Elle ouvre en grand sa bouche soignée de salope et rit. De moi. Je me retourne et m'en vais. Je veux juste revenir devant mon ordinateur avant que Caterina pense que ce soir, son Heathcliff lui a posé un lapin.

Dans l'ancienne usine éclairée en vert-blanc-rouge, une valse romagnole résonne. Devant l'entrée de la salle de jeu s'est formée une assez longue file d'orphelins des soirées loto maison avec les grains de maïs.

À la sortie du parking, je dois piler. Ma belle-sœur a pété les plombs : elle m'a attendu, a reconnu la voiture et s'est plantée devant moi, dans le cône de lumière de mes phares. Je suis terrorisé à l'idée qu'elle donne des coups de pied dans la carrosserie, mais elle s'agrippe avec ses ongles à la vitre que je n'arrive pas à remonter à temps.

« Ton mari n'aimerait pas savoir tout ça, lui fais-je remarquer.

— Qu'est-ce que tu sais de nous ? De ce qu'on a traversé ?

— Rien.

— Ta fille, si ça ne tenait qu'à moi, je te la réexpédierais tout de suite. Ça fait dix ans qu'il n'y en a que pour elle, chez nous, dix ans que mon mari ne pense qu'à cette petite conne gâtée, et me rend responsable de ce qu'elle est devenue. Grosse, stupide et méchante. Mais qu'est-ce que ça peut me foutre ! C'est pas ma fille ! C'est *ta* fille. Tel père, telle fille. Vous avez du poison dans le sang, vous, les Guerri. Vous êtes maudits. Tout ce que vous touchez, vous le détruisez. »

Elle répète « maudits » un certain nombre de fois, me balance que j'ai détruit sa vie et son mariage. Je me dis qu'elle exagère un peu, mais elle ne me laisse pas le temps de faire objection.

« Pourquoi tu crois que je viens ici, hein ? Pourquoi tu crois que Mariano n'ose plus me toucher ? »

Elle me le hurle comme si je le savais.

« À cause de ce que tu as fait, bâtard. Tu me l'as détruit, mon Mariano. Tu nous as tous détruits ! Deux familles, que tu as détruites, salaud.

— Bonne nuit, Vanna », lui dis-je.

Mais elle insiste, elle crie encore qu'elle réexpédierait Caterina chez moi à coups de pied au cul. Je lui dis qu'il n'y a pas de problème, que je suis son père.

« Et avec quel argent tu l'élèverais, clochard ? Et où tu la ferais vivre ? Dans ta putain de voiture ? »

Je ne crois pas devoir daigner lui répondre.

« Et puis, tu veux que je te dise un truc ? Caterina ne se souvient même plus que tu existes. »

Vanna me rit encore une fois au nez, je vois sa salive éclabousser la fenêtre. Horreur. Elle m'apprend que Caterina a jeté tout ce qui se rapportait à moi, m'a viré de toutes les photos de famille. Elle me vomit dessus que je suis moins qu'un mort, parce que les morts, au moins, on s'en souvient et on les pleure. Moi, non. Personne ne parle plus de moi. Je n'existe plus, je n'ai même jamais existé, me hurle-t-elle.

Je passe la première et la laisse sous les regards d'un petit groupe de badauds. De la boîte me parvient l'écho de la chanteuse, qui répète le refrain final.

Sei la mia / Simpatia. [Tu es ma / Sympathie.]

Je remonte la vitre.

29

Tu as acheté douze roses rouges. Tu sais bien qu'elles devraient toujours être en nombre impair, mais tu n'y peux rien : Elisa et toi, vous êtes ensemble depuis douze ans. Tu as aussi acheté de la glace et des gâteaux à la pâte d'amande, mais la grande surprise, tu la réserves pour le finale du dîner, dans une enveloppe blanche anonyme : un dépliant patiné aux couleurs éclatantes comme si Dieu l'avait imprimé en personne.

Sur le comptoir du fleuriste, tu as écris à la volée ces simples mots : « Pardonne-moi, je t'aime. » Tu ne penses pas devoir ajouter autre chose. Tu as déjà demandé pardon à ta femme mille fois, mais tu sais que coucher ses excuses sur le papier signifie avoir le courage de reconnaître sa propre erreur.

Tu gares la Duetto dans ton box, au numéro 5, en manœuvrant automatiquement, sans regarder. Tu es chez toi, l'odeur des tilleuls te rappelle que le printemps sera inévitable. Les jours rallongent, et ce soir tu rentres avant huit heures. Dans toute la résidence, on remarque le passage du jardinier. Heureusement, avec ce qu'il coûte.

Demain, c'est samedi, tu monteras enfin les nouveaux rétroviseurs. Ils sont là, sur la table du garage, dans leur emballage encore intact. Les rétroviseurs en rectangles évasés que tu as montés ne sont pas ceux avec lesquels ton arrière tronqué adoré est sorti de l'usine à l'époque. Quand ils verront les rétroviseurs ronds, les inspecteurs du registre des voitures d'époque te féliciteront.

Tout sera à sa place.

Ce soir, toi, Furio Guerri, chef des ventes des Industries graphiques Aggradi, tu es le mari que toutes les femmes voudraient, le père dont toutes les filles rêvent.

Elisa a un bandage au poignet et quand elle lève le bras, tu surprends une grimace sur son visage.

« Ça te fait encore mal ? »

Ta femme copie en silence l'une des rares expressions de timidité de ta fille, et tu l'embrasses.

Ce soir, tu es le mari que toutes les femmes voudraient, et, tout en arrangeant les roses dans un vase, Elisa ne demande qu'à pouvoir tout oublier. Comme toi.

Au fond, peu de gens ont assisté à votre dispute, du moins personne qui vous connaisse et puisse jaser. Parce que tu sais bien que c'est ça, la véritable préoccupation de ta femme. Éviter la honte, ne rien laisser filtrer hors de vos murs achetés sur plan. Pour le meilleur et pour le pire, défendre votre intimité, et le nom des Domini.

Quand Elisa se lève pour débarrasser, Caterina va soigneusement déposer son verre et son assiette dans l'évier, puis elle prend la réservation pour Disneyland Paris et l'étudie à nouveau de fond en comble, bouche entrouverte, comme devant un miracle. Elle ne peut pas savoir que le vrai miracle a été d'arracher une semaine de vacances aux Aggradi.

« C'est quand, le 20 mai, papinou ?

— Après les élections, comme ça maman sera libre », soulignes-tu. Puis tu détaches le calendrier du mur et tu te mets à compter avec elle. Tu guides sa petite main jusqu'à la date magique.

« On va à Paris ! » hurle ta fille en faisant décoller avec sa main le premier avion dans lequel elle montera de sa vie. Puis elle prend le prospectus de l'agence de voyages et se met à lire méticuleusement tout ce qui est écrit sur la couverture.

« *Paris romantique*... Papinou, ça veut dire quoi, "romantique" ? Une fois, maman m'a dit que moi aussi je suis "romantique". »

Elisa dépose un plateau dans l'égouttoir et se retourne. Elle sourit, surprise, et reste les bras en l'air, un bol entre les gants rouges.

« Ça veut dire que Paris est magnifique. Et même plus, magique… lui réponds-tu.

— Magique ? Et quelle magie ? »

Tu embrasses Caterina et lui murmures quelque chose à l'oreille. Elle pépie de joie à l'idée d'être complice d'un secret avec toi.

« Je n'aime pas trop ces messes basses, fait ta femme. Moi aussi, je veux connaître votre secret.

— On lui dit, papinou ? te demande Caterina.

— D'accord, on lui dit.

— Eh ben, les mamans et les papas ils font des magies et puis après, les petits frères arrivent ! »

Le bol glisse des mains d'Elisa et tombe sur les verres à rincer. Caterina porte ses mains à ses oreilles puis court à l'évier pour voir ce qui s'est passé.

« Ne touche à rien », lui dit Elisa. Elle arrache les gants de ses mains comme une vieille peau, les abandonne dans la mousse sale, puis sort de la cuisine en faisant le tour de la table de façon à t'éviter.

Tu as très bien compris qu'elle va pleurer. Mais ta femme monte si rapidement que tu pourras raisonnablement soutenir que tu ne t'en es pas rendu compte.

Dans cinq minutes, tu monteras et lui diras que tu ne comprends pas, et que de toute façon, tu ne voulais pas. Tu lui demanderas ce qu'il y a de si bouleversant à vouloir un autre enfant. Enfin, tu lui diras que tu la trouves toujours fatiguée et nerveuse. D'ailleurs, travailler est stressant, quand on n'y est pas habitué.

Mais ça ne se passe pas comme ça. Tu montes et tu la trouves en train de ranger la petite chambre de Caterina comme si de rien n'était. Tu es sur le point de lui dire en un seul mot toute ta stupeur, mais elle te devance. Elle te regarde, expédie d'un coup de pied une boîte de jeux sous le lit, et te dit : « Maintenant je comprends toutes ces simagrées. Arriver à me monter contre la petite pour la ranger de ton côté... Je ne te reconnais plus. Comment peux-tu être aussi malsain, Furio ? »

Malsain. C'est comme si une autre se trouvait à la place de ta femme. Comme dans ces films où les extraterrestres infestent la Terre de sosies. D'ailleurs, ce n'est pas vraiment ta femme que tu pousses contre le mur. Ce n'est pas ta femme que tu saisis par les cheveux, de tes deux mains. Ce n'est pas à elle que tu ordonnes de ne pas pleurer et de ne pas faire de bruit pour que la petite n'entende pas, mais d'avoir honte et c'est tout.

Avoir honte et c'est tout.

« Tu devrais avoir honte. C'est tout. »

Te traiter de malsain, toi, après les roses, le petit mot et Paris. Après avoir tout fait pour être le mari que toutes les femmes voudraient. Tu le répètes de plus en plus doucement, pour que la petite n'entende pas.

Tu le murmures, comme si c'était plus une malédiction qu'une menace.

La première fois que ta femme t'adresse à nouveau la parole, une semaine de travail a déjà recommencé, et le lundi est entièrement passé. Elle t'annonce qu'en fait, elle a décidé d'accompagner Romina à une réunion.

« À cette heure-ci ? Ne rentre pas à deux heures, au moins.

— Après-demain. Et c'est à Rome, Furio. »

Sur le coup, tu ne comprends pas vraiment. Sincèrement.

En fait, ça signifie qu'elle y va, un point c'est tout ? Ou bien est-elle en train de te demander ton avis ?

Les explications de ta femme sont, comme toujours, opaques. En fait, elle a pensé que pour mieux organiser la campagne électorale, elle aurait besoin de comprendre, d'étudier un peu les directives, de voir comment ils travaillent à Rome. Il y aura des réunions, elles partiront trois ou quatre jours maximum.

« Carrément. Et Caterina ? » Tu entres tout de suite dans le vif du sujet.

Tu surveilles la petite de loin. Elle est dans le salon, face au défi final entre Chevaliers d'or et Chevaliers noirs, mais malgré les *swooossh*, les *sbraaaaaang* et les *explosions galactiques !*, elle pourrait vous entendre.

Elisa te rassure, tu peux t'organiser avec les grands-parents. Elle les a déjà contactés.

« Ils sont déjà au courant ? Alors c'est que tu as décidé.

— J'ai juste pensé à m'organiser pour ne pas te créer de problèmes. *Je suis désolée.*

— Tu te venges de l'autre soir, j'ai compris. »

Elisa nie tout de suite, se rétracter est bien son style. Elle le fait juste pour te contredire, voilà tout. Parce que ensuite, elle s'enfonce dans un autre de ses discours tordus. Partir quelques jours, *en fait*, ça permettrait *juste* de prendre du recul, ça lui ferait du bien.

« Prendre du recul sur quoi ? Sur ta famille ? Tu n'es pas en prison, tout de même. Tu veux aller à Paris ? On va à Paris. Tu veux travailler ? Tu travailles. Je te donne un million de lires par mois pour t'occuper de la maison. Qu'est-ce qui te manque ? Une femme de ménage ?

— Je pense que ça nous fera du bien à tous les deux. Dernièrement… »

Tu l'empêches de continuer. Alors c'est toi, Furio, la cause de tout ça. Elle a fini par cracher le morceau, après tous ces détours, les mensonges sur son prétendu travail, sur la campagne électorale de son amie.

« Moi ? Je ne t'ai jamais menti, dit-elle.

— Et quand tu allais danser le tango à Pise, tu l'as déjà oublié ? »

Elle reste muette. C'est le signe que la reddition est proche, alors tu enfonces le clou. Pourquoi, chaque fois, tous ces détours, cette manière de ne pas dire les choses, ces *en fait*, ces *aurais* ?

Tu n'es pas insensible au point de ne pas reconnaître dans les yeux de ta femme quelque chose de nouveau. Ce n'est pas la douce résignation de quelqu'un qui a tort, comme toutes les autres fois.

Tu n'es pas stupide au point de ne pas nommer la chose par son nom : la peur. Elisa a peur.

« Pourquoi c'est devenu la guerre pour tout, avec toi ? » te demande-t-elle, mais sans espérer réellement de réponse.

« C'est toi, Elisa. C'est toi qui n'es plus contente de rien. C'est moi qui ne te reconnais plus. »

Alors tu lèves les bras, tu bats en retraite. Ta femme a été étonnamment habile. Elle a déjà annoncé le topo à toute sa famille. À ce point, tu ne pourrais que passer pour le geôlier. Mais tu ne te rends pas, que ce soit clair, c'est juste un retrait stratégique. Qu'elle croie donc avoir marqué un point.

« Très bien, lui réponds-tu. Comme tu voudras. »

La maison change d'odeur, sans Elisa. La lumière change. Est-ce parce que chaque être humain laisse instinctivement les stores à une hauteur personnelle, unique ? Les génériques des programmes télé changent, d'ailleurs tu ne l'allumes que pour délayer le silence. Même le tic-tac de l'horloge dans la cuisine change.

Mais tu n'as pas souscrit un crédit sur trente ans pour rester dans ce pavillon tout seul. Elisa ne peut pas te décharger tout le poids d'une famille des épaules.

La première nuit, tu te réveilles à quatre heures et tu vas dans le garage. Tu te consacres aux chromes de ta Duetto.

La deuxième nuit, tu autorises Caterina à dormir avec toi dans le grand lit. À sept heures quinze, aucun de vous deux n'entend le réveil. Elle arrive à l'école pour la deuxième heure de cours, tu restes bloqué sur la voie rapide et tu arrives à Florence avec deux heures de retard. La date de remise du catalogue glisse dangereusement d'un jour. À la boîte, ils n'apprécient pas, le vernissage est trop proche.

La troisième nuit, tu n'arrives pas à dormir, tu te dis que ça y est, tu as cédé, tu as permis à Elisa de quitter la maison. Rien ne sera plus comme avant. La statue de la déesse est sortie du temple en marchant sur ses propres jambes.

À cinq heures du matin, tu descends à la cave, qui est restée, au bout de huit ans, à la fois un abri d'hiver pour le pavillon de jardin, un bureau et une remise à menus souvenirs. À la lumière d'un abat-jour rose en forme de coquillage – horrible cadeau de ta belle-sœur –, les murs sont comme des feuilles blanches. Tu peaufines pour la énième fois l'offre que tu présenteras à la BDX, à Paris. Tu as demandé et obtenu un entretien avec le directeur général. Tu n'auras pas plus de dix minutes pour le convaincre d'imprimer chez vous les albums pour le marché italien. Tu imagines déjà combien il sera insupportablement français et combien sera adorable cette Chantal Chevalier qui lui sert de secrétaire. Mais aussitôt après, tu te vois devant les deux Aggradi qui te convoquent en juillet dans la mezzanine pour t'annoncer que l'objectif du deuxième semestre doit être revu. Il faut relever la barre, Guerri. Il faut faire du chiffre, Guerri.

Dans l'ensemble, tu t'organises. Tu éprouves l'ivresse d'une tournée de courses au supermarché avec ta fille qui te télécommande depuis le siège du caddie, tu découvres le fonctionnement d'appareils électroménagers différents du four à micro-ondes. Tu conclus que ta femme n'utilise pas au mieux la machine à laver. Tu ranges les factures, tu trouves quelques vieilles amendes gangrenées d'intérêts et de pénalités. Tu dégivres le frigo.

Ta fille continue de ruminer, te demande pourquoi maman s'est mise à travailler elle aussi. Signe qu'elle n'est pas tranquille.

« Maman ne travaille pas. Elle tient juste un peu compagnie à Romina. »

Les Éditions Contexte ont commencé à séduire les premiers auteurs avec un chèque pour leur mettre l'eau à la bouche. Tes deux jeunes collaborateurs ne font pas encore la différence entre la police Bodoni et la simple Helvetica. Bientôt, ta femme va commencer à te manquer.

Alors, tu n'appelles pas Elisa une seule fois. Et quand elle appelle, tu lui passes tout de suite Caterina.

En revanche, un soir, tu appelles Maria Carla, la jeune diplômée.

30

L'idée de départ était de jeter la carte SIM avec laquelle j'ai appelé Laura. Mais je l'ai finalement glissée dans un vieux portable, l'un des premiers à clapet, acheté en même temps que mon premier GPS. J'ai décidé de donner signe de vie avec un message, pour garder la bonne distance.

Et aujourd'hui, Laura m'a déjà appelé deux fois. Alors je me dis qu'il vaut mieux que je la rappelle.

« J'étais chez un client récalcitrant, lui dis-je en guise d'excuse.

— Écoute, il s'est passé un truc super... il faut que je te raconte ! démarre-t-elle au quart de tour. Un miracle !

— Mon Dieu, tu es tombée enceinte malgré la pilule, lui-dis-je pour faire le mec sympa.

— T'inquiète pas, je n'en suis pas au point d'arnaquer le premier venu pour quelques milliards de spermatozoïdes. »

Elle ne me laisse pas le temps d'être vexé. Elle me raconte qu'hier, un groupe d'élèves avait préparé un travail sur *Twilight*, la saga de vampires qui cartonne chez les ados. Évidemment, Caterina a aussitôt mis en œuvre ce que Laura appelle une « stratégie typique de contradiction ».

Caterina n'aime pas ces vampires mielleux. Selon elle, Robert Pattinson est une chochotte qui se fait sucer. « Qui se fait sucer ? Sûrement pas par toi », lui a répliqué d'un ton venimeux l'une de ses camarades.

Là, ma fille a failli être renvoyée, ayant fait remarquer avec une certaine dérision que sa camarade était la seule qui payait des recharges pour faire des pipes.

Je ris de bon cœur.

« Ça t'amuse ? me reproche Laura, d'un ton sérieux. Tu n'as pas l'impression que ces pauvres crétines surévaluent *un peu trop* les recharges téléphoniques ? »

Je me déclare d'accord, elle rit aussi, on dérive sur quelques blagues de comptoir, qui auraient bien plu au grand Edo Magnani. Sauf que Laura est une femme, et qu'elle est la seule à s'occuper vraiment de ma fille.

Elle me raconte qu'à un moment, Bella, l'héroïne de *Twilight*, parle d'un personnage nommé Heathcliff. La prof a demandé si quelqu'un savait qui c'était. Dans le silence général, Caterina s'est levée et s'est mise à parler des *Hauts de Hurlevent*. Elle l'avait même dans son sac, elle l'avait emprunté à la bibliothèque.

« Je te jure que ça m'a scotchée. Tu l'aurais entendue, cette gamine ! Qui l'aurait cru ? Elle a dit qu'Heathcliff est un mec génial, un enfant adopté qui compte pour des prunes, qui s'en prend tout le temps plein la gueule mais qu'il réagit, qu'il se relève et en met plein la gueule aux autres, jusqu'à devenir le grand patron. »

Je lui dis que je n'y crois pas, mais en même temps je serre deux doigts en haut de mon nez, entre les yeux.

« Elle a raconté qu'Heathcliff veut être enterré à côté de sa Catherine avec le cercueil ouvert d'un côté, pour la rejoindre même dans la mort. Je te raconte pas comment ils la regardaient dans la classe. Mais elle a répondu brutalement qu'il l'aime, y a pas à chier.

— Qu'il l'aime, y a pas à chier, répété-je.

— Elle a vraiment dit ça. »

Je renifle. « Elle est forte, hein ?

— La prof de lettres en était baba. Elle me regardait, mais en vérité je n'y suis pour rien. Je ne sais pas comment… »

Tu assures, Caterina. Relève-toi et mets-en plein la gueule à tout le monde.

« C'est peut-être juste parce que l'héroïne s'appelle comme elle », je risque.

D'après elle, c'est lié à tout ce que la petite a traversé. Je ne demande rien, Laura change de sujet. Elle dit qu'elle ne se souvenait pas de scènes aussi macabres dans *Les Hauts de Hurlevent*.

« Si, si, je te garantis.

— Ah bon ? Je l'ai lu quand j'étais petite.

— Et moi, récemment.

— Désolée, mais j'avais envie de raconter ça à quelqu'un.

— Tu as très bien fait. Je suis content. Pour toi et pour Caterina. »

Ma voix se brise en prononçant le nom de ma fille. Le saphir sur un disque qui arrête de tourner. Laura n'est pas du tout stupide et a dû s'en rendre compte, même si nous sommes au téléphone.

« Je n'avais jamais autant parlé de mon travail, tu sais ? Au premier rendez-vous, par exemple, je ne dis jamais quel job je fais.

— Et au deuxième ?

— Je le dis et on me regarde comme si j'étais une espèce d'aide-soignante. En général, on n'arrive pas à la troisième.

— En effet, dis-je.

— Mais toi, non, dit-elle. Tu as tout de suite compris à quel point c'est dur de gérer une fille comme Caterina.

— Je crois que oui.

— Et maintenant, je sens que tu es heureux comme moi. »

Ma fille ne fait pas allusion à son exploit en classe. Caterina veut en savoir plus sur moi, savoir ce que je fais, où j'habite.

Je lui raconte que ces dernières années, j'ai travaillé dans une entreprise agricole. Très chouette, très intéressant. Mais dur, aussi. Maintenant, je donne un coup de main à mi-temps dans une résidence touristique de luxe, mais j'en ai déjà marre et je suis en train d'envisager un voyage pour l'été. Un vagabondage relaxant : train, auto-stop, vélo, bateau. Puis, à l'automne, je me trouverai un nouveau job. Je ne veux pas faire la même chose toute ma vie.

Shina : T super.

Je lui réponds avec une dizaine d'émoticônes qui sourient. Elle ne mérite pas moins, je crois.

Shina : et tu vas où ?

Heathcliff : devine.

Shina : jsais pas.

Heathcliff : Yorkshire.

Shina : NOOOOOOOOOOON !!! Les Hauts de Hurlevent !!! GENIAAAAAL !!! Je veux venir avec toi !

Heathcliff : tu l'as lu ?

Shina : en 1 semaine !!! G fé ke ça, j'ai meme zappé l'exam de maths... héhéhé je men fous, cété trop bien !!! la bruyère !!! ce serait le rêve !!! on part kan ?

Heathcliff : tu parles sérieusement ?

Shina : JE VEUX VENIIIIIIR...

Heathcliff : mais tu me connais même pas, tu ne sais même pas à quoi je ressemble.

Shina : je m'en fous ! C + bô comme ça... l'aventuuure !!!

Heathcliff : je pourrais être n'importe qui, un monstre.

Shina : je men tape !!!! Tu fé koi ? tu me violes et tu me tues ??? OK, mais fais-moi disparaître, pour que les 2 autres cons me retrouvent pas.

Heathcliff : tu rigoles ou quoi ?

Shina : je rigole pas !!! je deviendrai célèbre, tout le monde parlera de moi à la télé... les 2 cons, désespérés... sa leur apprendra... mon dieu keskon a fait, elle est où, reviens, reviens... héhéhé... ce serait tellement génial...

Je n'aime pas du tout la tournure que ça prend ce soir, mais Caterina est intarissable. Elle dit qu'elle n'en a rien à foutre de vivre comme elle vit, qu'elle voudrait mourir et disparaître, et qu'ils aillent tous se faire foutre. Je lui dis qu'on ne peut pas mourir pour envoyer chier deux cons.

Shina : pas ke les 2 cons… tout le monde !!! les pétasses de ma classe, les profs…

Heathcliff : et puis je suis désolé pour toi, mais je ne suis pas un serial killer.

Shina : PARFAIIIT !!! comme ça tu prendras pas + de 10 ans, t'inkiet, on né pas aux states, on va pas te choper… à 30 ans tu sortiras, libre… et puis t'écriras peut-être 1 livre… sur moi aussi… et tu te fera un max de blé héhéhé.

Heathcliff : pourquoi j'écrirais un livre, si tu peux pas le lire ?

Cette fois, Caterina ne répond pas tout de suite. Elle a l'air d'avoir épuisé toute son effronterie. Heureusement, je me dis, parce que je commençais à ne plus les supporter, ces discours à la con.

Shina : hahaha tu vois… ça se voit ke T doux… T trop chou… j'ai confiance… tu fera de mal à personne.

Autour de moi tout se brouille, les murs, les meubles, l'air que je respire. La réalité devient visqueuse, elle pénètre mon nez, ma bouche, mes poumons. Je n'arrive plus à distinguer les lettres sur l'écran et sur le clavier.

Shina : je sens ke T sincère, T comme moi… tu sais quand Cathy elle dit… je suis heathcliff… tu comprends ??? pareil… toi, T comme moi !!!!!

Je me lève en me tenant à la table, je me remets à respirer normalement, je pleure comme une gouttière trouée. Ma fille, de son côté, insiste.

Shina : je veux venir avec toi !!! mais komen je fais avec les 2 cons ?

J'essaie de taper quelque chose sur le clavier, mais on dirait que les touches glissent sous mes doigts. Je tape à côté des touches, je réécris dix fois, et j'écris enfin :

Heathcliff : je crois qu'il y a un moyen.

Maintenant je m'arrête, je n'écris plus rien, j'attends que ce soit le tour de Caterina. Elle m'envoie une série de points d'interrogation, alors je réponds et lui présente mon idée. Je lui explique que ce n'est pas du tout impossible, au contraire.

Heathcliff : Mais tu devras te battre un peu.

Shina : tout ce ke tu voudras tant ke je viens avec toi !!!

31

Tantôt une convention régionale à Florence.

Tantôt une réunion qui s'est terminée à deux heures du matin.

Tantôt un dîner du collège électoral dans un village perdu.

Ta femme doit être chaque fois aux côtés de Romina, bien sûr. Pour quoi faire, ça, ce n'est pas très clair. Juste une question d'image.

Ça dure presque tout le mois d'avril.

Le soir du 20, ta femme rentre à la maison après trois jours passés à assister Romina à la coordination nationale. Elle entre avec sa valise rose à roulettes, un sac en toile noir gonflé de documents, un sachet de produits bio de l'agritourisme La Volpaia.

Vous vous effleurez les lèvres, elle te demande comment ça va, tu te limites à un bref résumé. Beaucoup de travail, un peu de ménage à la maison, un passage de cire anti-éraflure sur ta Duetto.

Elisa remarque avec suspicion la bouteille de whisky sur la table basse. Tu sais très bien à quoi elle pense. Et tu veux qu'elle le pense. Reste à voir si elle va le dire. Mais d'abord, elle prend des nouvelles de Caterina.

« Un ange », dis-tu, certain qu'elle préférerait t'entendre dire le contraire, par fierté.

Tu lui racontes qu'entre autres, tu en as *profité* pour faire rencontrer à Caterina une fille qui sera parfaite comme baby-sitter, à présent qu'elle a pris son nouveau travail tellement au sérieux. Tout en lui racontant, tu ranges la bouteille de whisky dans le bar mobile.

« Elle s'appelle Maria Carla, elle travaille chez un de mes clients. Elle nous fait un forfait à l'heure, un vrai prix d' amie. En plus, Caterina l'a tout de suite adorée. »

Ta femme a posé son sac en toile mais ne s'assied pas, elle regarde autour d'elle comme si elle devait se réhabituer à l'atmosphère. Elle étire ses bras en croisant les doigts. Elle a l'air nerveuse.

« Qu'est-ce que tu fais ? Tu n'enlèves pas ta veste ? » lui demandes-tu.

Mais ta femme tremble comme si elle avait froid. Tu vérifies le thermostat de l'entrée : 20,6 degrés. La température idéale. Tu te laisses aller sur le divan, les bras le long du dossier.

« Alors, raconte-moi. Ça se passe comment, cette campagne électorale ? Elle s'en sort, ton amie Romina ?

— Espérons-le.

— Très bien, une amie députée, ça peut toujours servir.

— Tout comme une copine baby-sitter. »

Ta femme fait semblant d'observer distraitement le verre sur le téléviseur. Tu n'es pas idiot au point d'en laisser un avec des empreintes de rouge à lèvres.

« Écoute, elle est très chouette, et puis elle est de langue maternelle anglaise.

— Et elle boit aussi, comme une Anglaise. »

Mais tu minimises, tu évoques quelques amis, une soirée après une pizzeria. Tu croises les jambes, bras toujours étendus. Tu es le portrait décontracté de l'innocence qui jouit du portrait du soupçon impuissant.

Du moins jusqu'à ce que le verre se brise en mille morceaux au pied de la table.

« C'est toi qui pars, et après tu m'accuses de me taper la première venue. Chez nous. Carrément.

— Donne-moi le numéro de cette baby-sitter.

— Ne sois pas ridicule.

— Tout de suite.

— J'ai bu un verre avec deux amis de la boîte. »

Elle jette les morceaux de verre dans la poubelle, dans laquelle tu n'as pas mis de sac en plastique. Elisa râle, donne un coup de pied dedans comme une gamine capricieuse, et les morceaux retombent par terre. Les mains sur le visage, elle te regarde. Aucune colère, aucune douleur dans les yeux d'Elisa. Juste du maquillage délavé.

« Des amis ? Quels amis ? Magnani, peut-être ? »

Tu essaies d'esquiver ce coup imprévu, mais Elisa te demande si tu te souviens des fleurs de courgette à la mousse de morue, à la fête. Putain de maudite fête d'entreprise.

Il y a quelques jours, Elisa a appelé la femme de Magnani pour lui demander la recette.

« Je ne savais pas ce qui s'était passé.

— Il a fait une connerie et il a donné sa démission.

— Oui, mais c'est toi qui...

— Moi quoi ?

— Je ne savais plus où me mettre. J'étais vraiment gênée, je ne savais pas quoi dire. »

Comment fais-tu pour ne pas hausser le ton ? Elisa, gênée à cause de toi ?

« Tu aurais préféré que ce soit toi, la femme d'un mec qui se tape des trans ?

— Toi, tu aimes les baby-sitters de langue maternelle anglaise.

— Au moins je ne suis pas une tantouze dégénérée.

— Voilà, tu avoues, tu vois bien que c'est vrai, que tu l'as baisée.

— Mais putain, Elisa, on n'est quand même pas à la maternelle ! »

Tu te calmes et lui expliques qu'elle devrait au moins écouter ta version de l'histoire, vu que tu es son mari.

« Je l'aurais écoutée avec plaisir. Si tu m'en avais parlé. Mais tu ne me racontes plus rien.

— Tu devrais me remercier de ne pas te prendre la tête avec mon boulot. Les merdes s'enchaînent les unes aux autres, tous les jours. Toi, tu passes deux coups de fil à ton amie et tu crois que tu travailles, pas vrai ? Tu fais la belle potiche et tu crois que c'est ça, *travailler.* »

Elisa ne comprend pas ce que tu veux dire.

« Qui veux-tu qu'elle emmène avec elle, ton amie Romina, ce thon de Teresa Crisci ? Ouvre les yeux !

— Connard.

— Ils veulent montrer qu'à gauche aussi, il y a des bombasses. Le voilà, ton *travail.* »

Aucune colère, aucune douleur dans les yeux d'Elisa. Juste du maquillage délavé et quelque chose que tu peux nommer précisément. De la commisération. Pour toi et le niveau misérable de votre dispute.

« Essaie de raisonner avec ton cerveau, s'il t'en reste un peu », insistes-tu. Mais ces mots, c'est comme une poignée de sable dans les yeux. Un expédient momentané pour masquer un nouveau retrait. « Je vais chercher Caterina. »

32

Je suis monté à huit gouttes puis je me suis consacré à la taille des eucalyptus, tâche déjà reportée d'un mois après l'échéance. Au bout d'une demi-heure, le bruit de la tronçonneuse a dû m'hypnotiser. Je n'ai pas encore compris comment elle m'a glissé des mains. Ce que j'ai compris, mais pas sur le coup, c'est qu'à deux centimètres près, je m'amputais un pied.

Je suis redescendu à quatre gouttes, puis à trois. Sur les dosages, maintenant, je n'en fais qu'à ma tête.

Mais cette nuit, ça a été terrifiant. Et maintenant, je me sens comme une merde.

Cette nuit a été la pire de toutes. J'étais sur l'île et on m'annonçait l'arrivée d'Elisa. J'étais fou de joie, je me rasais, je cherchais une chemise propre, puis je me mettais à regarder le petit port d'en haut, comme si je faisais une ronde.

Pendant ce temps, on me demandait d'en dire plus sur elle, je racontais qu'elle était ma femme et qu'elle était très belle. *Je vais partir avec Elisa*, répétais-je, et je me mettais à dire au revoir à mes camarades.

Puis Elisa arrivait, en robe de mariée, si blanche dans la nuit qu'elle semblait luire.

Elle marchait à pas solennels, comme si elle se dirigeait vers l'autel, mais elle n'arrivait pas de la petite rue qui monte du port. Je ne sais pas d'où elle arrivait. Elle apparaissait, voilà tout, en robe de mariée, des brins de muguet dans les cheveux. Elle en portait énormément. Trop.

Pourquoi tu t'es habillée comme ça ? lui demandais-je.

Tu vois comme elles poussent, les fleurs sur ma tête ? disait-elle.

À ce moment-là, je me rendais compte qu'ils nous entouraient tous. Tous les autres qui étaient avec moi sur l'île au profil de femme. Cinquante, soixante personnes, tous des hommes.

Ils nous encerclaient. Ils s'approchaient de ma femme. J'étais hors de moi, mais elle, très calme. Elle me souriait.

Allez-vous-en ! je criais. Elle disait : *Venez là, venez tous.* Elle leur souriait aussi.

Ils tendaient leurs mains vers elle. Vers les brins de muguet qui jaillissaient de ses boucles. Elisa les laissait faire sans s'y opposer. Et à chaque fleur qu'on détachait de ses cheveux comme si on les arrachait de la terre, elle se mordait les lèvres de plaisir.

Arrachez ma robe, maintenant, disait-elle à un moment.

Pauvre de moi. J'aurais pu au moins me réveiller avant.

« Encore une nuit comme ça et je me tue, ai-je dit au médecin quand j'ai enfin réussi à lui parler.

— Ne pensez pas à la nuit qui va arriver, m'a-t-il répondu. Pensez à la nuit que vous avez laissée derrière vous. »

33

Plusieurs jours de trêve passent. On dirait que, tout compte fait, ça peut continuer comme ça, chacun s'en tenant au minimum de gestes nécessaires et éprouvés, sans se faire de mal. Jusqu'à ce qu'un soir, après avoir couché Caterina, Elisa t'annonce qu'elle doit te parler.

Tu viens de finir d'avaler des restes de poulet rôti, de la salade en sachet et de la mozzarella caoutchouteuse. Tu as dîné en téléphonant pour dicter les dernières corrections du catalogue qui doit être imprimé dans la nuit. Tu as répété plusieurs fois : « Mais merde, vous comprenez rien. »

Elisa ouvre le tiroir à côté du téléviseur, où votre album de mariage a repris sa place après les vaines tentatives pour enlever les taches rouges du tissu de la couverture. Confiture de fraises ou sauce tomate, on n'a jamais su, mais ce qui était sûr, c'est qu'à force de le tripoter, les doigts de l'adorable Caterina finiraient par faire des dégâts.

De ce tiroir, elle sort aussi un petit livre avec une reliure à tranchefile, une couverture qui rappelle une boîte de biscuits et un petit ruban écarlate en guise de marque-page. Elisa l'ouvre à la page de titre.

« C'était dans tes affaires de travail.

— Tu fouilles dans mes affaires, maintenant. Bravo. »

Elle te lit la dédicace avec la voix incertaine d'une écolière à sa première récitation.

« *Ouvre franchement les paupières, et transforme les démons de tes yeux en anges confiants et innocents, libérés des doutes et des soupçons, mon Heathcliff, MC.* »

— C'est une citation. Tu n'y crois pas ? Vérifie. Au moins, ça te fera lire un livre.

— MC., c'est Maria Carla. Ce livre a été écrit par une Anglaise et cette baby-sitter est presque bilingue.

— Encore elle...

— C'est elle ou pas ?

— OK, elle m'a offert un livre. Et alors ?

— Alors tu invites à la maison une nana qui t'écrit une dédicace comme ça. Et tu me sors le prétexte de la baby-sitter.

— Quel besoin j'aurais eu de l'inventer ? Il aurait suffi que je me taise.

— Où est-ce que vous l'avez fait ? Dans la cuisine ? Sur la table du salon ? Par terre sur le tapis ? Allez, dis-le-moi !

— Tu devrais t'entendre. Tu es pathétique, Elisa.

— Écoute-moi, plutôt. Si tu veux te taper les baby-sitters, tu vas devoir t'installer ailleurs. »

Elisa a parlé comme la marionnette d'un ventriloque. Ce sont Romina et Teresa Crisci, la riche communiste et le thon jaloux, qui parlent à travers elle. Tu dégaines ton plus beau sourire de secours, mais tu commences à te sentir comme l'exorciste devant la possédée.

« Cette maison, c'est moi qui l'ai payée. C'est toi qui partiras, ma chérie.

— Ah oui ? C'est ce qu'on verra ». Elle a le dernier mot.

Le samedi après-midi, Elisa ne renonce jamais à sa séance chez l'esthéticienne. Ce samedi-là, le programme, c'est manucure, épilation et lampe trifaciale. Ce samedi-là, Mariano et Vanna ont emmené leur nièce Caterina au nouveau complexe de cinéma.

Tu as vraiment besoin de ce samedi-là pour régler certaines affaires urgentes tout seul.

Vers trois heures, tu prends l'agenda de ta femme, tu prends la en voiture et vingt minutes plus tard, te voilà dans les bureaux déserts de chez Aggradi. Tu le photocopies intégralement.

Dans une poche interne, presque invisible, tu trouves la carte de visite d'un avocat.

Tu rentres chez toi sous les nuages immobiles, dans la torpeur du samedi après-midi, tu recopies les coordonnées de l'avocat et reposes l'agenda exactement là où tu l'as trouvé. Tu choisis la voie du sang-froid et de la raison. Tu choisis de ne pas perdre ta lucidité, et tu te mets à chercher ce livre, *Les Hauts de Hurlevent*.

Tu ne le trouves pas et tu ne retrouves pas non plus toute la lucidité que tu pensais.

Tu t'assieds sur votre lit parfaitement refait, puis sur le canapé, puis dans la cuisine. Dehors, la lumière devient incolore et une pluie fine rend les fenêtres opaques. Un étrange silence te tombe dessus.

Elisa ouvre le portail au moment où tu vas déchirer l'enveloppe du coursier avec le tournevis. Tu dois t'imposer de les monter enfin, ces rétroviseurs ronds. Tu dois choisir la voie de la raison. Mais tu n'y arrives pas.

Tu sors du garage, tu te présentes devant ta femme et lui dis péniblement bonjour.

« Il est où, ce bouquin ? » lui demandes-tu.

Elle enlève son écharpe en futaine, te tourne le dos et disparaît dans la cuisine.

« Tu m'as entendu ? Je t'ai demandé *où est ce bouquin.*

— Je ne sais pas, c'est tes affaires. »

Elle se retourne enfin et te regarde. D'ailleurs ce n'est pas vraiment toi qu'elle regarde, mais plutôt le tournevis que tu tiens à la main. Elle serre les lèvres, s'éclaircit la voix. En vain. Son « Qu'est-ce qui te prend ? » sort comme un pépiement.

« Rien. J'étais dans le garage. »

Elle va enlever ses chaussures dans le débarras, et tu la suis.

« Qu'est-ce qu'il y a, tu veux qu'on se sépare ? »

Elle nie, mais ses seins sous son pull révèlent qu'elle a le souffle court.

« Tu ne peux pas, Elisa. Tu serais le scandale de la famille Domini. Ton frère, tes parents... De honte, ils n'oseraient plus se montrer. »

Pour sortir du débarras, elle t'effleure à peine.

« Ou bien, si leur Elisa est en jeu, alors ça peut se faire. Si la famille Domini a changé d'avis sur moi, alors OK, on peut divorcer. Mais c'est ma faute, bien sûr.

— Calme-toi, Furio. »

La phrase-clé qui vous fait hurler. Tu hurles qu'ils sont une famille de bigots hypocrites. Comment oses-tu, hurle-t-elle. Plus fort que toi. Si fort que dans ce cri rauque, tu ne reconnais pas la voix de ta femme.

« Vas-y, continue, comme ça tout le monde va t'entendre. »

De toute façon, personne n'entendra rien, continue-t-elle. Ceux d'à côté ont vendu, ceux d'en face viennent juste pour les week-ends. Tu as décidé de vivre ici, loin de tout. Toi, avec ton idée de ne pas acheter de maison habitée par d'autres avant vous.

« Tu as voulu une maison vierge, comme moi », te prend-elle en enfilade.

Ça ne ressemble pas à Elisa, d'être aussi sagace. Ça confirme juste que quelqu'un d'autre parle à travers sa voix.

Et elle n'a pas encore terminé. Elle t'en veut, et elle en veut à cet endroit perdu où on captait à peine deux chaînes, quand elle restait à la maison avec Caterina après sa naissance. Toute seule, toute la journée, il y avait de quoi se foutre en l'air. Elle t'en veut, à toi et à ta manie de vouloir un petit jardin, dont elle est pourtant la seule à s'occuper, de la place de parking occupée par cette putain de voiture d'époque qu'on ne peut même pas laisser dans la rue, dans une ville, ça non, c'est sûr, il lui faut un garage exprès. Même après la naissance de Caterina tu n'as pas voulu entendre raison et acheter une voiture décente, pratique, une *vraie* voiture. Même si pour glisser la poussette dans ce grille-pain de coffre tu devais la démonter chaque fois. Votre vie a été conditionnée par cette espèce de cafetière qu'elle n'a même pas le droit de conduire.

« Tu n'es pas normal, Furio.

— Quand on a fait la Côte d'Azur avec la Duetto, ça ne te dérangeait pas trop.

— Mais putain, t'as rien compris », te crie-t-elle presque au visage.

La voiture, c'est juste un exemple. De ta stratégie de terre brûlée mise en place pour l'isoler.

« Moi ?

— Toi. Depuis le début », t'accuse-t-elle, en pointant son doigt contre toi, son ongle parfait, rouge et brillant.

Cette connasse de Teresa Crisci. Qu'est-ce que tu aurais pu attendre d'autre d'elle.

Elisa l'a retrouvée dans le comité électoral de Romina, après dix ans sans se voir. Elles se sont un peu raconté leurs vies, et ont remis sur le tapis cette *fameuse* fête. Celle du bac chez les Domini. La fête désertée par toute la classe.

« C'est toi qui avais eu l'idée ! Toi ! Tu avais convaincu toute la classe de ne pas venir ! Quelle jolie plaisanterie ! "Qui sait comment elle va le prendre, cette cruche de Domini !" Voilà ce que tu avais dit ! »

Tu essaies de nier, mais cette pétasse de franciscaine de Crisci lui a fait rencontrer deux autres anciennes camarades de classe. Les versions, même à distance de plusieurs années, concordent : tu avais tout échafaudé mais toi, par contre, tu étais venu. Elisa ne te laisse que le choix de l'attaque.

Tu admets que c'est toi qui avais eu l'idée de cette plaisanterie. Tu n'aurais jamais pensé que toute la classe aurait suivi.

« Teresa Crisci t'a raconté aussi pourquoi tout le monde était d'accord ? Tu crois que j'ai eu du mal à les convaincre ? Pas une seconde, Elisa. Et tu sais pourquoi ?

— Vas-y, je t'écoute, te défie-t-elle.

— Parce que personne ne te supportait ! Parce qu'au conseil de classe, ton père voulait commander, parce que ta mère allait aux rendez-vous avec les profs couverte de bijoux. Parce que ton frère avait été le premier de la classe et que les profs n'en avaient encore que pour Mariano Domini. »

Tu lui laisses à peine le temps de murmurer un inutile « C'est pas vrai ».

« C'est très vrai ! Dommage que tu n'aies pas été à sa hauteur, ma pauvre Elisa. Tu aurais bien pu passer tous tes après-midi à bosser, tu n'aurais jamais eu les notes de Mariano. Jamais ! Parce que tu étais belle mais bête comme une oie ! Tout le monde le disait, dans ton dos, tout le monde ! Et elle, cette chère Teresa Crisci, la communiste, l'intellectuelle… Elle n'était pas la dernière à le dire, qu'est-ce que tu crois ! »

À présent, Elisa ne sait pas s'il est pire de te croire ou de te traiter de menteur.

« Et tu ne sais même pas à quel point il se faisait du souci, ton papounet ! Qu'est-ce qu'elle va bien pouvoir foutre, cette idiote que j'ai pour fille, il pensait. Elle va peut-être finir dans le monde de la mode, avec les pédés, les putes et les drogués. À moins que je la retrouve à trente ans sous antidépresseurs, enchaînant les psys. Quel déshonneur, quelle honte ! Être montré du doigt comme le père d'un super canon, lui qui n'aurait jamais fait construire une belle maison même s'il avait été milliardaire, par peur d'être envié ! Envié par les bigots, les médiocres et les fouineurs comme lui. Comme vous l'êtes tous !

— Tu devrais plutôt lui dire merci, à ma famille. Tu n'étais personne, pour m'épouser. Et pourtant… »

Elisa commet alors une erreur. Elle commet l'erreur de mettre ses mains autour du col de ta chemise. Alors, quand tu lui colles une gifle, elle n'arrive pas à se défendre. C'est pour ça que ta main la touche de plein fouet et que tu sens sa boucle d'oreille froide en métal sur tes doigts. Juste pour ça, tu te dis.

Parce que dès que son visage disparaît entre les boucles de ses cheveux, tu es convaincu que tu n'y es pas allé très fort, ni méchamment. Un geste d'agacement, c'est tout. Si seulement Elisa s'était protégée avec sa main, au lieu de t'attraper par ta chemise. Stupide Elisa, elle n'en loupe pas une.

Elisa pleure à chaudes larmes. Tu pourrais t'arrêter mais ce serait une erreur. La discussion doit être close, maintenant, et pour toujours.

Alors, tu t'assieds à la table de la salle à manger, celle à huit places, à laquelle vous aviez imaginé inviter à dîner des amis que vous n'avez jamais eus. Tu la forces à s'asseoir elle aussi, et tu lui mets sous les yeux les dossiers avec toutes les factures que tu as rangées. Y compris quelques relances qu'Elisa avait laissées au fond d'un tiroir et qui vont vous coûter des indemnités de retard. De l'argent jeté par les fenêtres.

Puis tu lui flanques sous le nez une pile de revues pour la maison, pour le bien-être, pour la femme moderne, pour le jardinage et pour les recettes faciles végétariennes. Vingt kilos de papier glacé pour qu'elle essaie d'atteindre la moyenne en tant qu'épouse. Vaine tentative, parce que la majeure partie sont encore sous Cellophane. Tu lui montres les vêtements et les jouets de Caterina jamais retirés de leurs boîtes. Caprices inutiles. Tu prends la VHS de *Quand Harry rencontre Sally*. Voilà des semaines qu'elle doit la rapporter, maintenant il va falloir payer le double de ce qu'elle aurait coûté à l'achat.

Ça devrait suffire. Elisa va te demander pardon, te dira que parfois, elle ne sait pas ce qu'elle veut. Elle ne l'a jamais su, voilà la vérité. Mais d'ailleurs tu es là pour ça, depuis toujours. Tu es avec elle pour qu'Elisa ne se perde pas.

« Mets au moins tout ça dans un sac, comme ça on le donnera aux pauvres. Je vais monter les rétroviseurs, putain, j'ai bien le droit de me détendre un peu. »

Non, ce n'est pas possible.

On t'a envoyé d'horribles rétroviseurs en plastique noirs. Ils se sont trompés de code produit et t'ont envoyé des rétros bons pour la quatrième série de la Duetto. *Pas* pour la tienne.

Tu ne peux pas monter ces rétros années 1980 sur une Duetto arrière tronqué 1970. Tu devrais ajouter quatre trous à la carrosserie, et ce serait un faux historique.

Dans trois jours, tu auras la visite des inspecteurs. Tu es foutu. Sans les rétros originaux, ronds, en alu, que tu avais pourtant *bien* mentionnés dans le bon de commande, tu n'auras pas la Plaque d'or des voitures d'époque. Après tous ces efforts, tout cet argent dépensé, que dalle. Foutu.

Tu plantes le tournevis dans la table sur le plan de travail en contreplaqué, tu balances par terre ces rétros noirs dégueulasses, et tu rentres chez toi à la recherche du sans-fil.

Tu trouves la table de la salle à manger dans l'état où tu l'avais laissée. Tu trouves ta femme debout devant la télé.

Et tu te convaincs vraiment qu'elles lui ont réellement fait perdre la tête, ces deux-là.

Elisa te regarde et sèche son nez avec un mouchoir en papier effiloché. Elle est en train de regarder *Quand Harry rencontre Sally.*

« On l'a vu au cinéma quand on n'était pas encore ensemble », dit-elle.

Tu lui fais remarquer que tu te souviens même du jour exact. Le 18 août. C'était l'été de la dernière année de lycée. Le dernier vrai été de la vie de n'importe qui. Cet été-là, votre maison n'avait pas encore été construite, Caterina n'existait pas. Vous aviez encore toute la vie devant vous et il semble impossible que ce soit déjà derrière vous.

Elisa serre les lèvres et essuie les larmes de ses yeux avant qu'elles ne coulent. La voir comme ça ranime une tendresse venue de loin, qui t'écrase le sternum.

« On s'était déjà donné notre premier baiser, dis-tu.

— Pour moi, c'est celui avec la langue qui compte, tu le sais très bien », fait-elle. C'est presque un reproche.

« Pense à tout ce qu'on a, maintenant, dis-tu. Est-ce que tu aurais pu l'imaginer, ce soir-là ? Et tu voudrais tout foutre en l'air, Elisa ? Pour une dédicace dans un livre ? Pour distribuer des tracts dans une campagne électorale ? »

Tu lui dis que vous êtes le couple parfait, que vous deux vous ne vous quitterez jamais, vous vous l'êtes même juré avant de vous marier. Qu'il n'y a jamais eu personne d'autre, ni de ton côté, ni du sien.

« Allez, on va ranger avant que Caterina rentre. »

Comme unique réponse à tout cela, Elisa fait avancer le film à vitesse rapide. Puis elle l'arrête à la fameuse scène du restaurant, quand Meg Ryan feint d'avoir un orgasme devant un Billy Crystal ébahi.

« Elle est forte, cette scène, dit-elle.

— Oui, très forte. Je m'en souviens.

— Moi aussi. Ça fait dix ans que je la répète, précise ta femme. Tout comme elle, pareil. Au moins deux ou trois fois par semaine.

— Elisa, tu es sûre que ça va ? lui demandes-tu. Tu as bu, tu as pris des cachets ? »

Elle va s'avachir sur le canapé et imite à la perfection le faux orgasme de Meg Ryan. Et elle se fout de toi, en primc. Tu ne t'en es jamais rendu compte, hein ? Elle se remet à gémir, elle te regarde, se met à rire. Elisa fait semblant de jouir mais, pour rire, elle rit vraiment. Puis elle ferme les yeux et écarte légérement les jambes.

Elle rit, mais c'est comme si elle pleurait sur elle-même.

Elle rit, et elle rit sûrement de toi.

Ta femme soupire, soulève son bassin, rit, soupire encore. Tu l'as laissée partir quelques jours dans le monde toute seule et voilà le résultat. Elle n'y est pas arrivée, elle s'est perdue, comme son père l'avait toujours su.

Lorsque Meg Ryan se rajuste comme si de rien n'était, avec un irrésistible petit sourire de fille sage, Elisa se lève aussi, éteint la télé et jette la télécommande par terre. Elle te regarde.

« Dix ans. Dix ans que je crois que c'est ma faute. Dix ans que je fais semblant, pour ne pas te décevoir. »

Elle monte à l'étage et te laisse planté là, dans le salon de la maison, seul et ridicule comme un homme qui se réveille tout nu au milieu d'un stade bondé.

« D'ailleurs, tu ne m'as jamais demandé si ça me plaisait », ajoute-t-elle, du haut de l'escalier.

À présent, toi aussi tu es en haut de l'escalier. Devant la porte de votre chambre.

La chambre est fermée à clé et aucune lumière ne filtre par la porte.

Tu demandes à ta femme de t'ouvrir, tu le lui demandes gentiment. Tu lui dis que tu veux juste parler, tranquillement.

Silence. Juste l'eau qui coule dans le lavabo de la salle de bains.

« Tu m'humilies en faisant ça, Elisa. Ouvre. »

Si Elisa se rince le visage, c'est que la boucle d'oreille a dû lui entailler la peau. Cette maudite pendeloque de lustre lui a laissé une marque.

« Ne fais pas de conneries, Elisa », dis-tu à la porte fermée, tout en pensant à l'entaille visible, aux questions que lui poseront Romina, Teresa Crisci, ses parents. Son frère.

« Ouvre », insistes-tu. Et, pour lui faire comprendre que c'est le dernier avertissement, tu tapes sur la porte. Tu tapes sur la porte, tu tapes sur la porte, tu tapes sur la porte.

Puis tu prends le tournevis et tu commences à démonter la serrure.

34

Laura me téléphone au moment où l'essorage de ma lessive se termine.

« Tu ne m'as pas demandé qu'on se voie deux jours après, tu ne m'as pas harcelée de coups de fil tous les jours. Mais tu n'as pas pris le maquis non plus. Tu m'as envoyé des messages mignons. Ou tu es un mec très mesuré, ou bien notre partie de jambes en l'air n'était pas terrible.

— Première option, lui dis-je.

— Alors, tu crois qu'on pourrait renouveler l'expérience ?

— Pourquoi pas. »

Je repense à sa manière de me dire : « Baise-moi. » Comme un ordre ou une prière, je n'ai pas bien compris. J'aimerais le réentendre, pour arriver à le comprendre.

Je me lève du siège bleu. Ma place est prise par une jeune Africaine très parfumée qui a chargé des sacs de linge sale sur une poussette pour jumeaux.

Laura me propose une soirée bio dans un bled qui s'appelle Santo-machin-truc, où on ne mange que des blettes « zéro kilomètre », de la bière non filtrée et des fromages au lait cru. Il y a une parade de drapeaux, des artistes de rue et une chorale dans une église déconsacrée. Une certaine idée de la Toscane... Je lui demande où c'est.

« Près de Donoratico, me dit-elle. On peut s'arrêter pour y dormir samedi soir. Il y a même des thermes, tout près. Ça te dit ? »

C'est bien ça, le problème. Ça me dit. C'est la première fois depuis des années que quelque chose éclaire l'horizon d'une soirée. Il n'empêche que je suis toujours un monstre. Disons que j'ai mes problèmes. L'argent, avant tout, que j'ai gaspillé avec les deux couillons de la boîte de nuit. Et la Duetto. Laura pourrait en toucher deux mots à un collègue du lycée, ou pire, à Caterina. Une simple allusion suffirait pour révéler qui je suis.

Si je peux arriver à la gare de Cascina vers six heures, me dit-elle, on partira avec sa voiture.

« Tout l'après-midi à l'école, m'explique-t-elle. Je reçois les parents.

— Bon courage.

— M'en parle pas. Tu devras être très gentil avec moi.

— Je ne demande pas mieux », la rassuré-je. J'ouvre le hublot de la machine à laver, renverse mon linge dans la corbeille, et je me dis que je n'ai pas de chemises neuves et correctes.

Heathcliff : Je t'ai envoyé mon numéro de téléphone… t'as vu ?

Shina : ok.

Heathcliff : et mon adresse mail ?

Shina : je l'ai.

Heathcliff : la responsable de l'école s'appelle Maria Carla, je la connais bien, elle est super, elle organise des vacances-études depuis des années.

Shina : ti é déjà allé ?

Heathcliff : oui, une fois.

Shina : les 2 cons vont péter un câble kan je leur demanderai.

Heathcliff : tu dois assurer d'ici la fin de l'année.

Shina : et comment ? il faudrait un miracle.

Heathcliff : je vais t'aider.

Shina : ta pas compris, C pas ça le problème, je men sors si je veux, je suis pas aussi conne ke ce kon pense.

Je le sais très bien. Je connais ma belle-sœur et mon beau-frère, et je connais bien aussi tout le reste de la clique. Des bureaucrates, des docteurs et des psys qui ont toujours un défaut à vous faire expier et vous trouvent une pathologie pour vous déculpabiliser. Puis vous banquez, vous obéissez et tout s'arrange.

Heathcliff : alors ?

Shina : cette conne m'a fait un rapport.

Je lance une salve de points d'interrogation, pour ne pas me trahir. Mais j'ai déjà compris.

Shina : la prof de soutien... à cauz de cette pétasse de jessica, kan on s'est disputé en classe.

Son père Furio Guerri lui dirait que casser une vitre, se faire une entaille de dix centimètres et menacer d'ouvrir la gorge d'une camarade, ce n'est pas exactement se disputer. Mais je suis Heathcliff, son complice. Je dois jouer mon rôle et d'ailleurs moi aussi j'en veux à Laura, vraiment.

Heathcliff : mais c'était pas tout arrangé ?

Shina : tu décones... les 2 autres cons lui ont parlé, mais elle, elle C vénère, cette communiste de merde... ça se voit kel est mal baisée.

Sur ce point, tu te trompes, Caterina. Disons que j'y ai travaillé. Et je dois admettre que ça a été la seule partie agréable de mon plan.

Heathcliff : et maintenant ?

Shina : sanction disciplinaire... et bye bye... recalée... les 2 cons m'envoient dans un putain d'internat.

Heathcliff : je vais trouver une solution.

Shina : yen a pas.

Heathcliff : aie confiance, je suis Heathcliff.

Je ne peux sûrement pas lui dire que je vais avoir l'occasion de bien travailler au corps sa prof. Mais en mon for intérieur, je sais que c'est juste pour cette raison que j'ai accepté l'invitation de Laura à Santo-machin-truc. J'attends une réponse, mais le tchat m'informe que Shina n'est plus en ligne. Un des deux cons, comme j'appelle d'ailleurs moi aussi ma belle-sœur et mon beau-frère, a dû faire irruption dans sa chambre.

Je prends un verre d'eau et j'y verse quatre gouttes, puis je sors prendre l'air. C'est une nuit étoilée, la première où je m'aperçois que l'hiver est vraiment parti.

Les minutes passent mais le signal à côté du nom de Shina reste gris.

Je ressors, le vent silencieux remue les frondaisons des grands cyprès, comme des colonies d'algues effleurées par les courants. La revoilà, la sensation de m'enfoncer dans un monde liquide. Je rentre, je bois un autre verre d'eau et me force à ne pas regarder la pendule. Ma fille n'a jamais interrompu la connexion comme ça. Ils ont dû la découvrir. Ils vont la priver d'ordinateur et passeront au peigne fin tous ses contacts. Merde.

C'est ma faute. C'est moi, avec ma mission ratée au Don Giovanni, qui ai éveillé les soupçons de ma belle-sœur. Elle était sincère quand elle m'a dit qu'elle ne raconterait rien à Mariano. Mais c'est justement pour ça qu'elle a dû redoubler de vigilance avec Caterina.

Sans regarder la pendule, je devine que plus de dix minutes ont dû passer.

Un bip électronique m'avertit qu'un utilisateur en ligne demande à tchater avec moi. L'espoir revient, mais il est bref : ce n'est pas Shina.

Le nouvel utilisateur a pour pseudo *Catherine Earnshaw.*

J'ouvre le tchat et le premier message qui m'arrive est :

Catherine : JE SUIS HEATHCLIFF !

Me revoilà en haut du monde, je me jette dans le fauteuil avec mon ordinateur.

Catherine : tu kif mon nvo pseudo ?

J'envoie à Catherine une rangée de cœurs. Ma fille me répond avec une enfilade d'émoticônes qui envoient des baisers.

35

À neuf heures et demie, Mariano Domini et Vanna ramènent ta fille chez toi.

Lorsque Caterina te voit sur le seuil, ta belle-sœur est obligée de lâcher sa main.

Ton beau-frère descend de sa voiture bleu métallisé, toujours étincelante, comme à peine sortie de chez le concessionnaire. Il porte un polo bleu à manches longues, un fil noir descend de ses oreilles. Ta belle-sœur est habillée de lin blanc et porte un sac à gros cœur rouge. Ils te demandent où est Elisa, tu réponds qu'elle est patraque, qu'elle se repose en haut. Tu embrasses Caterina.

« Qu'est-ce qu'ils t'ont emmenée voir, tata et tonton ?

— Un film de monstres.

— Qu'est-ce que tu t'es fait à la main ? te demande ta belle-sœur.

— Rien, je taillais la haie et je me suis coupé.

— Ne me dis pas que vous n'avez pas de jardinier, s'offusque-t-elle.

— Si, mais on ne le voit jamais... »

Tu prends ta fille dans tes bras, même si ta main bandée te lance.

« Un film de monstres ! Alors c'était un film d'horreur ? Tu as eu peur ?

— J'ai pas eu peur, ils étaient rigolos. »

Ton beau-frère se propose de jeter un œil sur ta blessure, si tu en as besoin. Tu lui réponds que ce n'est pas grave, que tu t'es déjà désinfecté. Tu demandes plutôt à ta fille pourquoi ils étaient rigolos, les monstres.

« Il y avait un gros monstre bleu poilu et un petit, vert avec un seul œil. Et puis ils étaient gentils.

— Impossible. Les monstres ne peuvent pas être gentils », et tu fais semblant de manger son oreille de baisers. « Miam miam, lui fais-tu ».

Maman dort. Tu ne peux pas aller la voir maintenant. »

Mais Caterina remarque le balai avec la serpillière appuyé contre la table du salon. Elle te demande pourquoi tu fais le ménage le soir. Tu brodes : c'est pour le jeu du restaurant.

« On dirait qu'il y a un dîner important, d'accord ? »

Ta fille hoche la tête.

« Maman dort parce qu'elle a beaucoup travaillé ?

— Oui », la rassures-tu. Tu glisses dans le magnéto le premier dessin animé que tu trouves, tu emportes balai et serpillière dans la plus petite des trois salles de bains dont est dotée votre pavillon.

« Mais tu disais qu'elle ne travaille pas vraiment », t'objecte ta fille, de derrière la porte, pendant que tu ouvres ton bandage et regardes les traces de dents d'Elisa : rouge vif entre pouce et index.

Tu laisses Caterina recouvrir de ketchup sa salade et ses toasts.

Tu te tapes le récit des monstres qui font peur aux enfants mais ne sont pas méchants.

« Ils font de la lumière électrique avec la peur, tu vois, t'explique ta fille avec une infinie patience. Du genre d'une usine, tu comprends, papinou ? »

Tu fais semblant de comprendre, tu fais semblant de manger quelque chose avec elle, mais toutes les deux ou trois minutes tu finis en apnée sous une vague de nausée. Tu poses devant elle une boîte de glace pas entamée et tu remontes à l'étage.

Dans votre chambre, où il fait presque noir, flotte une odeur acide et ferreuse. Elisa est couchée sur le côté. Encore habillée.

Le couvre-lit léger enveloppe ses épaules et sa poitrine. Tu lui tiens un verre pendant qu'elle se soulève à peine sur ses coudes pour boire.

« Viens, on va dans la salle de bains, lui dis-tu. Enlève ces vêtements, passe-toi un coup d'eau et reviens te coucher. »

Tu essaies de la soulever, tu la prends sous les aisselles mais elle se raidit et tousse. Tu retires ses chaussures, essaies d'enlever son pantalon. On dirait qu'il est collé à sa peau, ses jambes sont lourdes.

Elisa marmonne quelque chose qui finit par « urgences », mais tu lui dis que non, allez, ce n'est pas la peine. Et puis Caterina est revenue, vous ne pouvez pas la laisser toute seule. Elisa va venir avec toi dans la salle de bains, vous regarderez s'il faut soigner quelque chose, tu ajoutes que demain matin tout ira mieux. On dirait que ta femme reprend sa respiration avant de plonger sous l'eau. Puis cette bouffée d'air lui sert à peine à chuchoter :

« Amène-moi à l'hôpital. »

Non, tu ne peux pas l'amener à l'hôpital. Elle n'aimerait pas ça non plus. On pourrait vous poser des tas de questions, vous devriez donner des explications. Vous pourriez vous retrouver dans une situation gênante.

« Je sens que je vais m'évanouir.

— Ce n'est pas possible. Je ne t'ai rien fait. C'est parce que tu veux rester allongée alors que tu dois te lever. Allez. »

Ta femme remue à peine la tête. Pour dire non.

« Ça me fait mal.

— Où ça ? »

Elle se touche entre la poitrine et la hanche, produit un long gargarisme qui, tu le comprends au bout de quelques instants, devait être ton nom.

« Tu exagères. Je ne t'ai rien fait. »

Dans la pénombre, deux mains glacées attrapent ton bras.

« Tu ne m'as rien fait ? » siffle une voix.

Dans la pénombre, les yeux d'Elisa paraissent blancs, tout blancs.

Ce ne sont pas les mains d'Elisa. Ni les yeux d'Elisa. Ce n'est pas possible. Ce n'est pas la voix d'Elisa qui siffle : « Tu ne m'as rien fait ? Mais tu n'as pas honte ? »

Ce sont les mains, les yeux, la voix de la déesse des morts. Qui veut t'entraîner dans le noir.

« Je ne t'ai rien fait », lui dis-tu, et tu sautes du lit. Tu arrives à ne pas hurler. Tu sors de la chambre, tu fermes la porte à clé. Tu vérifies que la serrure est bien fixée et tu glisses la clé dans ta poche.

Heureusement, Caterina est épuisée par son après-midi avec son oncle et sa tante et s'endort sur le canapé. Et ce n'est pas toi qui vas la réveiller pour qu'elle aille se laver, au contraire : tu lui laisses son tee-shirt de la journée et la couches sous la couverture en coton. Tu restes assis par terre, au pied du lit, dans la pénombre jaune du petit ange lumineux de la table de nuit. Tu observes ta fille se retourner inutilement pour ne pas plonger dans le sommeil.

Deux ailes noires montent le long du mur. Jusqu'au plafond. Tu n'avais jamais remarqué cette ombre sinistre au-dessus du petit lit de ta fille. L'ombre de l'angelot.

Qui a mis les ailes de la déesse de la mort au-dessus du lit de ta fille ?

Tu retournes au rez-de-chaussée. Tu dois réfléchir. Tu sors dans le jardin, tu vas jusqu'au garage, tu jettes le tournevis dans le lavabo, tu ouvres le robinet, tu rentres à la maison, tu prends le téléphone et tu descends à la cave.

Tu tapes le numéro et tombes sur un répondeur. L'entreprise RM de Cusano Milanino t'invite à laisser un message. Tu ne te fais pas prier.

« Je suis Furio Guerri, de Torre del Poggio, province de Pise. Il y a une vingtaine de jours j'ai commandé deux rétroviseurs ronds, en aluminium... »

Tu déclames le code par cœur et tu expliques qu'une erreur s'est produite. Tu demandes gentiment qu'on te rappelle au plus vite. Tu clos la communication et t'assieds à côté du téléphone.

Tu passes au moins une demi-heure à attendre, puis tu reprends le combiné et tu recomposes le numéro.

« C'est toujours Furio Guerri, je viens d'appeler. J'attends toujours une réponse au sujet des rétroviseurs ronds pour une Duetto 1970. »

Tu expliques que d'ici trois jours tu recevras la visite des inspecteurs du Registre des voitures d'époque, et qu'avec les *mauvais* rétroviseurs, ta voiture ne pourra pas obtenir la Plaque d'or. Tu demandes qu'on te rappelle urgemment. *S'il vous plaît.*

Puis tu remontes. Elisa a enfin cessé de se plaindre. Plus de fantôme aux mains glacées dans votre chambre à coucher.

Tu caresses son front. Il est froid, tes doigts se mouillent de sueur.

Alors, tu l'essuies avec un mouchoir en papier, un de ceux de la table de nuit, puis tu prends la couverture en laine dans l'armoire et l'étends sur elle. Tu lui murmures que si elle t'avait écouté, si elle s'était déshabillée et mise sous les couvertures, elle se sentirait déjà mieux. Tu lui donnes un baiser sur la joue, puis tu en essuies aussi la sueur.

Vers minuit, Caterina bondit de sa chambre en racontant qu'elle a rêvé des *Trusques* sans yeux et qu'elle veut dormir avec sa maman dans le grand lit.

« Maman doit se reposer, on ne peut pas la réveiller », dis-tu. Tu te pelotonnes contre elle et lui racontes que les *Trusques* sont tous morts, et que oui, même leurs monstres n'existent plus depuis bien longtemps.

« Pourquoi ils étaient dans mes rêves, alors ? te demande ta fille.

— Les rêves ne sont pas vrais », et tu la prends dans tes bras, en te recroquevillant comme un fœtus pour essayer de rentrer dans son petit lit.

« Allume le petit ange.
— Non.
— Pourquoi ? Il fait noir, papinou.
— Parce que. Parle-moi de Pégase qui tue tous les *Trusques*. »

À une heure indéfinie, tu redescends, tu attends dix minutes et tu reprends le téléphone.

Au cours de la nuit, tu passes neuf coups de fil chez RM. Sur un ton de plus en plus virulent. Au point de menacer d'une action en justice et d'une demande de dommages et intérêts. Si tu n'avais pas saturé la mémoire du répondeur, tu en serais certainement venu à les menacer d'un incendie criminel.

Le jour où on te fera réécouter tous tes messages, tu auras beaucoup de mal à reconnaître ta voix.

36

Trois jours sont passés, il est six heures, je suis assis sur le banc de la gare de Cascina, mais la solution promise à Caterina, je ne l'ai pas encore.

Il est six heures dix, Laura est en retard. De toute façon, ma solution n'arrive pas non plus.

À six heures et quart, Laura m'appelle.

« Les parents sont super casse-couilles, si tu savais. Ça t'embête de me rejoindre à l'école ? »

Pas de problème. Au contraire. Une demi-heure supplémentaire et une balade m'éclaireront.

« Elle est lourde, ta valise ?

— On parie qu'elle pèse trois fois moins quc la tienne ?

— Il y a des trucs, que ce soit pour un jour ou pour un mois…

—… qui sont indispensables, je sais. »

Laura rit, puis me dit de passer par-derrière, l'issue de secours est entrouverte, je dois prendre le couloir à droite, dernière salle au fond.

Même s'il n'est pas encore sept heures, le mur d'en face est trop abrité, et dans le couloir à droite les fenêtres laissent déjà passer une lumière pâle.

Plus un chat alentour, pas même un gardien. Je ne sais pas pourquoi, mais une école vide est plus déserte que n'importe quel autre endroit désert. J'arrive au fond, la dernière porte est bleue. Une lumière intense, blanchâtre, filtre par en dessous.

La dernière porte. Je me dis que ce sera la dernière porte derrière laquelle je me posterai pour espionner. Mon bonheur ou mes malheurs, peu importe.

« Vous voulez que je vous dise ? C'est mon premier rapport en quinze ans d'enseignement. Un enseignant ne fait jamais de rapport de gaieté de cœur. Bien au contraire. » C'est la voix de Laura.

« Ne le prenez pas mal, personne n'a dit le contraire », répond la voix de mon beau-frère.

Je devrais m'en aller tout de suite. Mais je reste collé au mur, comme si je pouvais être avalé à l'intérieur.

« Monsieur Domini... fait Laura, comme si elle répétait un texte écrit d'avance.

— Docteur Domini... »

Laura s'arrête, mais ne se corrige pas.

« ... j'essaierai d'être encore plus claire. Nous avons trois problèmes : disciplinaire, cognitif, psychologique. Vous me suivez ?

— Vous ne parlez pas à un maçon, vous savez.

— Dommage. J'en aurais justement besoin. » Bravo, Laura. « Très bien, mettons de côté les deux premiers.

— Pourquoi ? On n'est pas en train de parler de notes et de bulletin ?

— Pourquoi ? Parce que vous ne pouvez rien faire pour changer les notes de Caterina. Parce que ce n'est pas à vous de me dire si je dois ou non faire un rapport. Et parce que les problèmes disciplinaires et cognitifs ne sont que des dommages collatéraux du reste. »

À une petite pause je comprends que mon beau-frère a essayé de l'interrompre à nouveau, sans y parvenir. Le génie de la famille a trouvé un os sur lequel se casser les dents.

« Je pourrais savoir ce que vous avez décidé au sujet des vacances-études en Angleterre ?

— Pourquoi donc ? s'emporte aussitôt le grand ponte.

— Je la suis depuis deux ans. Et pour la première fois, Caterina désire vraiment quelque chose. Pour elle, ce voyage en Angleterre est devenu une raison de vivre.

— Réussir à l'école, voilà ce qui devrait être sa raison de vivre. »

Mais Laura revient avec entêtement sur sa question. Mon beau-frère Mariano interrompt la tentative désespérée de sa femme d'ouvrir la bouche, puis essaie de clore la partie avec Laura en déclarant qu'il retirera Caterina de l'école.

« Non, s'il vous plaît. Caterina peut encore s'en sortir.

— Vous me l'assurez ?

— Vous savez que vous ne pouvez pas me demander ça.

— Alors je dois lui épargner l'humiliation d'un redoublement.

— Ayez confiance.

— En qui ? En Caterina ? En celle que vous avez toujours traitée comme une attardée mentale ?

— Ce dernier mois, j'ai vu que Caterina est capable de grandes choses. Elle avait juste besoin d'être motivée.

— C'est de vous, ou vous l'avez copié chez ces gros cerveaux de l'antenne sanitaire locale ? »

Je ne la vois pas, mais je l'imagine. Laura inspire profondément, ses yeux se décolorent soudain, ses mains fines s'accrochent au bureau.

« Les gros cerveaux de l'antenne sanitaire locale avaient déjà écrit en septembre que l'apathie de Caterina était un symptôme évident de dépression.

— Je voudrais vous y voir, si vous aviez vécu ce qu'a traversé Caterina. Vous avez eu d'autres brillantes intuitions ?

— Oui, docteur Domini : vous devriez voir un psychologue. Mais tous les trois. Ensemble. »

Je devine au bruit que mon beau-frère a bondi de sa chaise.

« Tu as compris, Vanna ? Maintenant, c'est *nous* le problème. »

Laura essaie de reprendre la parole, mais en vain. Je m'approche de la porte des toilettes.

« C'est nous le problème, bien sûr ! Et pendant ce temps, lui, il est libre, vous êtes au courant ? Il n'a même pas purgé dix ans. En villégiature sur la petite île, à cultiver des tomates cerises. À nos frais. »

J'entends ma belle-sœur le supplier de se calmer. Je m'assure que la porte des toilettes est ouverte.

« Ce salaud va sortir et on va même lui trouver un travail, le pauvre. Ça ne vous dégoûte pas ? Allez, ayez au moins le courage de dire ce que vous pensez. »

Laura parvient seulement à dire qu'elle comprend, mais que le sujet ne la regarde pas. Mariano continue de s'emballer.

« À moins que vous ne soyez de ceux qui disent qu'il faut le *réinsérer* ? Un homme qui a tué une femme de trente ans, belle comme un soleil. La mère de sa fille. Allez, on vous écoute ! Qu'est-ce que vous pensez d'un tel individu ? Vous êtes d'accord avec moi qu'il faudrait l'éliminer, ou vous préférez entendre d'abord l'avis de la psy de l'antenne sanitaire locale ? »

Des bruits confus s'ensuivent. Je m'attends à ce que la porte bleue s'ouvre. Mais non. Laura murmure un :

« Calmez-vous, docteur Domini.

— Je l'ai dit à tout le monde, même à la police et au juge. Jetez la clé, ce sera mieux. Surtout pour lui. Mais il n'a même pas purgé dix ans. Et si je tombe sur lui par hasard dans la rue, qu'est-ce que je devrai faire, d'après vous ? Si je lui ouvre la gorge comme à un porc, qu'est-ce que vous me direz ? On vous écoute. Vous m'enverrez en prison ? »

J'ouvre la porte, je me glisse dans les toilettes et je tourne la clé très lentement, pour qu'on ne puisse rien entendre.

« Ça fait longtemps que tu attends ? me demande Laura.

— Je viens juste d'arriver.

— Excuse-moi, journée de merde. »

Sa voiture est encore plus bordélique que la dernière fois : chaussures, livres, matelas en mousse enroulé, sacs de laverie.

À sec, par contre, pas à jetons comme celles où je vais. Elle me demande si ça va, me dit que j'ai l'air bizarre.

« Tout va bien », lui dis-je, mais pour la première fois, je sens que mon sourire n'a plus l'élasticité d'autrefois.

On prend la voie rapide que j'ai sillonnée pendant des années. La Florence-Pise-Livourne qui avait déterminé le choix d'un endroit où vivre avec Elisa. Cette putain de route que je transformais, juste pour ma fille, en petite sorcière capricieuse nommée *Fipili*.

Et c'est justement de Caterina que Laura se met à parler. Et de l'entretien que j'ai écouté.

« Mais quels cons, cet oncle et cette tante, lui dis-je.

— Comment tu sais qu'elle habite avec eux ?

— C'est toi qui me l'as dit il y a quelques jours.

— Et tu t'en souviens ? » Laura me sourit. « Tu m'écoutes vraiment.

— Bien sûr. »

« On en a même parlé dans les journaux. Je ne sais pas grand-chose, à cette époque j'enseignais à Padoue. Mes collègues me disent qu'elle était très belle, grande, avec les cheveux bouclés. Lui, un homme sérieux, très propre sur lui, avec un bon job. Ils avaient cette petite, et leur pavillon à la campagne. Un couple parfait, une famille digne d'une pub. Un beau jour, il l'a frappée à mort. »

Je soupire. Je regarde les grandes hélices blanches. Quand je roulais sur cette voie rapide tous les jours, elles n'existaient pas encore.

« Tu ne peux jamais savoir ce qui se passe, derrière les murs des maisons », dis-je.

Laura détache un instant son regard de la route. Je tends une main vers le volant et lui allume les phares. Je lui souris. Elle se penche vers moi, on s'embrasse.

« Moi aussi, j'ai eu un copain qui avait la main leste. Une fois, on était en vacances sur la Costa Brava, il m'a donné une gifle tellement forte qu'il m'a crevé un tympan.

— Un sacré connard, dis-je aussitôt par solidarité.

— Et le plus incroyable, tu sais ce que c'est ? »

Je ne le sais pas. Je sais que je préférerais qu'on change de sujet.

« J'ai mis ça sur le compte de l'eau.

— De l'eau ?

— Oui, j'avais de l'eau dans l'oreille. La première chose que j'ai pensé, c'est : *Il ne m'a pas donné une gifle si forte que ça, si je n'avais pas eu de l'eau dans l'oreille il ne me serait rien arrivé de grave.*

— Vraiment ?

— Oui, tu te rends compte ? Chaque fois, il me promettait que si je filais droit, il ne recommencerait pas, et je le croyais. Putain, j'avais tellement peur que le croire était le seul moyen de tenir jusqu'au lendemain. C'est comme ça que tu finis par te faire tuer. Tu te fais tuer parce que tu minimises.

— Prochaine sortie, la préviens-tu.

— Si une de mes amies ne m'avait pas ouvert les yeux, après les vacances sur cette putain de Costa Brava... »

Laura a vraiment envie d'en parler. On dirait qu'elle le fait exprès. Je me résigne à simuler de l'intérêt pour ne pas éveiller de soupçons. Mais je n'ajoute rien de particulier. Je caresse sa main. Derrière nous, vers la mer, le soleil se couche.

« J'aurais continué de me réfugier dans ce putain de cagibi, au milieu des produits d'entretien et des balais, avec le fer à repasser à la main. Et lui qui tapait sur la porte... "Si tu sors, je ne te ferai rien." "Si tu ne sors pas, je vais vraiment m'énerver." Chaque fois, une négociation sans fin, et moi qui imaginais que la porte allait me tomber dessus d'un moment à l'autre.

— Il buvait ?

— Non. Il sniffait de la coke. Juste de temps en temps, parce qu'il travaillait de nuit et qu'il en avait besoin. C'est du moins ce qu'il me disait.

— Foutage de gueule.

— Oui. Il dealait, aussi. C'est ce que je me dis maintenant, mais à l'époque, je le croyais. À un moment, je l'ai dénoncé. Mais ça a été encore pire. Tu sais, les flics l'appellent, lui font un petit sermon, mais ils ne t'escortent pas après, hein. Alors il s'énerve pour de bon. Tu dois surveiller tous tes mouvements, ne jamais rentrer toute seule. S'il te chope dans un bar, il est capable de te faire une scène devant tout le monde. Ou alors il t'appelle sans interruption, il te laisse des messages dans la boîte aux lettres.

— Comment ça s'est fini ?

— Il a rencontré une autre fille et il a perdu la tête. Une Sud-Américaine. Six mois plus tard, il est parti pour le Brésil. Je ne l'ai pas revu. S'il a continué à dealer de la coke, je peux raisonnablement espérer qu'il soit maintenant au fond d'un marais, avec une balle dans la tête.

— N'importe quoi, Laura.

— Quoi, n'importe quoi ? Est-ce qu'un mec comme lui mérite de vivre ?

— Alors tu es comme lui.

— Lui qui ?

— L'oncle de Caterina. Un mec comme le père de Caterina, qu'est-ce que tu fais, tu le tues ?

— Eh bien, si quelqu'un le bute, qu'est-ce que tu veux que je te dise ? De toute façon, il recommencerait.

— Comment peux-tu en être aussi sûre ?

— Si tu as été capable de tuer ta femme, quel genre d'homme es-tu, putain ? Tu n'as pas d'espoir.

— Alors, il mérite la peine de mort.

— Je n'ai pas dit ça non plus.

— Mais tu la lui souhaites. Tu veux qu'il meure, mais tu ne veux pas appuyer sur la gâchette. Trop facile. »

Laura me regarde un instant de travers.

« Qui t'a dit que son oncle a promis de le tuer ? »

Je lui montre le panneau.

« Fais gaffe, tu dois tourner ici. »

Elle me demande pardon. Elle me dit que la journée a été dure et qu'elle a trop parlé. Mais que c'est un sujet sur lequel elle n'arrive pas encore à être sereine.

Moi aussi je lui demande pardon, je lui dis que je la comprends, et que moi aussi j'ai raisonné à la va-vite. Je pose nos valises sur le petit banc de bois et regarde la chambre. Un lit haut, sommier à ressorts. Tête de lit en fer forgé, feuilles d'automne au pochoir. J'ouvre la fenêtre, une araignée fuit le long du rebord.

« C'est beau, ici », fais-je.

Laura me prend dans ses bras, pose son visage contre mon torse. On reste sans rien dire à la fenêtre, puis elle m'embrasse sur les lèvres, comme si elle goûtait quelque chose de bon, mais encore trop chaud.

« Tu as faim ? me demande-t-elle.

— Oui.

— Moi aussi », et elle pose ses mains sur mon cul.

« Eh, c'est quoi, ces familiarités ?

— Tu as raison. Ça suffit, les simagrées. Allons manger. Je veux que tu sois en forme. »

Pour arriver au village, pas besoin de reprendre la voiture. Les hirondelles s'envolent des toits, le lierre dégringole des murs de briques ocre, les yeux des chats brillent sous les glycines. Même le gravier sous mes chaussures semble souple, alors que la route monte. Laura m'enlace la taille et me dit qu'elle a une belle surprise pour moi.

Elle fouille dans son sac et me tend une feuille pliée. En regardant mieux, je remarque qu'il y en a deux : deux feuilles de papier à en-tête réglé. Une rédaction. De Caterina.

« Elle m'a offert le seul beau cadeau de cette année scolaire de merde. »

Le sujet était *Vos prochaines vacances*, m'explique Laura.

Ma fille a écrit qu'elle veut aller dans le nord de l'Angleterre, dans la bruyère, parce que c'est un endroit solitaire, où on peut vraiment être seul, alors que maintenant, elle se retrouve toujours au milieu d'un tas de gens, « qui de toute façon n'en ont rien à faire de moi et passent leur temps à me dire ce que je dois faire ». Les bruyères du Yorkshire sont un endroit magnifique, « où on pense qu'il n'y a pas d'amour, mais ce n'est pas vrai ». Il faut comprendre que là où il y a des pierres et du vent, l'amour finit par leur ressembler : des pierres et du vent. Et pour argumenter sa thèse, elle parle de ce livre qui lui a tellement plu. Toujours le même, *Les Hauts de Hurlevent*. Disons même qu'elle fait une fixette, au point qu'elle en résume la trame en deux colonnes, avec tous les noms exacts. Puis elle écrit que l'amour de Heathcliff et Catherine est comme ce vent dans les bruyères. Si tu restes immobile et que tu veux lui résister, il te plie en deux comme un arbre. Mais si tu cours derrière lui, tu ne l'atteins jamais. « La seule solution est de se laisser emporter », conclut ma fille.

J'avale chaque goutte de salive que j'ai dans la bouche.

« Elle a tout écrit toute seule. Sans se faire prier. Sans rien me demander. Alors, j'ai eu l'idée de lui faire faire ça, aussi. »

Sur la deuxième feuille de papier à en-tête se trouve un résumé de sa rédaction en anglais. Cinq ou six phrases, écrites avec une belle calligraphie, éparpillées sur la feuille comme des nuages un jour de vent.

« J'ai déjà parlé avec mes collègues. Ils considèrent que ce sont des évaluations finales positives.

— Tu m'étonnes.

— Deux petites fautes. Tu as vu comme elle s'est améliorée ? »

Laura doit s'apercevoir que j'ai du mal à lui rendre les feuilles écrites par ma fille. Touchées par ma fille.

« Ouahou, c'est grandiose, félicitations, dis-je à Laura.

— Je n'ai rien fait.

— Comment tu l'expliques, alors ?

— Elle est tombée amoureuse.

— Et de qui ?

— Comment ça, de qui ? » fait Laura, et à cet instant elle me regarde droit dans les yeux. « De la bruyère, non ? » Elle regarde vers l'entrée escarpée du village, et me serre un peu plus fort.

À l'entrée du village nous attendent deux guerriers en armes avec leur iPod, et une Banque des Gabelous où on nous oblige à changer nos euros contre des talents en fer-blanc.

Dans les rues escarpées sont alignés bancs et tables, tout est foutrement sain, authentique, biologique, complet, garanti, sélectionné, traditionnel ou paysan. Au milieu de cette santé triomphante, je voudrais juste avoir mon lithium, et Laura s'allume cigarette sur cigarette. Sur la place principale, troublée par les vapeurs des grillades et des flambeaux, les tambours annoncent l'arrivée des porteurs d'oriflammes. Au milieu de tout ça, deux Pakistanais, imperturbables, vendent des toupies fluo.

« Et tu ne regrettes pas d'avoir fait un rapport ? lui demandé-je à un moment.

— Un rapport sans suspension ne porte aucun préjudice. J'y ai bien réfléchi avant, figure-toi. » Puis elle me regarde bizarrement. « Comment tu sais que j'ai fait un rapport ?

— C'est toi qui me l'as dit. Au téléphone, l'autre jour.

— Il faut vraiment que je prenne des médocs pour la mémoire. » Mais elle n'est pas très convaincue. « Et ce n'est pas tout », me dit-elle dès que nous trouvons une place au bout d'un banc, au coin d'une rue en pente. Nous posons nos plateaux, et je m'empare à temps de la bouteille d'eau minérale avant qu'elle ne dévale les cinquante mètres d'escalier.

« On n'est pas très bien installés, me dit-elle.

— C'est pas grave. Raconte-moi.

— À la fin de l'année, l'école organise deux jours de fête. On monte une espèce de scène dans le gymnase. Cette année il y a un groupe de rock, quelques filles de ma classe ont préparé une chorégraphie sur un morceau de Beyoncé, un groupe de terminale met en scène trois ou quatre pages de ce roman de vampires chochottes, comme les appelle Caterina. Évidemment, au début elle a dit que ce ne sont que des conneries. Et puis…

— Et puis ?

— Elle s'est mise au boulot. Toute seule, bien sûr. Un tableau réalisé en technique mixte. Elle s'y est jetée corps et âme, elle y travaille au moins une heure tous les matins. Elle s'est installée dans la remise du gymnase. J'ai dû me faire donner les clés par les gardiens.

— Pourquoi ?

— Parce que personne ne doit y entrer. Caterina veut que ça reste top secret. Une surprise.

— Mais toi, tu l'as vu ? Il est comment ?

— Eh non. C'est un secret, je lui ai promis. »

J'insiste. Je suis encore là à attendre un mot d'elle, une seule syllabe me suffirait, une grimace, quand j'entends mon nom prononcé au coin de la rue. Mon vrai nom.

Furio Guerri.

Un instant de laisser-aller. Un réflexe incontrôlable, de ceux qu'un monstre devrait avoir appris à dominer. Malheureusement, moi, le monstre Furio Guerri, j'ai baissé la garde, voilà la vérité. Et je fais la connerie à ne pas faire : je me retourne, et je le vois. Il me salue d'un kiosque qui a l'air de ressembler aux autres, avec des fioritures jaunes et vertes, et une inscription assez discrète.

« Entreprise Biodynamique Gorgone ».

À ce moment-là, elle devient gigantesque, une marque d'infamie en lettres de feu.

Manuel Bosco sort de son stand, bras grands ouverts.

« Putain, Furio, Furio Guerri ! »

Manuel Bosco est une espèce de barrique à moitié analphabète. Il me serre contre lui sans me donner le temps de me lever. Il a les bras tatoués jusqu'aux poignets. Avec ses doigts pleins de bagues, il a étranglé son père pour l'argent d'une dose. Ensuite, pendant sa cavale, il a balancé dans un escalier un père de famille, qui est resté paraplégique.

Sur l'île de Gorgone, Manuel Bosco a frappé un autre détenu juste parce qu'il l'avait vu égorger un petit cochon. Il m'a tout appris sur les tomates cerises et la taille de la vigne. Le soir, je lui lisais à haute voix Palahniuk, Ellroy, Bunker, et parfois même Martin Cruz Smith et Dennis Lehane.

Il me demande comment ça roule, maintenant que je suis sorti, me dit qu'on lui a enfin accordé la liberté conditionnelle, et que deux autres mecs de la section sont là aussi. Si je passe leur dire bonjour tout à l'heure, ils me feront goûter de la *caciotta* fraîche.

Manuel Bosco ne s'aperçoit pas que je ne suis pas seul. D'ailleurs, il ne se demande pas non plus s'il pourrait me mettre dans l'embarras. Pour lui il n'y a rien d'étrange ; en seize ans de réclusion pour homicide aggravé par le lien de parenté, lésions corporelles graves et volontaires et deal, la prison est devenue son monde : ceux qui n'y sont pas passés lui semblent des extraterrestres.

« Oh, Guerri, insiste-t-il, en imitant l'accent toscan, tu te souviens de l'huile, du vin… Tu te souviens qu'on pouvait rien vendre dehors ?

— En effet. Qu'est-ce que vous foutez ici ?

— Putain, y a plus une thune, alors on a fait une loi où qu'on peut vendre. Le mois dernier. Il te plaît, mon stand ? Tu dis rien ? »

Oh non, je ne dis rien. « Va te faire foutre », je voudrais lui dire. Mais il ne le prendrait pas bien. La première fois que je le lui ai dit, il m'a brisé l'os de la pommette : l'embout de son chronographe est devenu un poing américain, qui m'a laissé une belle cicatrice.

« On a de l'origan spécial, madame, lance-t-il à Laura. Et de la crème à l'*Aloe vera*, vous avez jamais essayé pour la peau ? Dis-le-lui, toi, Furio, comment elle est, notre crème à l'*aloe* ! »

Laura a lâché sa cuillère de soupe et baissé les bras. Elle me fixe comme si elle se regardait dans un miroir sans se reconnaître.

37

Le lendemain matin, tu accompagnes ta fille à l'école avec ta Duetto. Caterina est très fière d'être assise toute seule à la place du passager.

Tu l'embrasses et lui donnes rendez-vous à midi et demi. Les enfants regardent ta voiture, la trouvent bizarre, rient, se poussent du coude. Tu te regardes pour la énième fois dans le rétroviseur, et tu repars.

À dix heures tu es chez le docteur Bellopede, avec tout le matos de la campagne électorale de Romina Bianchi. Points forts, plan des encarts publicitaires, stratégies, programme des rencontres publiques et privées. Tu lui as photocopié tout l'agenda de ta femme, pour simplifier : tout ce qui peut servir au candidat de centre droit pour anticiper les actions de sa rivale et arracher pour la première fois aux communistes ce collège du centre de la Toscane.

Bellopede a l'air content, mais évidemment, il te demande des nouvelles de son livre. Il n'a vu aucune critique, on ne l'a pas sollicité pour des interviews, il a mandaté des connaissances dans toutes les villes d'Italie : il te remet une liste minutieuse de toutes les librairies dans lesquelles, devant le titre *L'Abysse des vierges étrusques*, les salariés ont affiché des visages pareils à des fonds de poêles antiadhésives.

« Je vais justement chez Contexte. Je vais me renseigner et je vous ferai appeler », lui dis-tu en partant.

Tu arrives chez Contexte un peu après midi. Augusto a l'air d'avoir pas mal bu, même s'il est tôt, et Walter n'arrête pas de mettre et d'enlever ses lunettes. Maria Carla a une épingle en or en forme de papillon sur son habituelle chemisette de gouvernante. Elle t'accueille avec un regard de petite cousine pleine d'appréhension, te demande si tu te sens bien, mais avant que tu puisses répondre, ton téléphone sonne.

Le service de surveillance te prévient que l'alarme s'est déclenchée chez toi, et te demande s'il faut aller contrôler.

« Oui, je suis en déplacement », dis-tu, puis tu t'assieds et demandes qu'on te fasse un café.

Tu remets à Maria Carla les Ozalid des deux prochains livres de la collection *Débuts d'auteurs* : l'anthologie poétique *Toi, caillou de ma rivière,* et un roman érotique signé par une mystérieuse Claire de Lune, provisoirement intitulé *Prends-moi.*

Walter et Augusto t'ont présenté à un galeriste de Pietrasanta. Tu discutes des devis des deux catalogues, quatre-vingt-dix pages en quadrichromie, tirage de mille exemplaires chacun. Tu bois ton café, et on dirait que ça va mieux. Voilà comment ça doit rouler, c'est chouette, le boulot, quand ça roule. Tu accordes cinq pour cent de réduction, et cinq autres pour ta commission. Vous notez scrupuleusement les mesures des photos, ton sac en cuir se gonfle de travail, ton portable sonne à nouveau.

C'est la police. On te demande de rentrer tout de suite chez toi. On ne te dit pas pourquoi. Et tu ne le demandes pas non plus. Maria Carla te regarde t'en aller sans rien dire.

Avant de rentrer chez toi, tu dois passer à la boîte.

Tu remets au département de retouche photo les originaux à scanner.

« Soyez bien vigilants sur les mesures, recommandes-tu. Nouveau client. Ne me faites pas m'embrouiller avec lui au premier contrat. Vous avez bien calibré les écrans ? »

Tu croises Loretta la bétonnière. Quelque chose dans son regard te dit que tu n'es pas impeccable comme tous les autres matins.

Tu arranges ton nœud de cravate, tu regardes tes chaussures. À ce moment-là, tu entends une voiture entrer sur le parking de la boîte.

Tout le monde remarque immédiatement le bruit d'un moteur inhabituel, et d'un coup de frein trop vigoureux.

Le visage de la secrétaire est couleur papier recyclé. Aggradi junior, lui, a l'air soulagé du seul fait que ces hommes en civil ne soient pas la brigade financière.

C'est la police, ils voudraient te parler. L'inspecteur a ton âge et les cheveux peignés en arrière, une boucle d'oreille et un bomber recouvert de médailles militaires. Il te serre la main après un instant d'hésitation.

Tu lui montres la porte de ton bureau. Mais il te répond : « Non, il vaut mieux que vous veniez tout de suite avec nous, monsieur Guerri. Chez vous. »

Tu ne poses pas de questions. Ce qui met tout le monde mal à l'aise, c'est gênant comme de l'urticaire. Même Aggradi junior.

Tu fermes ton bureau, tu serres les clés de ta Duetto entre tes doigts et tu dis :

« Me voici.

— Non, fait l'inspecteur. Mieux vaut que vous montiez dans la voiture avec nous. »

Ça ne te plaît pas beaucoup, même si tu ne sais pas trop pourquoi. Mais ce sera la première et la dernière fois que tu blâmeras les policiers.

L'employé de la société de surveillance est assis sur les marches devant ta porte laquée, à côté des jarres en terre cuite où poussent la lavande et le romarin. Il serre sa mâchoire entre ses doigts. On te dit que ta femme a été emmenée d'urgence à l'hôpital. Elle a subi une agression très violente et son pronostic vital est engagé. On fait tout pour la sauver.

Tu restes paralysé. La nouvelle te saute à la gorge comme un chien enragé contre lequel tu sais que tu ne peux pas te défendre.

L'inspecteur lève le doigt vers la fenêtre de votre chambre. Les deux volets sont ouverts, un long triangle violet coule des façades beiges comme un tissu de deuil effiloché.

« C'est du sang ? lui demandé-je.

— Oui.

— Et qu'est-ce qui s'est passé ?

— D'abord, dites-moi pourquoi vous activé l'alarme alors que votre femme était à la maison.

— Je ne voulais pas qu'elle parte. »

Tu demandes à te rendre immédiatement à l'hôpital et à aller chercher ta fille, mais on te prie de ne pas partir, *pour le moment*. On doit te poser quelques questions. Mais tu ne veux pas rester dans le jardin, sous les yeux des voisins, alors tu accompagnes l'inspecteur au garage. C'est lui ton interlocuteur, désormais. Un représentant doit savoir identifier le bon interlocuteur.

Ton garage est vide. Ton garage sans ta Duetto n'est rempli que de vieilleries que tu n'as jamais jetées. Un capot déchiré par la chute d'une grosse branche, un volant en Bakélite, quelques pots d'échappement. Et ces stupides rétroviseurs noirs.

L'inspecteur regarde dans le lavabo et remarque le tournevis. Il se penche pour mieux l'observer, il a les mains dans les poches, comme pour résister à la tentation de le toucher.

« Vous avez envie de me raconter ce qui s'est passé, Guerri ? »

Pour en avoir envie, tu en as envie. Mais le problème, tu lui dis, c'est que tu ne te souviens de rien.

Quand on t'ordonne de les suivre au poste, tu demandes juste à pouvoir changer de chaussures. Celles que tu portes te semblent très sales.

« Vous savez, pour un représentant, les chaussures, c'est trente pour cent du travail. »

Il a l'air d'accord, il se gratte le nez, s'appuie au chambranle de la porte.

« Le sourire, c'est trente autres pour cent. Il faut toujours sourire », poursuis-tu, en lui prouvant ainsi, même dans cette situation, que tu n'es pas devenu représentant par hasard.

« Et les trente pour cent restants, c'est la faculté de construire des relations », conclus-tu, indécis sur la paire de chaussures à enfiler. Des mocassins vernis, des chaussures de yacht, des chaussures avec une boucle à la française ?

« Il reste encore dix pour cent, ajoute-t-il, comme s'il était vraiment curieux.

— Il reste toujours dix pour cent. Mais je n'ai jamais compris à quoi ils correspondent. Je sais juste qu'il suffit de ces dix pour cent, parfois, pour que tout foire. »

Tu prends une vieille paire de tennis achetées tu ne sais plus où, mais sûrement par un dimanche après-midi indolent de demi-saison, où tu étais bien décidé à aller courir dans la campagne autour de chez toi. Mais tu ne les as mises qu'une seule fois, pour monter sur la pente escarpée d'argile, jusqu'au village fantôme après le pont sur un lit d'orties.

Tu y glisses ton pied et tu as l'impression que soudain, la gravité a diminué sur Terre.

« Oui, avec celles-là je serai à l'aise », dis-tu, et tu noues les lacets.

38

Nous laissons nos plateaux sur le banc. Nous laissons le village illuminé pour la fête. Nous laissons nos euros aux gabelous.

« Quoi, tu es choquée ? Ou dégoûtée ? Dis-moi la vérité.

— Tu me parles de *vérité* ! À *moi* ?

— Tu étais l'unique moyen pour que j'arrive à ma fille. Mais si je te l'avais dit dès le début, voilà ce qui se serait passé. Regarde-toi. Ça se serait passé comme ça.

— Tu te prends pour qui, pour prétendre savoir ce que pensent les autres ? Qu'est-ce qui te donne le droit d'utiliser les gens ?

— Je ne me prends pour rien, putain ! Je sais juste que je suis le père de Caterina. Et qu'en dix ans je ne l'ai pas vue, jamais, pas une seule fois, et qu'elle ne m'a jamais écrit une ligne, ni répondu à mes lettres. Les deux autres l'ont séquestrée et l'ont montée contre moi. Et regarde ce qu'elle est devenue : une pauvre complexée, malheureuse et honnie. Et tu veux savoir pourquoi ? Tu veux que quelqu'un qui les connaît bien te le dise ? »

Laura s'arrête enfin et me regarde.

« Ils la haïssent, Laura. Ils haïssent ma fille de toutes leurs forces. Ma belle-sœur la hait parce qu'elle ne peut pas avoir d'enfants. Devoir élever la fille d'un autre a été pour elle une double peine. Mais son mari ne s'en est même pas aperçu. »

Je retire de mes poches les pièces en fer-blanc.

« Tu les vois, ces pièces ? Elles sont plus sensibles que lui ! »

Je les balance dans les arbres derrière le muret.

« Et mon beau-frère la hait encore plus. Parce qu'elle me ressemble, et pas à sa pauvre sœur. Mais est-ce que Caterina doit porter ma faute ? C'est sa faute si elle est ma fille ? C'est comme si elle aussi avait été en prison pendant dix ans, comme son père.

— Écoute, tu n'es pas obligé de tout me raconter. Je ne suis ni assistante sociale, ni psy.

— Ils n'iront jamais chez un psy ! Tu le leur as conseillé, bravo, tu as la conscience tranquille ! Mais tu sais ce qu'il en fait, de tes conseils, ce connard de merde ?

— Tu étais derrière la porte. En train d'espionner.

— Vous étiez en train de parler de ma fille. »

Laura me fait remarquer que nous sommes revenus devant le *bed & breakfast.*

« Je m'en vais, me dit-elle. Tu peux rester, de toute façon, j'ai pu voir que tu as des amis. »

Une fois rentrés dans la chambre, je ferme la porte et glisse la clé dans ma poche.

« Qu'est-ce tu vas faire, putain ?

— Te dire la vérité. Tu as le droit de savoir avec qui tu as baisé. »

Elle veut savoir, par exemple, combien de fois j'ai frappé ma femme ? Je ne les ai pas comptées, et l'autopsie non plus n'était pas en mesure de l'attester. Je peux juste lui raconter par le menu ce qui est apparu dans les actes de la procédure. Elisa avait de nombreux hématomes sur les bras et sur les mains : c'était les coups qu'elle avait parés pour se défendre. Elle s'était luxé une épaule, elle avait une ecchymose étendue à la cuisse droite, des contusions sur le cou et les omoplates, deux côtes enfoncées, les deux dernières à gauche. Ma défense a beaucoup insisté sur la localisation des blessures. Aucun de ces coups « ne touchait une zone vitale ». Signe, selon mon avocat, d'un « accès de folie meurtrière non prémédité ayant entraîné la suppression violente de sa conjointe ».

Laura serre son portable comme un talisman. Elle me prévient que si je n'ouvre pas la porte immédiatement, elle va appeler la police.

Je m'assieds sur le lit et lui dis de se détendre. Elle veut peut-être savoir quand j'ai donné le coup mortel. Elle ne me répond pas. Qui ne dit mot consent.

« C'est quand Elisa a essayé de descendre au rez-de-chaussée ; je l'ai rejointe et je l'ai attrapée par les épaules avant qu'elle n'arrive à la première marche. Je l'ai balancée contre la rampe. Elle est tombée dessus sur une hanche. C'est là qu'elle s'est cassé deux côtes. »

Quand ces deux côtes se cassent, dit-on, il faut faire très attention. Sous les deux dernières de gauche se trouve la rate : ça peut être le signe que la rate a reçu un mauvais coup. La rate peut subir des lésions et devenir comme un ballon gonflé de sang. Un ballon résistant, par contre. Qui peut se remplir de sang pendant des heures et des heures. Six, huit. Parfois douze.

« Mais tôt ou tard il fait *boum* et éclate », je conclus. « À ce moment-là, il n'y a plus grand-chose à faire. Hémorragie splénique, on appelle ça. »

Quelques secondes avant que la rate d'Elisa n'explose, elle est parvenue à se lever et à se traîner vers la fenêtre. Dès qu'elle l'a ouverte, l'alarme s'est déclenchée. Quand le vigile est arrivé, il a eu un malaise. La scène était plutôt insolite : la tête de ma femme était posée sur le rebord comme sur une guillotine, tout le sang qu'elle avait réussi à vomir avant de s'évanouir avait coulé le long du mur, jusqu'à terre.

À ce moment-là, je sais que Laura doit se demander pourquoi je n'ai pas appelé les secours. Ce soir-là elle aurait pu être sauvée, mais quand on l'a emmenée à l'hôpital le lendemain, il n'y avait déjà plus d'espoir. À dix-huit heures quarante et une, elle est morte en salle de réanimation.

« Tu penses que je ne me suis pas rendu compte de ce que j'avais fait. Mais c'est tout le contraire. Je le savais si bien que j'en étais terrorisé. "Stratégie de négation", a diagnostiqué le psy. Avec une composante schizophrénique. Parce que je ne me suis jamais déclaré innocent. Je ne me suis jamais senti victime d'une injustice. J'ai toujours dit à la police que je ne me rappelais pas grand-chose, et que ma femme n'avait pas l'air dans un état très grave.

« Je m'explique », insisté-je, et je prends l'exemple d'un carrefour. « Tu dois choisir, mais quand tu t'aperçois que tu as pris la mauvaise direction, tu ne peux pas revenir en arrière, car la route est à sens unique. Qu'est-ce que tu fais ? Tu attends une déviation, pour revenir sur la route précédente. Tu attends et tu te dis : "Ne t'inquiète pas, il y aura forcément une déviation pour revenir sur la bonne route." Tu attends mais entre-temps, tu continues d'avancer, parce que si tu t'arrêtes, c'est sûr que tu ne la trouveras pas. Tu continues et tu attends toujours, mais pas de déviation. J'ai mis plus de trois ans pour comprendre que je ne la trouverais jamais, simplement parce qu'elle n'existait pas. Ce jour-là, le psy de la prison m'a dit : "Aujourd'hui, vous commencez à guérir, Guerri."

« Je dois admettre, continué-je de raconter à Laura, que le psy avait raison. Mais moi, ce jour-là, je suis retourné dans ma cellule et j'y ai mis le feu. On m'a gardé sous calmants pendant cinq semaines. Et pendant près d'un an je ne me suis presque jamais levé de mon lit. Thérapie intensive aux sels de lithium. J'étais gonflé comme une grenouille, je m'étais laissé aller. Je ne me suis pas rasé pendant des mois, ni coupé les cheveux, ils devaient s'y prendre à deux ou trois pour me traîner sous la douche. Je puais tellement qu'on m'a mis dans une cellule avec un mec qui avait violé sa nièce de six ans. Je l'ai su longtemps après, mais à ce moment-là je n'en aurais pas eu grand-chose à foutre. Et puis, un beau jour, le psy est revenu et m'a demandé un tas de trucs : si j'étais mafieux, si j'avais des maladies graves, si j'étais toxico, si j'avais une peine de plus de dix ans. Je répondais non à tout, non après chaque question. "Alors j'ai une idée qui pourrait vous convenir, Guerri." Il ne m'a pas dit laquelle. Il m'a juste demandé : "Vous me faites confiance, oui ou non ? – Un nouveau carrefour, pas vrai ?" je lui ai demandé. "Bravo, à vous de choisir la route", il m'a répondu. "Maintenant que vous avez compris qu'on ne peut plus changer, vous pouvez choisir tout seul." J'ai répondu oui, et il m'a fait remplir une demande de transfert à la prison de l'île de Gorgone. J'ai dit que j'avais peur de la mer et que je ne voulais pas y aller. Il m'a répondu qu'ils acceptaient une demande sur cent, qu'il ferait un très mauvais rapport et que je pouvais donc être tranquille. Mais qu'il valait mieux la faire, dans tous les cas. »

Laura a rangé le téléphone dans son sac et s'est assise sur sa valise encore fermée.

Dans mon récit, je passe à deux mois plus tard, quand on m'a fait monter sur le bateau de la police pénitentiaire. Le psychologue était assis devant moi, sur le pont inférieur. Il m'a vu blanc comme un linge et m'a demandé si j'avais la nausée. Je l'avais, et nous sommes montés. De là-haut, j'ai vu l'île surgir du brouillard et j'ai eu ma première crise de panique. J'ai essayé de me jeter à la mer, mais avant j'ai dit au psychologue qu'il aurait ma mort sur la conscience.

« Tu la vois aussi de ta mansarde, la Gorgone. C'est le profil d'une femme. Un profil parfait. Placide comme celui d'un masque mortuaire. Je ne me suis senti mieux que lorsqu'on m'a dit à bord que bien sûr, *tout le monde* y voyait un visage de femme. Elle s'appelle Gorgone pour cette raison, je n'étais pas au courant ? Non, je ne l'étais pas. Ce n'était pas une hallucination. »

Je prends la clé dans ma poche, la lance sur le lit vers Laura, et m'appuie contre la tête de lit, mains derrière la nuque.

« Tu veux savoir autre chose ? Peut-être pourquoi j'ai fait ça ? »

Elle se décide enfin à dire deux mots.

« Ça changerait quoi ? »

Je descends du lit et je vais pisser.

Je la regarde ramasser ses affaires dans la chambre, dire au revoir à la propriétaire très perplexe, et installer sa valise sur le porte-bagages.

Elle voulait savoir la vérité. Très bien. Elle ne la connaît pas encore entièrement, mais je me suis juré de ne plus lui dire un mot.

La vérité.

D'abord, on la tait pour ne pas tout gâcher, puis soudain c'est trop tard et ça ne sert plus à rien, de la dire putain.

Laura a déjà un pied sur l'embrayage quand je bloque la portière d'une main.

« Pour qui tu crois qu'elle a fait ça, Caterina ?

— Quoi ?

— Ce qu'elle a dit en classe, le livre qu'elle a lu, les rédactions, le tableau. Pour qui tu crois qu'elle l'a fait ? Toi qui la connais, toi qui crois avoir compris qu'elle est amoureuse…

— Je ne veux plus rien comprendre. À partir de ce soir c'est fini, que tu t'appelles Flavio ou Furio ou je ne sais quoi encore. J'en ai fini avec toi, avec Caterina, et avec toute cette histoire.

— Mais non, tu dois savoir. Elle l'a fait pour moi. Grâce à moi. C'est moi qui lui ai parlé de ce livre. On se parle tous les jours, elle et moi. Tu ne le sais pas, les deux autres cons ne le savent pas…

— Et Caterina, elle le sait ?

— Non.

— Félicitations. Lâche cette portière.

— Je voulais que tu le saches », lui dis-je, mais en réalité c'est à moi-même que je le dis. Moi, qui n'ai jamais voulu le pardon de personne, qu'est-ce que je veux de cette femme ? Pourquoi est-ce que je viens de lui déballer toute *ma* vérité ? Pourquoi je ne veux pas qu'elle s'en aille ?

« Lâche cette portière », voilà les seuls mots que j'obtiens.

Je lâche la portière, Laura la claque et démarre.

Qu'elle aille se faire enculer, la vérité. La vérité ne sert jamais à rien, putain, c'est ça, le problème.

Je passe le reste de la soirée à chercher un cybercafé parmi les flambeaux et les hallebardes. Heureusement, sous la tour médiévale se trouve la bibliothèque municipale. Elle est ouverte, parce qu'un pauvre diable d'employé doit rester là jusqu'à onze heures, habillé en page, de surcroît.

Catherine : où t'étais !!!!!!

Heathcliff : je me prépare à notre rencontre dans la bruyère. J'ai pris le billet pour Leeds.

Une rangée d'émoticônes qui dansent le mambo.

Heathcliff : et toi, des nouvelles ?

Catherine : les 2 autres cons ont tel à ton amie... elle a dit ke 2 semaines de cours d'anglais C le minimum... elle a envoyé des tas de docs, keske j'en sais, les 2 cons sont restés 1 heure sur le site pour tt regarder...

Heathcliff : tu as vu où est Scarborough ? Au bord de la mer, juste à la frontière du parc du Yorkshire.

Catherine : Ouiiii... C super !!!!!!!!!!

Heathcliff : alors, ils t'y envoient ?

Catherine : pffffff... l'autre conne dit kel va venir en avion avec moi... ils me stressent !!! mais si je passe... ILS DEVRONT LE FAIRE !!!

Heathcliff : alors tu dois y arriver.

Catherine : tinkiet... en anglais et en italien c'est ok. G fait 2 exams parfaits, tt le monde était content.

Heathcliff : Yeah.

Catherine : je les ai bien baisés hahaha.

Heathcliff : t'as assuré.

Catherine : tu veux connaître 1 secret megaaaaaaaa top secret ??????

Heathcliff : oui.

Catherine : G tjrs fait semblant de me planter, pour avoir la prof de soutien à l'école.

Je fais grincer ma chaise, l'employé se retourne aussitôt. De dehors arrivent des sonneries stridentes de buccins et des explosions de feux d'artifice.

Heathcliff : c-a-dire ?

Catherine : ça fait des années je me goure exprès kan on me fé faire les tests.

Heathcliff : pourquoi ?

Catherine : pour faire chier !!!!!! pour rendre parano les 2 autres cons hahahaha... pour kils se sentent trop mal... j'ai même grugé les psy à l'hosto pleins de fois... déficit cognitif ouhahaha la pauvre, la pauvre... et les 2 autres cons ki disaient : pkoi elle est pas normale ? oh la la, keskon a foutu ??? et ils se prenaient la tête tous les soirs pour savoir de ki cété la faute !! et elle ki disait jen veu pas de cette débile, elle est pas à moi, moi je veux 1 enfant à moi et lui ki disait T stérile, cette fille c un kdo de dieu pour nous, tu devrais le remercier...pense à ce kel a traversé Caterina, la pauvre hahahaha

Je me prends la tête dans les mains, je cherche la bonne phrase pour changer de sujet. Je martèle les pieds de la chaise avec mes talons, mais je n'écris rien.

Catherine : tu captes ? il est taré ce con... 1 kdo de dieu ???? que mon père a tué ma mère !!!!!

Je me mords les ongles d'une main. De l'autre, je tape sur le clavier une salve de points d'interrogation.

Catherine : de tte façon faut bien ke je te le dise un jour... vaut mieux ke tu saches que G une histoire de merde...

Puis elle me demande si je crois qu'elle l'a dit pour m'impressionner. Je voudrais tant me permettre le luxe d'un tel doute. Je lui demande quand ça s'est passé.

Catherine : ya 10 ans... j'étais en CP.

Heathcliff : tu t'en rappelles peut-être pas tant que ça.

Catherine : je me souviens ke j'étais au ciné avec les 2 autres cons... à la maison, mon père me dit ke maman est pas bien et se repose... et le lendemain matin, pareil... et puis ma grand-mère qui vient me chercher à l'école alors kel venait jamais... elle me dit ke papa est encore au travail et puis après je vois plus aucun des 2 et je me dis ke si je suis sage ils vont revenir, kils sont partis parce ke j'étais méchante comme disait tjrs maman ki est tombée malade à cause de moi... puis mon oncle m'apporte mes jouets mais me dit ke je peux pas aller chez moi... ke y a des travaux... mais moi je veux y aller... un jour je m'échappe... je prends un bus toute seule... on a mis du scotch marron sur la porte... 1 feuille avec des mots ke je comprends pas qui recouvre même nos 3 prénoms... je rentre kan même, par derrière... pas de lumière, jai peur, on dirait pas chez moi... y a des habits de maman jetés par terre... puis j'entends ke les voisins s'en sont rendus compte...

Le déluge de mots s'interrompt. L'employé me fait remarquer avec sa main ouverte qu'il est onze heures moins cinq.

Heathcliff : alors ? Qu'est-ce que t'as fait ?

Catherine : j'ai pris un truc pour avoir papa et maman avec moi.

Heathcliff : quoi ?

Catherine : leur album de mariage.

39

Au procès, ton avocat joue le tout pour le tout. Il te décrit comme un employé modèle, estimé de tes collègues, même si, depuis ce jour-là, personne, chez Aggradi, ne t'a donné signe de vie, à part une lettre succincte t'informant de la rupture de ton contrat de travail et du montant de ton indemnité de licenciement.

Ton avocat parle de toi comme d'un père attentionné et d'un mari sincèrement amoureux. D'une personne non encline à la violence. Il demande aux parents d'Elisa si leur fille avait déjà parlé de maltraitance ou de coups, si elle leur avait confié vouloir se séparer pour une quelconque raison. Pour la première fois, Mariano Domini se lève de l'assistance et jure qu'il va t'ouvrir la gorge. Avant qu'on ne l'éloigne, il montre à tout le monde le petit bistouri qu'il porte sur lui tout le temps, pour pouvoir, un jour, te l'enfoncer dans la chair.

Tu n'es pas un individu violent, tu n'as pas d'antécédents, tu n'es pas un criminel, et tu ne pouvais donc pas savoir, tu ne pouvais pas préméditer, ni même *imaginer* tuer. Tu n'as pas su gérer un accès de folie meurtrière, tu n'en as pas calculé les conséquences. Mais comme tout cela ne change en rien l'évidence que tu as massacré ta femme à mains nues, que tu l'as cognée à plusieurs reprises contre le mur de votre chambre, contre la porte, contre la rampe sur le palier, puis que tu lui as donné des coups de pied et lui as laissé les traces de tes ongles sur le cou, ton avocat ne peut que passer au second pilier de son plan de défense.

Le comportement d'Elisa.

Ce n'est pas agréable de réécouter en salle d'audience les dernières paroles que ta femme t'a dites. Mais ton avocat en a besoin pour parler de « sarcasme et de raillerie non pas dirigée vers la virilité de mon client, mais vers son rôle plus complexe de mari et de partenaire amoureux. Ce qui ne justifie ni ne justifiera jamais les actes qui se sont produits, mais aide à comprendre le contexte dans lequel se sont déroulés les terribles et imprévisibles événements de cette nuit-là. »

Ton avocat rappelle qu'à cette époque, ta femme dormait rarement sous le toit conjugal. Et il n'hésite pas à insinuer que « cet emploi plutôt vague et dénué d'un quelconque contrat » n'était qu'une excuse pour « se soustraire sournoisement à la cohabitation conjugale ». Il rappelle qu'à cette décision unilatérale d'Elisa, tu n'avais opposé aucun obstacle et que tu t'occupais même en tout et pour tout de Caterina, de surcroît dans un moment très stressant et délicat de ta carrière.

Ton avocat raconte à la cour qu'Elisa avait l'habitude de fréquenter des cours de danse toute seule et à ton insu, ce qui ne signifie pas automatiquement qu'elle manquait à la fidélité conjugale, mais certainement que « si des désaccords entre les deux conjoints ont existé, la responsabilité ne peut être endossée uniquement par mon client ».

Il ne raconte pas ce que tu as dit à ta femme lorsque tu as monté les escaliers et l'as rejointe dans votre chambre. Il ne raconte pas lorsque tu lui as demandé si, après dix ans de simulation, elle avait enfin trouvé quelqu'un qui la fasse vraiment jouir. Si c'était un employé romain, ou un mec de la gauche caviar qui se baffrait tous les jours aux frais du contribuable, ou un vieil admirateur surgi du passé. À moins que Romina et Teresa Crisci ne l'aient peut-être convaincue qu'entre femme on s'y connaît mieux.

Il ne raconte pas le ton sur lequel Elisa t'a répondu que c'était toi qui t'étais tapé une autre femme, et que c'est toi qui devais t'en aller. Elle avait le droit de rester dans cette maison avec la petite. « Elles t'ont bien éduquée, tes petites amies », lui as-tu dit.

Il ne raconte pas combien de fois tu lui as demandé ce qu'elle était allée raconter partout. Il ne sait pas la terreur qui t'étourdissait, combien tu t'es découvert soudain seul et encerclé. Il ne sait pas non plus comment Elisa a grimacé de façon presque ridicule après la première gifle, comment elle t'a mordu la main, comment elle s'est mise à tousser quand tu la serrais par les épaules et la frappais contre le mur. Ni même combien de fois tu lui as demandé de sortir ce putain de livre.

Ton avocat ne raconte pas comment Elisa se couvrait le visage plus par terreur de te regarder que pour se défendre vraiment. Ni comment tu l'as obligée à se relever trois ou quatre fois pendant qu'elle se tenait la hanche et avait du mal à respirer. Comment tu l'as traînée de nouveau dans votre chambre par les cheveux, en lui donnant des coups de pied. Comment tu as continué de l'insulter et de la gifler, d'abord parce que tu croyais qu'elle faisait semblant d'être évanouie, ensuite parce que tu t'es aperçu qu'elle s'était vraiment évanouie.

Il ne le raconte pas, ton avocat, parce qu'il n'était pas là. Parce que dans la maison de Torre del Poggio, vous étiez seuls. Et toi, ces choses-là, tu ne les as jamais racontées, même quand tu as commencé à te les rappeler. Elles sont restées le secret suprême qui te lie pour toujours à ta femme.

Ton avocat porte la toge comme on porte les galoches pour barboter dans la vase. Bref, il fait son job, et tu l'écoutes avec indolence, du moins jusqu'à ce que tu doives l'avertir.

« Ça suffit maintenant. Je ne vous permets pas de décrire ma femme comme une salope. »

D'une façon générale, tu as hâte que tout ce cirque prenne fin. Pendant trois jours, vous êtes devenus les stars des informations régionales. Si tu t'étais déclaré innocent, si tu avais mis en cause trois hommes à l'accent slave, vous auriez peut-être fait le grand saut vers les feux de la rampe nationale. Tous les ingrédients étaient là, ton avocat en est convaincu. Toi et ton air ténébreux, toi et ton amour maniaque pour ta Duetto 1300 arrière tronqué. Mariano Domini et sa colère de frère, de jeune médecin à la carrière prometteuse, de personne de foi bien connue pour son engagement social. Elisa et sa beauté de miss Italie. Mais toi, tu as voulu tout gâcher. Trop distrait, trop soumis. Trop coupable, et même pas repenti.

Avant même de devenir un monstre, toi, Furio Guerri, le VRP des Industries graphiques Aggradi, tu as l'air de celui qui a chié dans les allées fleuries, l'individu au-dessus de tout soupçon surpris en train de feuilleter des revues pornos sur le premier banc de l'église, l'extravagant qui s'est jeté en parachute sur le jardin de la famille de l'ami Ricoré.

Ils semblent tous se donner du mal pour avoir honte de toi. Pour t'oublier le plus vite possible.

Pendant le procès, tu as l'air souvent absent et cela, te répète jusqu'à l'épuisement ton avocat, n'impressionnera pas favorablement le jury. Une déclaration de regret sincère – ou même désespéré – pourrait au contraire modérer la sentence. Les journaux pourraient en publier les extraits les plus touchants, l'intérêt de l'affaire se réveillerait à ton avantage. Après le choc à chaud, l'empathie avec la victime tend à diminuer, on le sait, et le processus de béatification connaît un ralentissement physiologique. Si on se convainc qu'elle l'a aussi un peu cherché, notre idée d'harmonie du monde retrouve un minimum de crédibilité. Mais il faudrait que la déclaration sorte avant que les jurés s'enferment dans la salle de conseil. Deux jours avant, ce serait parfait, pour que les journaux l'aient à temps.

« Oui, je vais peut-être essayer, lui dis-tu.

— Si vous voulez, je vous la fais préparer, me répond-il.

— Non, je vous en prie. Je n'ai pas grand-chose à faire.

— Vous vivez un moment de stress. Ne vous fatiguez pas, Guerri. »

Mais toi, tu t'inquiètes pour cette autre chose, pour cette faveur que tu lui avais gentiment demandée.

« Vous avez eu votre ami au téléphone au sujet du garage ? »

Ton avocat a l'air soudain exaspéré.

« Je l'ai eu au téléphone, Guerri. Il a une place pour votre voiture.

— Vous lui avez dit que dès que la liquidation arrive, je pourrai lui payer la location ?

— Le problème n'est pas là. Dans un an et demi, mon ami va faire des travaux chez lui.

— Et alors, où est le problème ? » demandes-tu.

Il referme sa serviette, te regarde et, pour la première fois, il ne sait pas quoi te dire. Ou comment te le dire.

40

Homicide avec préméditation aggravé par le lien de parenté. Mais tu avais un casier judiciaire vierge et grâce aux procédures accélérées du jugement, la sentence finale est tombée à quatorze ans et six mois, avec interdiction d'exercer une fonction publique et perte de l'autorité parentale.

À la lecture de la sentence, ton avocat t'a souri. Des bancs où était alignée toute la famille Domini est monté un murmure grave, indistinct. Tu as vu sur le visage de ton beau-père l'image d'une probable future parésie faciale. Tu as regardé l'estrade remplie de chaises de bureau dépareillées se transformer en une sorte de grouillement de manches, de bras, de sacs, de pans de veste, de poings. Au milieu de cette confusion, telle la tête unique de ce corps anormal et décomposé, il y avait le visage incandescent de ton beau-frère Mariano, sa cravate remontée au-dessus d'une oreille, sa bouche raide et droite comme la fente d'une boîte aux lettres. Des mots dégoulinant de fureur. Mêlés au brouhaha. Mais plus ou moins de cette teneur :

« Pourquoi vous ne lui avez pas donné perpétuité ? Maintenant, je vais devoir le tuer ! Je vous l'ai dit : enfermez-le et jetez la clé, c'est micux pour lui. »

Ton beau-frère Mariano ne criait même pas. Sa voix était monocorde et nasale, comme toujours.

« Quatorze ans ? Vous êtes pires que lui ! Quatorze ans ! Ma sœur vous regarde, du ciel ! Et elle vous regardera ce soir aussi, quand vous rentrerez chez vous pour retrouver vos enfants ! »

Ton beau-frère ne s'adressait pas à toi, et il ne te regardait même pas.

Pour lui, tu étais déjà mort.

Ton avocat s'est déclaré satisfait. Il a dit qu'il déposerait un recours en appel pour les circonstances atténuantes génériques et contre les peines accessoires. Il t'a garanti que les quatorze ans et demi étaient complètement virtuels. Tout filait droit, sans l'ombre d'un doute. Une fois passées les trois ou quatre premières années, tu demanderais une réduction de peine pour bonne conduite, puis les premières permissions et la liberté conditionnelle. Tu ne pouvais pas le savoir, mais les prisons étaient bondées, un délire total, et n'importe quel directeur était prêt à tout pour virer des gens. Il suffisait que, données en main, personne ne puisse accuser les juges de l'application des peines d'avoir remis en liberté un individu capable d'étrangler n'importe qui pour un regard de travers. Pour le reste, une fois passées les premières années, personne ne protesterait contre la peine. Le temps est un fleuve lent mais puissant, qui emporte tout avec lui : haine, douleur et surtout énergies.

« Je ne sais pas si ce sera mon cas », lui as-tu dit.

Ça c'est encore mieux passé pour toi. Au bout de cinq ans, on a décrété l'amnistie générale. Avec une remise de peine supplémentaire pour ton parcours de réadaptation, la fin de ta condamnation est arrivée d'un coup : de 2014, année fantasmagorique, à 2010, une année dont on savait déjà quelque chose, par exemple que l'Afrique du Sud allait organiser le Mondial de football. À ce moment-là, tu étais sur l'île depuis quatre mois. Tu avais retrouvé la forme, tu te sentais même mieux que lorsque tu étais VRP : affligé par des tendinites récurrentes à cause du travail physique, mais pour le reste, être entouré d'eau ne t'angoissait plus. Tu avais renoncé à toutes les permissions. La mer agitée pouvait couper l'île du continent pendant des jours et tu étais terrorisé à l'idée de finir parqué dans quelque prison de la côte.

Sur l'île au profil de femme, c'était toujours l'été, au moins une heure par jour. Pins, aloès, palmiers et agaves, aucun arbre ne perdait ses feuilles en hiver.

Sur l'île au profil de femme, il n'y avait que des hommes. Ici et là, un jardin ou un rebord de fenêtre évoquaient encore d'anciennes présences féminines disparues, comme les *Trusques*. Des créatures mythiques qui ne hantaient que les nuits de vent.

Mais même par les nuits de vent le plus féroce, tu étais sereinement convaincu qu'aucun fantôme ne réussirait à franchir ces trente milles de mer, pas même la déesse de la mort aux longues ailes.

Un jour, après avoir parcouru ces trente milles de mer, a débarqué sur l'île un homme d'à peu près ton âge, avec un chapeau de paille, une veste en lin, une barbe châtain et des lunettes à la monture noire et épaisse. C'est à ces lunettes que tu l'as reconnu.

Tu l'as présenté à tes compagnons de section, tu lui as préparé un café et tu lui as fait porter de la *caciotta* fraîche.

Walter était là pour démarrer un atelier d'écriture et mettre en place une bibliothèque digne de ce nom. Après la mise en liquidation des Éditions Contexte, il avait eu l'idée d'une agence de formation qui travaillait avec les fonds européens.

Avant de repartir en vedette, vous êtes restés sur la jetée pour parler quelques minutes. Au-dessus des rochers blancs comme des dents, la nuit imminente rendait les mouettes inquiètes, leurs appels se teintaient de résonances lugubres.

« Maria Carla m'écrit souvent, tu sais ? lui as-tu dit, sans préciser que pendant des années, la jeune diplômée avait été le seul être humain à t'accorder quelque intérêt à l'extérieur de la prison.

— Ça ne m'étonne pas, elle était folle de toi, t'a-t-il informé.

— Maintenant, elle vit à Leeds. Elle est assistante d'italien. Elle est enceinte de trois mois.

— Ah, c'est chouette.

— Et toi ? Tu as quelqu'un d'autre ? »

La question l'a surpris. Pour plus d'une raison, tu as pensé.

« Pas en ce moment.

— Tu veux que je te dise un truc ? Quand j'étais VRP, pour moi vous étiez "les deux pédales".

— Bravo pour ton originalité.

— Il te manque, Augusto ?

— Tu peux pas savoir. Je me sens tellement coupable.

— De ne pas l'avoir aidé à arrêter de boire ?

— Non. De ne pas avoir compris que même si on avait remis la boîte sur pied, Augusto avait cessé de vivre le jour où on a dû publier cette merde des vierges étrusques. »

Tu as essayé de revendiquer ta bonne foi de l'époque.

« Arrête, tu ne l'avais même pas ouvert, t'a-t-il foudroyé de derrière ses lunettes.

— Pour moi, travailler en typographie, c'était comme travailler dans une usine d'airbags, lui as-tu répondu. Je ne pensais pas que les livres pouvaient signifier, pour quelqu'un, la vie ou la mort.

— Tu as bien rendu l'idée. Et toi ? Qui est-ce qui te manque le plus ?

— C'est une façon de me demander si je regrette ?

— Je ne voulais pas être trop direct. »

Le garde pénitentiaire t'a juste fait un signe. Tu étais un « article 21 », tu pouvais te balader assez librement sur l'île, mais au moment du départ de la vedette, tu ne devais plus te trouver sur le ponton.

« Tu sais, pendant ces années, je crois que j'ai compris un truc », as-tu eu le temps de lui répondre, pendant que le vent cherchait refuge pour la nuit dans l'anse du petit port. Walter a remonté le col de sa veste, tu as regardé aussi bas que possible et parlé doucement comme si tu voulais que lui seul et l'île t'entendent.

« J'ai commencé à tuer Elisa le jour où je l'ai connue. »

La terre au-delà de la mer ne te manquait pas du tout. Les jours clairs, les Alpes apuanes te rappelaient l'existence de la côte, mais en général ton monde c'étaient les fournaises de soleil des précipices, le silence autour du tracteur essoufflé, les persiennes écaillées.

Il ne te manquait rien, sauf Caterina.

Pas une seule photo, pas une seule ligne : on ne t'autorisait aucun courrier venant d'elle. Ta fille était devenue le vrai fantôme de ton existence. Un visage en perpétuel changement, imaginable à l'infini. Comment était-il possible qu'elle ne demande jamais de tes nouvelles ? En tout cas, la vengeance des Domini était implacable et tu savais très bien que, jusqu'à ses dix-huit ans, Caterina ne pourrait pas venir te rendre visite toute seule et de sa propre volonté.

Mais grâce à l'amnistie, c'est toi qui es sorti avant.

41

Je suis Furio Guerri. Le monstre.

Caterina Guerri est ma fille. Et sur ce point, personne, aucun tribunal, aucun Mariano Domini avec son putain de bistouri, ne pourra jamais rien y faire.

J'arrange mes cheveux sur mon front, je relève légèrement le rebord de mon chapeau de paille, je me regarde dans le rétroviseur, derrière mes lunettes à monture noire en Bakélite. J'aurais dû me faire un bouc un peu plus épais, mais dans l'ensemble, avec ma chemise à carreaux et mon sac de toile noir j'ai presque l'air d'un sosie de Walter.

Je gare ma Duetto le long du mur de la voie ferrée. Un trou plus noir que l'asphalte est l'unique souvenir de la caravane carbonisée.

Je traverse trois pâtés dc maisons en brique. Après le supermarché, l'asphalte récent de la route se délite dans les ronces, comme une idée retrouvée puis abandonnée. Là commence la grille rouge foncé. Au-delà, des blocs de béton armé, avec des volets en aluminium noir. Le soleil de la fin mai les asperge d'éclats brillants.

Sur le plus grand édifice, entre le drapeau italien et les fenêtres du premier étage, s'étale l'inscription « cité scolaire Guglielmo Marconi ». En rouge vif. Ou alors c'est le soleil de la fin mai qui me donne cette impression.

Dans le grand hall bondé, les élèves ont l'air dominés par la même frénésie qu'une colonie de fourmis.

Dix heures tapantes.

C'est samedi matin, de nombreux parents sont déjà là. Certains remarquent ma tenue trop *urban chic*, mais je laisse derrière moi la sonnerie de la fin de récréation, je sors sur le terrain de sport et me dirige vers le gymnase.

Les quatre gamins du groupe jouent, immobiles comme des portemanteaux. Leur regard est rivé sur leurs baskets usées aux lacets immaculés, sans nœud. La grande porte en verre dépoli qui donne sur le terrain est fermée, et même si le plafond du gymnase est élevé, l'édifice a l'air d'un ballon gonflé d'air chaud.

Le chanteur a les cheveux collés sur le nez, le son de sa guitare est un carillon déformé par l'écho. Ça ne s'arrange pas vraiment quand la batterie s'y met. Ce bordel est pourtant le signe que la fête a commencé. Le gymnase se remplit.

Je reconnais aussitôt Laura. Elle porte un pantalon bleu capri, un tee-shirt avec l'inscription « GOD IS A WOMAN » en majuscules. Elle et un collègue d'environ trente-cinq ans sont les premiers à se mettre à sauter devant le groupe, dès que le morceau atteint un volume insoutenable et que le chanteur hurle dans le micro, avec la meilleure imitation de la voix rauque que son état civil hormonal lui autorise : « *Yeaahhhh, ye-e-e-e-eaaahh !* »

C'est carrément Laura et son collègue qui entraînent les gamines à frange droite, celles avec un sac à main en plastique brillant, et quelques garçons en tee-shirts menaçants de métalleux. Les plus difficiles à entraîner sont les parents. Je les comprends. Si tu avais mis au monde un garçon il y a tout juste quinze ans, comme nous l'avions fait, Elisa et moi, tu aurais difficilement pogoté jusqu'à l'aube sur Nirvana. Moi, j'ai dû passer des après-midi sans fin à les écouter. Elisa aurait trouvé que ce groupe fout le bourdon, et je ne peux pas dire non plus qu'un compagnon de cellule incapable d'écouter autre chose ait contribué à me les faire aimer. Mais d'autres se sont tapé six ans avec un fan de Gigi D'Alessio[1], c'est tout dire.

1. Gigi D'Alessio : auteur-compositeur populaire napolitain.

Je regarde les tissus colorés sur les murs. Il y en a au moins une quinzaine, disposés avec des supports de fortune sur les espaliers et sur les perches. Même les sculptures sont empaquetées, sur les bancs et les tables qu'on a sortis d'une remise poussiéreuse. Derrière l'un de ces tissus se trouve l'œuvre de ma fille Caterina. Mais pas seulement. Ici, autour de moi, au milieu de ce ramassis de gamins qui se baladent en groupes, en se poussant comme dans un gigantesque jeu d'autos tamponneuses humain, se trouve aussi ma fille.

« *Ye-e-e-e-e-eah ! Ye-e-e-e-e-eahhhhh !* »

« *I love you, I'm not gonna crack.* »

Je l'ai écoutée des milliers de fois, mais je ne m'aperçois que maintenant que je connais aussi les paroles.

« *I miss you, I'm not gonna crack.* » Je la chantonne juste pour me donner une contenance et me fondre dans la masse.

Mais je ne vois pas Caterina. En revanche, Laura me voit elle.

Je sors aussitôt du gymnase.

Elle me talonne, son paquet de cigarettes à la main.

« Je suis venu manger un sandwich sur ce banc tous les mardis et les vendredis, pendant deux mois. »

Nous sommes assis à l'ombre des pins. Le banc est toujours intact, sans inscriptions ni entailles. Comme si ma présence l'avait préservé ou rendu maudit, infréquentable. Laura s'allume enfin une cigarette.

« Qu'est-ce tu t'es foutu en tête ? »

J'enlève mon chapeau et je baisse mes lunettes.

« Tu trouves que ça me va mal ?

— Ne fais pas l'idiot. Tu dois t'en aller.

— Pourquoi ?

— Parce que.

— Les deux autres cons seront là aussi ?

— Ce n'est pas le moment, Flavio.

— Furio », rectifié-je. Puis je la félicite d'être passée de leur côté, du côté des deux geôliers qui ont séquestré ma fille pendant dix ans.

« Pourtant, tu les connais bien, toi aussi. Une pauvre frustrée qui paye pour se taper des gamins et un gros taré qui ne se sépare jamais d'un scalpel pour m'ouvrir la gorge ! C'est à des gens comme ça que la *justice* a confié ma fille ! »

Laura se lève d'un bond, rejette la fumée de ses lèvres serrées, tient la cigarette entre ses doigts.

« Non, *Furio*.

— Non ?

— Non. C'est *toi* qui la leur as confiée. Quand tu as frappé sa mère à mort. »

Je la suis le long de la piste d'athlétisme et sur la pelouse jaunie.

« J'ai compris. Tu as tout raconté, pas vrai ? Tu as raconté aux deux autres cons que son père, le monstre dégueulasse, était en train d'allonger ses tentacules vers elle ! Bravo. Tu as fait ton devoir, tu as dévoilé le plan diabolique. »

Elle croise les bras, accélère le pas, et se tait.

« Tu sais quoi ? Voyons si le grand homme va tenir sa promesse. Si le docteur Mariano Domini est meilleur que moi. S'il veut me trancher la gorge, le chrétien dévot, alors qu'il le fasse, qu'il le fasse devant tout le monde, même devant Caterina.

— Ne sois pas pathétique. Si tu voulais faire le héros, tu aurais pu trouver le courage de te pendre en prison.

— Bien sûr ! De toute façon, est-ce qu'un mec comme moi a sa place sur terre ? »

Elle ne me répond pas. Ce n'est que devant la sortie secondaire du gymnase que Laura décide de me parler à nouveau.

« Je veux qu'aujourd'hui ce soit un beau jour pour Caterina. Son premier beau jour après des années de merde. Tu n'as pas le droit de tout faire foirer. Va-t'en.

— Sinon, tu fais quoi ? Tu appelles la police ?

— Connard.

— J'ai l'impression d'entendre ma pétasse de belle-sœur. *Tu détruis tout ce que tu touches, vous avez du poison dans le sang, vous êtes maudits, vous, les Guerri.* Si ça ne tenait qu'à moi, Caterina ne serait pas ici aujourd'hui. Je suis le seul qui ai fait quelque chose pour elle !

— Le seul ? Ça fait deux ans que je me crève le cul pour ta fille, tête de con. »

Laura vient juste de dire que Caterina est ma fille et je n'ai rien à répondre. Elle ouvre la porte en métal et reste sur le seuil.

« Tu crois que je n'ai pas le courage d'entrer ? »

Elle me lance un sourire abrasif.

« Tu vas en avoir besoin. »

Je suis Furio Guerri, le monstre, mais je ne suis pas un lâche.

Je me mets au premier rang quand les profs et le proviseur se déplacent devant l'œuvre de Caterina. Les deux autres cons viennent d'arriver. Ils sont à quelques mètres de moi. Ma belle-sœur Vanna en robe bleue de parfaite petite épouse américaine et chaussures blanches à talons de club de strip-tease. Le professeur Mariano Domini avec une veste deux tailles trop grande posée sur ses épaules étroites comme sur un cintre. Il a désormais un duvet décoloré qui se confond avec la peau rose de son crâne. Il sourit à tous de sa bouche lippue, serre des mains, n'enlève jamais son oreillette.

Il a le portable réglementaire d'un manager, et sous sa veste il s'est autorisé un tee-shirt à rayures horizontales, avec un écusson vaguement marin.

Le tableau de Caterina est le plus grand de tous, au point qu'on l'a recouvert d'un patchwork de sacs plastique bleus et gris. Il est dans le coin à côté de la porte en verre dépoli qui donne sur le terrain d'athlétisme. Si seulement ils l'ouvraient, me dis-je, on se sentirait mieux là-dedans.

Mais ce n'est pas la chaleur qui me fait suer, ce n'est pas l'air étouffant qui me coupe le souffle. Le fait est que nous y voilà.

Caterina avait dû se barricader en classe, ou dans les toilettes. À présent, Laura traîne presque ma fille de force devant son œuvre.

Combien d'années que nous n'avons pas été aussi proches.

Combien d'années que nous n'avons pas respiré le même air.

Combien d'années que nos yeux n'ont pas risqué de se croiser, même par hasard.

Les yeux de ma fille sont d'un gris pluvieux. Ce sont les yeux peu indulgents que je rencontre tous les matins depuis que je suis en mesure de rester debout tout seul devant un miroir. Je lis le pli vers le haut des lèvres, juste à la commissure droite, le même qu'exhibait ma femme quand elle acceptait de faire quelque chose à contrecœur. C'est-à-dire la majeure partie des choses qu'elle a faites au cours de sa brève existence.

Je regarde le visage pâle et gonflé, les cernes verdâtres, les cheveux courts qui semblent teints avec du cirage à chaussures, les ongles vernis de violet à paillettes.

Moche, grosse et méchante, a dit ma belle-sœur.

Elle est grande comme sa mère, les belles mains et les chevilles fines sont celles d'Elisa, mais tout le reste est comme recouvert d'un dépôt. Moi seul peux voir la vraie Caterina, la belle Caterina qu'elle serait devenue si les choses s'étaient passées autrement. Je la vois même si elle est enterrée sous les plis de chair des aisselles, sous les hanches sans forme que son jean noir contient à peine, sous les cuisses qui se frottent péniblement pendant que Laura l'invite à parler, sous le tir croisé des sourires et des coups de coude des petites connasses anorexiques.

Caterina tient déjà entre ses doigts la ficelle qui fera tomber les sacs, de nombreux gamins sont prêts avec leurs portables levés, le proviseur a les mains croisées. Laura est à côté d'elle et lui tient les épaules, comme si elle avait peur qu'elle perde l'équilibre. Elle dit que Caterina y a travaillé tous les jours pendant plus d'un mois. Puis, sans retirer ses mains de ses épaules, elle l'invite à nouveau à dire quelques mots de présentation.

Ma fille se chie dessus. Un lion entre quatre murs, un canari effrayé lâché à l'extérieur. Voilà comme je me la rappelle. Mais elle prend son courage à deux mains, arrête de se mordre les lèvres, croise les jambes comme si elle voulait s'écraser les pieds toute seule.

« Technique mixte, murmure-t-elle, la bouche totalement sèche. Deux mètres sur deux. Mon idée vient d'un livre et des films d'horreur japonais. »

Les gamins aux tee-shirts les plus agressifs hurlent, sifflent, applaudissent les bras levés. Les enseignants essaient de ramener le calme et Laura lui demande si l'œuvre a aussi un titre. À sa question, on comprend qu'elle en a un, mais Caterina ne semble pas s'en souvenir. Elle balbutie quelque chose, puis le répète, agacée.

« *Je suis le vent*, il s'appelle.

— Il s'intitule, précise le proviseur. *Je suis le vent*. Un titre de la grande époque du romantisme. »

Quelques profs acquiescent, mon beau-frère semble jubiler comme s'il avait toujours su combien Caterina est douée.

« Nous sommes très curieux », dit le proviseur.

Ma fille regarde Laura, puis tire la ficelle. Là encore, elle doit s'y prendre à deux fois, avant que les sacs ne tombent.

Du tableau descendent jusqu'à terre quatre longues touffes de fils noirs, lisses et brillants. Je ne comprends pas en quoi ils sont faits. Des fils de plastique, on dirait, plus fins que des câbles électriques.

Quatre cascades de fils noirs et sur le fond, un pavillon. On voit des nuages troubles et brodés. C'est une photo que Caterina a recolorée en violet et en rouge, peut-être avec de la gouache. Une photo très agrandie. Trop. Si pixellisée que les points sont gros comme des balles de ping-pong. L'effet de *moiré** est énorme, il me perturbe jusqu'à la nausée.

C'est un endroit que j'ai déjà vu. Dans un cauchemar, il me semble. Tout comme dans un cauchemar, cette image a des dimensions incorrectes et inquiétantes.

Laura invite ma fille à faire encore quelque chose. Je ne comprends pas quoi jusqu'à ce que je me lève sur la pointe des pieds pour mieux voir. Sur un banc à côté du tableau est posé un gros ventilateur.

« Le titre s'explique comme ça », fait Laura. Caterina appuie sur l'interrupteur.

Trois fois, puissance maximum.

Le ventilateur efface le brouhaha naturel de fond du gymnase.

Les longues touffes de fils noirs se soulèvent comme des algues dans le courant, ondulent sur le côté et découvrent quatre visages. Des visages livides, décharnés jusqu'au squelette, avec de grosses bouches et des grimaces de clown, des yeux bistrés à l'invraisemblable de prostituées des bas-fonds. Les quatre bustes sans jambes flottent dans un brouillard de spray coloré.

Yurei. Fantômes japonais.

Mon beau-frère se reconnaît avant moi. Sa femme se prend le visage entre les mains pour ne pas se regarder.

Cette photo provient de mon album de mariage, et je suis comme une proie hypnotisée.

Je me regarde. Je regarde la femme morte que j'avais choisie pour moi et qui n'a jamais été à personne d'autre. La femme à qui j'avais fait toutes les promesses, la créature que j'observais recroquevillée dans les mystères solitaires du sommeil, l'unique personne au monde qui reconnaissait ma toux comme on reconnaît le tintement des clés de la maison.

Elisa et moi sommes les deux figures enlacées au centre, deux spectres qui sourient à une vie qu'ils ne vivraient jamais. Caterina nous a réduits à deux jeunes squelettes habillés pour une fête, inconscients du peu de bonheur contracté à prix d'or auprès des Industries graphiques Aggradi, des attentes de la famille Domini, de la banque, de l'entreprise de construction. Ignorant tout encore, même certains soirs à Torre del Poggio, lorsque sur notre canapé nos premiers silences étaient inexorablement scandés par les cris des rapaces nocturnes.

La photo de notre mariage semble putréfiée comme le corps d'Elisa, dans l'obscurité hermétique où je l'ai enfermée pour moisir à tout jamais. Caterina a exposé au grand jour tous ces os et cette chair momifiée. Mais elle n'a pas eu à creuser pour le faire, ni à découvrir le cercueil de sa mère, comme Heathcliff voulait le faire avec celui de son aimée Catherine.

Elle a utilisé le vent. Je crois que c'est la substance de tous les fantômes.

Mon beau-frère s'écrie que c'est une honte, une offense à sa sœur morte. Il repousse les gens autour de lui, attrape le ventilateur, arrache le fil de la prise. Il perd enfin sa putain d'oreillette. Mon beau-frère met en cause le proviseur, le proviseur qui *certes* pouvait ne pas savoir, mais *devait* se faire expliquer par l'enseignant qui était cette femme habillée en mariée au centre du tableau. Un lâche, comme d'habitude. Qui négocie avec qui se trouve au-dessus de toi pour te détruire.

Il y a des manières dignes d'accepter une condamnation.

J'ai dû faire l'expérience de plusieurs.

Mon beau-frère n'en connaît pas une seule.

Mon beau-frère menace Laura et Caterina, accuse le proviseur et même sa femme, Vanna, de je ne sais quoi exactement. Le gymnase résonne de sifflements et de « abruti ! abruti ! » ; je me fraie un chemin entre les gamins immobiles en train de fixer la scène, inertes comme de lourds mannequins.

Je suis à quelques pas de la grande porte en verre dépoli qui donne sur le terrain d'athlétisme. C'est le chemin le plus court pour sortir.

Ou du moins ça le semble.

La poignée résiste, sa rouille hurle, je dois y poser mes deux mains, puis j'ouvre en grand les deux battants.

Contre moi l'air se gonfle, un petit vent passe au-dessus de ma tête et va remuer tous ces fils noirs comme de l'herbe brûlée.

Je me retourne le temps de quelques pas, juste pour revoir nos visages morts.

Personne n'a dû me remarquer, et pendant quelques secondes, cela semblera de la magie noire. Mais c'était moi. Je connais la substance des fantômes, maintenant.

Moi aussi, je suis le vent.

42

Le genre de nouvelle sur laquelle les journaux peuvent faire leurs choux gras pendant une semaine. J'en ai acheté cinq ou six, et je parcours juste les titres des faits divers : « Dans son tableau, sa mère assassinée dix ans plus tôt », et « Ouragan sur la cité scolaire Marconi ».

Sans compter bien sûr un premier plan de moi au procès, une photo d'Elisa souriante que je me souviens d'avoir prise sur la Côte d'Azur, de brèves reconstructions de tout ce drame. La jeune mère, la famille respectable détruite en une nuit par un « drame de la folie », le mari modèle qui se transforme en fauve. L'engagement de l'infatigable Mariano Domini pour rappeler sa sœur au nom de la vie, sous toutes ses formes. J'apprends ainsi qu'il existe au Soudan une école maternelle qui porte le prénom de ma femme. Et son nom de jeune fille, pour être précis.

Tous les articles s'empressent de rappeler que si je l'avais amenée aux urgences ce soir-là, Elisa serait encore vivante. C'est vrai, mais en même temps, c'est absurde. Dix ans après, la nouvelle n'est pas que cette nuit-là, j'ai frappé ma femme à mort. La chose en soi ne me rendrait pas digne qu'on se souvienne de moi. On me montre encore du doigt pour n'avoir pas compris qu'Elisa était en train de mourir. Walter et Augusto avaient peut-être raison, on peut toujours pardonner une faute. Mais pour l'erreur, pas d'oubli.

« Mais les élèves soutiennent tous Caterina », indique un encadré. Enfin. Voilà la vraie nouvelle, pour moi. Je découvre aussi que malgré la mise en garde de Mariano Domini contre la publication des images du tableau dans les journaux, les élèves de l'école ont fait tourner sur Internet les photos prises avec leur portable dans le gymnase. En quelques heures, elles ont tourné sur des centaines de sites et ont réuni plus de vingt mille contacts. Du monde entier. Une galerie d'art de Tokyo a fait une offre excellente pour *Je suis le vent*, quelques biennales sont intéressées pour présenter les travaux de ma fille.

Je ne sais pas si tout cela n'est qu'une centrifugeuse absurde, si ça durera quelques jours, et si ça laissera des traces. Mais je sais que les deux cons ne peuvent plus l'arrêter. Et je sais qu'elle a commencé quand Caterina et moi, nous nous sommes retrouvés.

On raconte aussi que Mariano Domini a tenté de déchirer le tableau avec son putain de scalpel, mais qu'il a échoué. C'est Laura Aletti qui l'en a empêché, cette prof de soutien de Caterina qui en a retiré une blessure au cou, guérissable en quinze jours.

« Je voulais savoir comment tu vas.

— Bien, merci.

— Votre porte d'entrée est bloquée ?

— Non.

— Qu'est-ce qui se passe alors, tu ne me laisses pas monter ?

— Je ne pense pas que ce soit une bonne idée.

— Alors descends, toi. »

Je murmure, collé contre un interphone à la peinture écaillée. Dans une ville qui ne m'a jamais plu. À une femme que je n'ai baisée que par intérêt. Je me suis même garé n'importe comment, je retrouverai sûrement ma Duetto avec la portière rayée ou un rétroviseur cassé. Mais à quoi bon regarder en arrière, si derrière moi il n'y a que la nuit, toujours et seulement la nuit ?

« Je suis désolée, je ne suis pas disponible.

— Allez, Laura.

— En plus, je ne suis pas seule. »

Dans l'interphone, elle a une voix agaçante, de communiqué officiel.

« Descends juste une minute.

— Pour se dire quoi ? »

Je balance la première chose qui me vient en tête.

« Promets-moi que tu vas dénoncer ce connard. »

Elle ne me le promet pas, je ne lâche pas.

« Ils vont faire payer Caterina. En ce moment, c'est la dernière chose que je veux.

— Tu dois le dénoncer. Il aurait pu te tuer. Tu m'entends, Laura ? Un centimètre plus haut et il pouvait te tuer. »

Elle m'entend peut-être, mais ne répond pas. L'interphone grésille. C'est son rire, étriqué et froid comme le scalpel que mon beau-frère avait promis de me planter dans la gorge.

« Il aurait pu te tuer », je répète et j'enfonce mon pouce dans la sonnette. Je le répète je ne sais combien de fois, et chaque fois je tape ma paume sur la porte. « Il aurait pu te tuer, Laura, il aurait pu te tuer, tu comprends ? »

« Avant toute chose, ne parlez à aucun journaliste. Ne faites pas de déclaration. Est-ce que quelqu'un vous a déjà sollicité ?

— Vous êtes le premier. »

Ça faisait au moins cinq ans que mon avocat n'avait pas donné signe de vie. À la vérité, je n'avais aucune envie de l'entendre à nouveau, à plus forte raison ce soir. À sa voix, il est encore plus taré que dans mon souvenir. Je lui demande comment ça va, mais juste pour interrompre son monologue. Il m'informe que depuis deux ans, il est le papa d'une jolie petite fille.

« C'est merveilleux », lui dis-je, mais il reprend son plaidoyer.

« Écoutez-moi bien, Furio, il s'agit d'un « talk-show » important. Chaînes nationales, début d'après-midi. Et si ça passe à la télé, il y aura un magazine, – vous savez, de ceux qui coûtent un euro ? Eh bien, il serait prêt à débourser pas mal pour vos mémoires. Entendons-nous bien, pas de détails crus, c'est un journal de coiffeur, vous comprenez ? Il faut un truc qui joue sur les sentiments. À quel point vous vous êtes repenti, ce que vous faites aujourd'hui, combien votre fille vous manque. Vous n'avez rien écrit, pendant toutes ces années ?

— À vrai dire, si.

— Parfait. Combien de pages ?

— Je ne sais pas, une centaine.

— Mais non, Furio, ce n'est pas un livre, qu'ils veulent. Trois petites pages suffiront, deux conneries à caler entre deux photos. Les gens ne lisent plus. Je vais vous les préparer, d'accord ?

— Très gentil.

— Ça ferait cinq mille pour le magazine.

— Pas mal, pour deux conneries.

— Et dix mille pour le talk-show. Mais je vise au moins vingt mille.

— Carrément. Et comment ? »

Nous cédons l'exclusivité au programme, m'explique-t-il. La nouvelle est encore chaude, mais dans trois jours elle sera froide comme un cadavre et n'intéressera plus personne, et même un idiot ne nous donnerait plus un centime. Une fois déduite sa part pour l'assistance, il me restera en poche au moins quinze mille euros.

Ça m'arrange vraiment, me dis-je, je ne serai pas obligé de vendre la Duetto.

Mon avocat a déjà fixé un rendez-vous pour le lendemain matin à dix heures, à Rome. Si je lui donne les coordonnées précises, ce sont ses mots, il passera me prendre. Je suis sur le point de lui expliquer où je travaille, mais il m'arrête tout net : un nom lui suffit pour le GPS.

« Ferme La Spina, province de Grosseto », dis-je, puis : « Une grande invention, le GPS. »

Nous nous donnons rendez-vous à sept heures le lendemain matin.

« Pas de cravate, Furio. Un pull pastel. Une veste de sport, pourquoi pas bleue. Avec le bleu, il n'y a jamais de fausse note, à la télévision.

— Bien sûr. » Je lui dis au revoir, je cherche une position plus confortable sur le parapet en granit, je coupe la communication. Puis je lance mon téléphone derrière moi dans le canal, et je me remets à regarder la fenêtre de la mansarde.

Les reflets des réverbères sont immobiles sur l'eau. La fenêtre de sa mansarde chaudement éclairée d'orange ne remue pas non plus. Laura n'est pas à la fenêtre, je n'ai pas vu non plus son ombre effleurer le rideau. Pourtant, je suis assis ici depuis un moment déjà, en train d'espionner un bonheur que je ne pourrai jamais payer par aucun remords, aucune punition. Ma peine est terminée, la malédiction commence. Et cela, je ne l'avais pas prévu.

Autour de moi, les humains emmènent leurs chiens pisser, ferment les volets, fument en regardant le ciel. Moi, je suis déjà un fantôme, comme Elisa, mais un fantôme prisonnier dans un corps de chair encore vivant.

J'enlace mes genoux pour me protéger de l'humidité. La nuit semble étale comme l'eau des canaux, du moins tant que la fenêtre de Laura reste allumée. Elle s'éteint un peu après deux heures. J'attends encore, par prudence. Puis je saute du parapet, je regarde autour de moi, et je prends ma vieille carte du code fiscal[1] dans mon portefeuille.

Je voulais monter chez elle. Moi, Furio Guerri, ce que je veux, je le prends.

Personne n'aurait l'idée de voler dans un immeuble de ce genre, et l'appartement de Laura n'a pas de porte blindée. Sur l'île, on m'a appris à ouvrir n'importe quoi.

1. Code d'identification personnel attribué par les autorités italiennes et nécessaire pour toute démarche administrative notamment.

J'espère juste que le bruit de la serrure ne l'a pas réveillée.

Je pousse à peine la porte et je la vois sur le côté, l'oreiller sur la tête, les jambes hors du drap.

Personne ne dort avec elle. C'est ce que je voulais savoir. Il n'y a personne dans son lit, sur le banc à haut dossier, personne ne dort dans le canapé à deux places. Alors, je m'y assieds. En général, le canapé est devant la télévision, mais Laura l'a placé devant la fenêtre qui donne sur le port.

Laura regarde les bateaux qui partent. Je regarde ses chaussures jetées dans un coin. Je compte les mégots de cigarette abandonnés dans les cendres. Huit.

Je la convaincrai d'arrêter. Elle me présentera à des amies végétariennes. Je lui tiendrai son parapluie sous la pluie, elle m'apprendra à danser le tango et un jour on se disputera au sujet de l'achat d'un putain de téléviseur, même petit, à mettre devant ce canapé. Parce que tu ne veux pas vieillir en passant ton temps à regarder les bateaux qui partent.

Voilà ce que nous ferons. Nous partagerons les sacs de courses et le compte inévitable de l'habitude. Nous vivrons côte à côte, à la même vitesse, et pendant de nombreuses années encore nous pourrons faire semblant de ne pas vieillir.

Rien, dans cette pénombre, ne peut nous en empêcher. Rien de mauvais dans une chose aussi facile.

Rien de mauvais non plus à ce que je sois à présent en train de regarder Laura, la gorge serrée, caché derrière la porte entrouverte de sa chambre. Rien de mauvais à ce que ses jambes soient hors du drap et ses mains dessous, toutes les deux. Rien de mauvais à ce que Laura ne dorme plus et ne s'imagine même pas que je suis ici, dans la pénombre de chez elle, pendant qu'elle enlève son slip par les pieds.

Rien de mauvais à ce que ses jambes s'ouvrent et se ferment comme les volets à la peinture écaillée en proie au vent de l'île. Rien de mauvais à me leurrer qu'elle pense à moi, et qu'une fois encore je me retrouve à être le vent. Pour ce que j'ai appris, les illusions sont plus résistantes que bien des vérités.

Rien de mauvais à ce que je me déplace pour apercevoir son visage, tandis que chacun de ses soupirs semble le dernier, avant qu'un autre encore ne s'échappe, plus intense.

Rien de mauvais. Du moins jusqu'à ce que Laura soulève la tête. Elle se tourne vers moi, comme si elle me voyait parfaitement dans le noir, ou comme si elle avait tout de suite su que j'étais là.

Elle va hurler, je pense. Elle va appeler au secours et un nouveau calvaire sans fin va commencer pour moi.

Mais non. Elle me regarde, se mord les lèvres, ouvre encore plus les jambes.

Puis elle écarte de son visage une touffe de boucles épaisses, noir de jais.

« Regarde comme ça me plaît, Furio. Énormément. Tu es content ? »

La voix de ma femme est la dernière chose que j'entends, avant de me jeter vers la porte et de dévaler l'escalier.

43

Mon docteur a dit que ça arrive, quand on interrompt un psychotrope de but en blanc.

Troubles de la perception et hallucinations. Je ne suis pas convaincu que ce soit l'explication, mais pour éviter tout malentendu je dissous dix gouttes dans la petite bouteille d'eau minérale. Je reviens m'asseoir, je regarde autour de moi. Des gens qui attendent leurs snacks aux distributeurs automatiques. Des gens qui dorment, la tête sur leur sac à dos. Des gens avec des chaussettes horribles, des gens avec des tablettes super classe. L'embarquement de mon vol commence dans trente-cinq minutes. À l'aéroport de Bradford, le compagnon de Maria Carla m'attendra avec leur plus jeune fille.

Je serre les genoux et j'ouvre mon portable. Caterina n'est pas en ligne. Tant mieux.

Heathcliff : Comment ça va ? Ces jours-ci je ne t'ai presque jamais vue en ligne, mais je sais pourquoi, j'ai tout lu dans les journaux.

Les deux cons ne t'envoient pas en Angleterre, bien sûr... même après tout ce que tu as été capable de faire.

J'ai vu ton tableau sur Internet, il est beau, terrible... Tu as eu un courage incroyable, je n'aurais jamais eu le cran... Et l'idée du vent, en plus... grandiose !

Je me suis mis à pleurer et je ne m'arrêtais plus, tu sais ?

Je te jure !

Ça me donne encore envie de pleurer, là.

Je pense aux projets qu'on avait, je pense qu'on ne se verra et qu'on ne se rencontrera peut-être jamais.

Mais c'est justement parce que toi et moi, on est Heathcliff et Catherine.

Prends Heathcliff et Catherine, mets-les ensemble pour toujours... Ils se ressemblent tellement qu'ils se mélangent, on ne ferait plus la différence entre elle et lui, tellement unis qu'ils s'annulent.

Je sais que c'est fantastique quand ça arrive, mais tu sais ce que j'ai compris ? Que c'est comme aimer cette partie de toi-même qui habite un autre corps.

Tu n'aimes que toi-même, au bout du compte.

Tu ne t'étais jamais aimée toi-même, je l'ai compris.

Et tu avais besoin de cela.

Maintenant, la liberté commence pour toi, des choses magnifiques t'arriveront, et les deux cons ne pourront plus jamais te garder prisonnière.

Mais si, dans une autre personne, tu n'aimes toujours et seulement que toi-même, un jour tu pourras la haïr avec une férocité qui ne peut déboucher, crois-moi, que sur la haine de soi.

Ce serait long et difficile de t'expliquer pourquoi je suis si sûr de tout cela.

Un jour tu le comprendras toute seule
ma Catherine
pour toujours
ton
Heathcliff.

Réalisation : Cursives à Paris
Imprimé en France par Normandie Roto Impression s.a.s., à Lonrai
Dépôt légal : janvier 2016
N° d'édition : 302 – N° d'impression : 1505170
ISBN : 978-2-35584-302-0